ちくま文庫

色川武大・阿佐田哲也
ベスト・エッセイ

色川武大・阿佐田哲也
大庭萱朗 編

JN259278

目次

(色川武大＝無印　阿佐田哲也＝※)

6 交遊

7 食

色川武大・阿佐田哲也ベスト・エッセイ

1 時代

戦後史グラフィティ

敗戦0年《ゼロ》。

あの頃、ボクは十六歳で、中学をしくじったままの宙ぶらりん。誠《まこ》ちゃんは小学校の三年生だそうだから、九ツか、十か。

真夏のあの一日を境い目にして、蟠《わだ》かまっていた火煙が絶え、陽光や風や蟬の声がとりあえず復活した。ボクはゲートルを捨て、戦闘帽を捨て、胸に縫いつけた名札をむしり取った。けれどもカーキ色の中学の制服兼作業服はそのまま着ていた。だって、一張羅だったから。それから、汚れた下着もそのまましばらく身につけていた。何がどうなろうと、ボクがそっくり変っちまうなんてことがあろうはずがなかったし、実際ボクは、良くも悪くもボクのままだった。

今にして思えば、結局、あの頃が一番楽しかったな。家が焼けようと、空きッ腹だろうと、日本がメチャクチャだろうと、ボクは楽しかった。若かったからだな。だんだん年をとって、諸事灰色にくすんできた。誰がなんといおうと、ボクの戦後史は、ただそれだけの話。

あの頃おぼえた強烈な単語は、ジープ、パン助、ラッキーストライク、DDT、PX、GHQ。

連合国最高司令官マッカーサーは、とがった軍帽とサングラスの巨大漢でへんなパイプをくわえた写真がよく出ていたように思う。テンノーは小柄。マッカーサーの肩くらいの背丈だ。皆が戦争に負けるはずだといった。けれども身体の大小ぐらいのことでその点の念を押すのは厭味になるわけで、マッカーサーもそこを警戒して、いくらかかがみかげんに写っていたように見受けられた。どういうわけか、進駐軍というのはどれもこれもスラリと背が高かったな。まさか、スラリ長身選抜部隊だったのじゃあるまいな。

ボクの町内にマッカーサーと異名をとる老婆あり、松川さんという本名にひっかけた仇名だった。マッカー婆さんは年齢を超越した女仙人のような存在で、腰こそ曲がっていたがとても元気な人だった。われ鐘のような大きな声を出し、一度いいだしたら誰もさからえない。あの頃は若者ばかりでなく老人も威勢があった。

誠ちゃんは、学童疎開に行ったのかしら。ちょうどこの時期、至るところ墨で消した教科書を使っていたはずだ。

ずっと後年に、田中小実昌という、いつだって叔父さんのような顔をした人が、空襲の中を逃げまどって育ったボク等を、本当に可哀そうだったなァと書いてくれたが、ボク等は誠ちゃんたちの世代を、痛々しく思っていた。

ボク等はむしろ面白かったよ。空襲だって面白かった。焼け死んだとしたって、本人はけっこう面白い。むっつりしていたのは大人たちだ。

ボクはなんでもやれるような気がしてじっとしていられなかった。けれども何をしたらいいかわからなかった。家を飛び出して地下道や、ヤミ市や、夜の公園をハネ廻っていた。上野の浮浪児たちを連れて、アベックを脅して廻るのも面白い。バクチもおぼえた。

なにしろ、歩いたって、スイスイと足が前に出るのだからな。往来で寝ていてもちっとも哀しくないんだ。

同級生が富士山で転落死した。その母親が、汚れたボクを見かけるたびに眼をうるませた。

映画館も、ヤミ市も、いつも混んでいた。人々は本当によく外をほっつき歩いていたものだ。芋アメをなめ、芋きんとんを喰い、進駐軍の残飯シチューをすすりこんだ。

シチューの中に烏賊《いか》の一片があり、噛んでも噛んでも噛みきれないので、よく見たらゴム製品だったという話がある。

〝リンゴの唄〟は「そよかぜ」という松竹映画の主題歌だ。ボクが見た映画館は椅子がそっくりなくてオール立見だった。

並木路子は戦争中、松竹歌劇団の歌手で、眼のキラキラした初々しい女の子だった。リンゴの唄一本であの時期のスタアになったが、あの映画の主演者は女性二人なのだ。もう一人の主演者の波多美喜子は黙殺された。でもボクは彼女の前途を祝福したのだけれどもな。波多美喜子は並木路子のレビューの先輩で、浅草の舞台では戦争中から、〝ヤンチャガールズ〟や〝笑の王国〟などでおなじみのタレントだった。波多美喜子はまもなく引退して消息を絶った感じだったが、数年前に病をえて亡くなったという噂をきいた。

敗戦一年。

ウチのオヤジは焼跡で、家庭菜園ばかりやっていた。外出しても毛唐ばかりで不愉快だ、という。ボク等はべつに気にしない。アメリカ映画歓迎だ。けれどもアメリカをべつに尊敬していたわけでもない。

どこの焼跡にもトウモロコシが伸び南瓜の葉が茂っていた。それで思い出したが、三遊亭歌笑という、南瓜の花のような仇花が咲いたな。破壊された顔と自称し、歌笑純情詩集と称して、七五調の漫談風落語をやる。――豚の親子が畑で昼寝していると怖い夢を見た。トンカツになって喰われる夢。四辺を見たらキャベツ畑だった、云々。新感覚のギャグといわれてとてもよく受けていたけれど、彼の小話はいずれもアメリカジョーク集という一冊の本からちゃっかり盗んだものばかりだったよ。でも、斜視で、ピエロに徹する明け暮れで、哀しい内心がにぎやかな高座にどこか滲んでいた。人気絶頂期に銀座街頭でジープにはねられて死んじゃったけれど、なんとなく、忘れがたい人物だ。

あの頃はまだどこの家でも蚊帳を吊って寝ていた。蚊がたくさん居たからサ。蚊帳に出入りするときに、蚊が中に入ってくる。中にとまっている蚊を蠟燭の火を近付けて焼き殺す。その後アースの噴霧器を火炎放射器にして焼き殺すこともやった。面白かったけれど、よく火事にならなかったね。

蚤《のみ》も多かった。部屋の隅の畳の上に白い包み紙を敷いておくと、やがて蚤が、ポッン、と足音させてその上に登場する。指先をなめ、指の腹でそいつらを片っ端から、というほど居た。

南京虫は港町からくるという。ボク等は横浜の方から移住してくると信じていた。

関西の人は神戸からくると思っていたそうだ。ところが呉服屋は、京都から仕入れる商品についてくるという。帯や反物に、うっかりすると糞の跡をつけられる。

凄かったのは虱《しらみ》の氾濫だ。ボク等は毎日下着を脱いで虫取りをした。進駐軍がＤＤＴを撒いてくれる。地下道に寝ていてもＤＤＴ、留置場に居てもＤＤＴ。ボクはいつも白い粉だらけだった。ＤＤＴはなつかしくないが、虱はなつかしい気がする。

〝尋ね人の時間〟というのがあった。戦争で散り散りになった家族の消息を求めるラジオ番組。日本国内の話ですよ。誠少年の印象に残っているのは、これと、〝配給だより〟といったかな、「何区何町、一班から十班まで、スケソウダラ――」という奴。干鱈の一種で、当時配給はこればっかりだった。

それから〝日曜娯楽版〟（最初は「唄う新聞」というタイトルだった）をよくきいていた由。ボクは河野隆次氏解説のジャズ番組や、深夜ＤＪ〝イングリッシュアワー〟でジャズばかりきいていた。進駐軍放送ＷＶＴＲの〝ヒットパレード〟も。ボクは誠ちゃんたちより浮わついていたのだろう。

ピースとコロナという煙草が売り出され、週一度、日曜の朝、煙草屋に行列して買う。オヤジのために並んだがときどきボクも吸った。コロナが十円で、ピースがたしか七円だったかな。でも当時としたら高い。ボク等は新円といって証書を張ったおサツを使っていた。余談になるが後年のハイライトのデザインは若き和田誠画伯であるそうな。

敗戦二年――。

〽トーキョ　ブギウギ

リズム　うきうき

心ズキズキ　わくわく――。

笠置シヅ子は、日本の女歌手で唯一人、ボクが子供の頃から敬愛した人だった。空襲の最中に滝野川万才館という場末の小屋に出ているのを発見して駈けつけたり、渋谷のジュラクという小屋にも行った。戦中も戦後もほとんど変らず、一筋に明かるくて、アナーキーで、強烈だった。戦中の〝アイレ可愛いや〟もパンチがあったが、この〝東京ブギ〟も傑作。ブームになる前に、ガード下のパン助たちの間で受けてよく唄われていたという。

女はパン助、男は輪タク。

それが当時の下層庶民の一面の顔でもあったが、一見オンリー風の若い女性が人力車に乗ったまま、果物屋の店頭で、老車夫に果物を買わせていた。

再び走り出した車上から、オンリー風がハイヒールの踵で車夫の後頭部を蹴り、甲高い声で「ヘイ、スピードアップ！」と叫んだ。あの彼女は今、どこでどうしているだろう。

笠置シヅ子の陽気なレコードを裏返すと、対照的に暗く無表情な小平義雄の顔が現われるような気がする。

食糧の買出しに来る娘を田舎道で誘惑して次々に暴行殺害する。この類の行為は一度味を知ると中毒症状を呈するらしい。ボクの年長の知人は「あれは戦場体験のせいだ。戦場でああいうことを皆おぼえるのだよ」といった。

その知人は、中国で捕虜の兵士を刺殺した経験の持主だった。上官の命令でせっぱつまって殺《や》ったが、酒を呑むと、身ぶるいするようにしてそのときの模様を語ることがあった。

あるとき、その知人と一緒に赤線に女を買いに行った。その巷では彼は有名人物で、ちょっと古手の女はいずれも彼を客にとらない。その日は新顔のところにあがったが、やっぱり騒ぎが起きて、そこのオカミが彼を蹴りつけるようにして追い出した。

小平義雄は逮捕されると、わりにスラスラ自白したように思う。そこがやっぱり怖い。自白が終った夜、刑事部屋でスキ焼きを食べている写真が新聞にのった。なぜかそれが忘れられぬ。

いのち売ります、という看板をブラさげて歩いた青年が居た。

その生命の代金は、五万円。

売れればやはり話題になったろうけれど、結末は記憶がない。

なにしろインフレで、五万円は一応大金だったが、物の値段がどんどん変る。

当時の小劇場のコント。いのち売ります、と大書した看板をさげた男が居る。

買った——！　と札束を出す通行人。

男はゲエッと血を吐いて、

「はい、胃の血。五万円——」

ヤミ物資を断固として買わずに、配給物だけの食生活を守り抜き、その結果、営養失調で亡くなった人が居た。

その人は裁判所の判事だったというが、家族もそれに殉じた噂をきかないから、こっそりヤミ米を喰べていたのだろうか。判事は一人で命を張って、法を告発したのかもしれない。近頃は体制に歩調を合わせることに汲々としている新聞が、その頃はまだ法律をからかって戯画化していたな。

もっとも今生き残っているのは法律違反してヤミをしていたおかげだ。

敗戦三年――。

平和といってもときどき敗戦の現実をしみじみ味わうようなことにぶつかる。極東国際軍事裁判というやつがそうだった。この年の暮近くだったたと思うが、トージョー等A級戦犯七人が死刑（但しテンノー一族は手つかずで無事）。戦争犯罪を本当に裁ける者は誰か。喧嘩は一人じゃできないんだけどねえ。

敗戦後、ボク等は外国製ニュース映画でずいぶん戦犯処刑のシーンを見せられた。群衆の目前での縛り首。西欧のは柱に仕こまれている首縄を、スイッチかなにか押して絞めるらしく、処刑者は立ったまま動かず、ややうつむく程度だ。それがかえって冷厳に見えた。イタリアのムッソリーニは群衆に撲殺されたとかで逆さ吊りにされて血だらけ。女性も吊るされていたが、あれは家族か、愛人だったたか。

呑み屋で、おっさんの言あり。「息子の名前、英機じゃ拙《まず》いから変えたよ。でも茂は平凡だから、球一にしてやった」――徳田球一の球一であろう。どんな息子に成人したかな。

女は皆、ロングスカートだった。

山手線の終電車が代々木の手前で停電のために立往生した。ボクは小便がしたくて連結器のところから土手に飛びおりた。あとから酔った女も飛びおりてきた。そうしてロングスカートをまくりあげて土手で小便をした。

その間に、電車が走り出した。ボクはツイていて、その夜、タクシー代をはずんだだけで、銀座の女の身体を頂戴した。タクシーもまだわりとすくなかった頃だが、そのかわりシボレーだのセダンだのシトロエンだの、ほとんど外国車だった。

ボクはばくちばかりやっていて汚なかったが、普通の兄ちゃんはリーゼントというやつで、ポマードをこてこて塗っていた。中にはフケだらけのリーゼントも居たけれどね。

それでポマードがガンガン売れたんだ。流行歌手の岡晴夫がポマード会社の社長だったり。

当時売れたのはポマードと、ヒロポンさ。ちょいとイカレた街の人間は、男も女も皆注射器を持っていた。流行というのは不思議なものだね。

フジヤマのトビウオ古橋広之進が日本のニューヒーローになった。

それより面白かったのは、夜の上野公園を視察中の田中栄一警視総監が、おカマ連中に殴られちゃった事件だ。ボクは見ていたわけじゃないけれど(居ても不思議ないほど上野をよくウロついていたのだが)、ボクにはこれはわりに健全なニュースに思えたな。

あとで上野に行くと、誰も彼もがこっそりと、あたしがやった、という。〝男娼の森〟という本が出て話題になったが、作者の角達也さんも上野の人で、相当なヒロポン中毒だった。ボクの師匠の藤原審爾さんとは以前の同人雑誌仲間だった由。角さんは後に上野の救世軍に入ったときくが、健在だろうか。

夏の東宝争議の時は、無関係のボクが争議団に加わって撮影所にたてこもっていた。何故そうなったか、今どうしても記憶がない。争議の最中、ボクはピースの箱で〝モヤ返し〟という簡単なばくちをやって皆に小銭を賭けさせた。巷で、この種のデンスケ博打がよく流行《はや》っていた頃だった。

敗戦四年――。

プロ野球は敗戦の翌年から復活していたが、戦争のブランクが埋まってこの頃円熟期を迎えた。

川上哲治の赤バット。

大下弘の青バット。

ただペンキを塗っただけのものだったが、今の金属バットのような音をたててライナーが外野スタンドに突き刺さる。

ソ連抑留から帰国した水原がユニフォーム姿でスタンドに向けて挨拶した日も、三原が南海筒井を殴った日も、ボクは後楽園に居た。ばくちばかりやっていたわけじゃないぞ。この頃の巨人阪神戦、巨人南海戦は面白かった。後楽園では、ダイナマイト打線の阪神は黒のユニフォームで精悍そうだったし足の南海は緑のユニフォームで軽快に見えた。ボクは東京ッ子だが関西のチームが好きで、どこを好きになろうが当方の勝手だと思っていた。当時は阪神対南海なんてカードが東京でも見られたものね。

この秋、桑港《サンフランシスコ》シールズという米チームが来襲。プロ野球人気上々のところでお定まりの分裂、二リーグになった。

当時ボクは不良少年兼見習い編集者だった。勤めた以上は編集者として大成したい気持はあったが、夜から朝にかけてのばくちがいそがしくて会社に行くヒマがなかなか作れなかった。見習いの癖に満足に会社に居られたのは週に一日くらいで、あとはせいぜい三十分も居られればいい方だった。そんなわけで小一年でチョン。そのあと新吉原の妓楼で居候をしている友人の又居候になって暮した。なんだか脈絡がないけれども仕方がない。若い頃というのはそういうものだ。

戦後の特飲街はGHQの命令で、妓楼に下宿している女の自由恋愛ということになったが、やはりそれは建前で内実は前借に縛られていた。妓たちの楽しみはいかにして前借を踏み倒して頻繁に土地を住み替えるかだった。もっともそれも、大方は女衒《ぜげん》に甘い汁を吸われてしまうのだが。

古い習慣は細かいところにも残っていて、おぶう（お茶）に自分の唾を混ぜて出すとその客は裏を返す（また来てくれる）というので、吉原でも実行している妓が多かった。外に出たら出花にも油断すべからず。


ボク等は居候だからお女郎買いはあまりしない。そんなことより妓楼のバカ息子どもをばくちでコロすことに精を出していた。ボクとその友人には壮大な夢があって、そうやって妓楼の二三軒を乗っ取り、その金で一大地下カジノをこしらえるつもりだった。夢はひとつも実らなかったけれど。

銀座の方では〝光クラブ〟というヤミ金融会社を造り派手派手しい活躍を示した学生社長が、やはり夢破れて自殺して果てた。当時はまだこういう学生がショッキングな存在だった。そうして、アプレゲール（戦後派）なる言葉が一般に定着したのもこの頃だったと思う。この頃の若い奴はしようがねえな、というかわりに、お前、アプレだな、といった。

ボクの無軌道はずっと幼ない頃からで、戦争が終ったから無軌道になったわけじゃない。だからアプレといわれるとなんだか不愉快だった。

無軌道といえば、これもＧＨＱの介入した国鉄整理の波紋か、下山事件、三鷹事件、松川事件と、鉄路が頻々と血で染められた。

ラジオに耳を傾けているときは、眼は少し上方の宙に向いていたような気がする。するとラジオを聴いている家族の図というものは、皆が上眼使いに宙を見上げていたのだろうか。

我が家のラジオは天井に近い棚の上にあったせいでそう思うのかな。もう大昔のことのようで、その感触が記憶から失せてしまった。


敗戦五年――。

当時の人気番組。話の泉、二十の扉、とんち教室などの長寿番組、鐘の鳴る丘、向う三軒両隣り、日曜娯楽版。

おおむねは家庭向けの穏健な番組が多かったが、〝愉快な仲間〟というのは藤山一郎とともにムーランルージュの森繁久彌が起用されて、当時としては湿気のすくないものだった。これをもう少し俗にしたようなものが〝陽気な喫茶店〟。松井翠声と内海突破がレギュラーで、マツイさん、マツイさん、という突破のダミ声ではじまる。ギョギョッ、という流行語がうまれて、漫画にもその種の表現が移入されたりしたが、今はもうお忘れの方が多かろう。

この翌年あたりから民放ラジオが本格的にスタートする。

敗戦五年もたって、我々がどう変ったかというと、日常的には特にどうということもない。じっと眺めているうちに進駐軍もすくなくなっちまうし、どうやらこうやら飯も喰える。たしかに乱世だったが、眼先がチラクラ変るだけで、アジャ、パッ、ですんでしまうようにも思えた。

しかし大きくいえば、そう暢気《のんき》でもなかっただろう。マッカーサーがやたらに反共を唱えだし、レッドパージの時代で、共産党幹部はそっくり地に潜った。一方では糸へん景気。もっともこれはすぐにしぼんでしまうが。

第一回ミス日本の山本富士子は、好みは別にして、とにかくニュース種になりうる美女だと思ったな。あれから三十年、彼女も息が長い。

公団の金を使いこんで逃走した男が元ミス東京の美女を伴なっていた。横領した金は一億円だという。当時の一億円は、後の世の三億円などとケタがちがうぜ。私の周辺の街の男は皆、彼を讃嘆の眼で眺めていた。

つまみ喰い、という言葉はそもそもこのへんが出処だと思う。

千円札というものがまだ充分に威力があった。ソバ一杯十五円だからね。

川崎競輪場の焼打騒動のときは、燃えた新聞紙と一緒にその千円札が風に舞い散った。

盛り場の方でこの頃から流行りだしたのが、アメリカから伝わってきたビンゴゲーム。数字表をにらんでいて、おハジキを出目に乗せていって列をつくる。

「――C列の18番、C18番のあとは、I列の25番――」

というハンドマイクのダミ声が、どの横丁からもきこえてきた時期があった。賞品のいい店と、たいしたことのない店とある。

賞品のいい店は筋者の経営で、派手な呼びこみをやっているけれども、一着でゴールして立派な賞品を貰う客はまず居ない。居てもサクラ。最初に配る数字表がすでに同着何人かできるようにこしらえてある。同着者が出ると賞品でなく、再度挑戦できる切符をくれる。結局インチキ。

しかし中毒するとアツくなって朝から一日やっている客もあった。

敗戦六年――。

この頃の五人男をあげよ、といったら、フルハシ、リキドウザン、シライ、クロサワ、トキノミノル、だといった男が居た。

トキノミノルは競馬ウマだぜ。でも戦後初のスター馬で、無敗。この年の第18回ダービーで、右前肢を腫らしながら二千四百米を走り抜けて一着。その後遺症でまもなく死んだ。大映でこのウマの生涯を劇映画にしたものね。もっとも馬主が大映社長だった永田雅一なんだ。

同じ頃、イツセイというウマも強かったけれど、どうしてもトキノミノルに勝てず、大レースではいつも二着。ボクはイツセイから馬券を買っては失敗していた。映画にするならこっちのウマを主人公にしてもらいたかった。

競馬場の帰りにおケラ街道を歩いていると、よく友達ができたものだ。八百長にひと口乗らないか、とよく誘われたが、ボクは一度も頷かなかった。八百長は大好きだが、八百長やろうという連中を信用しなかっただけだ。

それでは女性では誰が活躍していたか。〝浮雲〟や〝めし〟で人気をあげこの年病没した林芙美子、グランプリをとった〝羅生門〟の京マチ子、帝劇ミュージカルで独特な個性を見せはじめた越路吹雪。

しかし好き嫌いは別として、抜群の存在だったのは美空ひばりであろう。

たかが少女歌手というなかれ。戦前はレコード歌手というものの地位が低く、艶歌師に毛の生えたものという程度にしか見られなかったが、戦後は役者の地位を凌駕して、すっかり芸能人の代表になってしまった。特に歌手は芝居とちがって一人舞台であり、観衆の讃嘆の眼が一身に集まっているのであるから、天才少女ひばりの味わった全能感は、ナポレオンもおよばぬものがあっただろう。

ひばりは前年の〝東京キッド〟翌年の〝リンゴ追分〟で、本格的なスタアになったが、ちなみにこの年は江利チエミが〝テネシー・ワルツ〟でデビューした年であり、約一年おくれて雪村いづみも加わる。庶民にも出世の余地がある、といってボクの母親は拍手した。

前年に勃発した朝鮮戦争にアメリカ軍が介入して国連軍と称し、北朝鮮側も中国人民義勇軍が参加、一進一退、長期化する様相を見せ、日本までキナ臭くなってきた。

さっぱり旗色がよくならない国連軍に業を煮やしてか、マッカーサーが罷免され、老兵は死なず、という言葉を残して日本を去り、かわりにリッジウェイがやってきた。

その最中の講和条約。日米安全保障条約。

もう戦後ではない、という言葉もぼつぼつきかれるようになったが、実感としてそうでもなかったな。なにしろいったんやっちまったことは、そう簡単に消えてなくならない。

この年は集中豪雨だの干魃《かんばつ》だの大火だのが多かったけれど、一番恐怖を感じたのは横浜桜木町駅の国電火災だ。

高架になったところで火を噴いたがドアが開かず、乗客は窓を破ろうとしたけれど、六三型という形式の車輛で窓に横枠があり、大半は逃げ出せなかった。翌日の新聞の写真で見た無惨な有様が今でも眼に浮かぶ。

敗戦七年――。

ウッカリしていてあまり気に留めていなかったけれど、敗戦から前年の講和までの間、この国は独立国ではなかったのだな。なぜウッカリしていたかというと戦後GIたちとばくちをやって勝ちまくっていた時期があって、ボクにとって進駐軍の存在はけっして不愉快なものではなかった。軍票景気がなくなって、ボクの懐中は優越感と一緒に干上った。

もっとも国家というものはよかれあしかれ、日常の底の方で濃いかかわりかたがあるから、もちろん個人のうわっつらのことでは計りにくい。ボクはちょうど自立の第一歩をふみだす時期で、自分の自立に汲々としていたが、世間は、再独立にともなう諸対策を遂行する側と、阻止する側とに別れて、きびしい衝突をくりかえしていた。

破防法というのでもめた。それから安保だ。独立後初のメーデーは血のメーデーと化した。

メーデー事件捜査のため警官隊が早稲田大学に突入、学生たちと大乱闘になったり、火炎瓶が方々の交番に投げこまれたりした。

この年の英雄は日本初のフライ級世界チャンピオンの白井義男と、ヘルシンキオリンピックのレスリング金メダリスト石井庄八だ。もうひとつ、ラジオドラマの「君の名は」。放送時間中は女湯がすくといわれ、翌年映画化されたときは真知子巻きなるものが流行した。

ボクも襟巻を女に買い与えたことがある。ボクはこの頃、「青空楽団」の女のコとちょっとできていた。青空楽団というのは街頭で歌を唄い、歌詞の小冊子を売る楽隊のことで、焼跡時代に発生し、バラックが建ち並んでからも存続した。むしろ盛り場では二十七、八年頃にもっとも盛んで、新宿駅西口などでは五メートルおきに一隊が並び、ジャカスカやっていたが、レコードの普及で命脈を終える。

そのあとはしばらく演歌師の時代だった。小さなマーケット風の呑み屋街をかなりの人数が右往左往し、奇傑変人も多かった。ギター、ヴァイオリン、三味線、楽器もまちまちで、中には一升瓶を抱えて叩き歌うというオジさんも居た。彼等を駆逐したのはカラオケだ。機械はたくさんの職業を奪ったが、そのうちヤクザも機械化されて消滅するかもしれないな。

巷の芸人の中に入れてよいかどうかわからぬが、なんとなくなつかしく思い出されるのは、通称〝大空〟という老詩人だ。マンドリンを抱えた小柄な老人で、長髪、髭をはやし、毎日東京の町のどこかをトボトボと歩いている。店舗や人家の前にときどき立ち止まってマンドリンを鳴らし、喜捨してくれる者があると自作の詩を記した小冊子をおいていく。

だから詩人にちがいないし、乞食ではない。ボクは子供の頃から、つまりさほど老いていない時分の彼も眺めて知っているが、当時東京に住んでいた人なら皆知っていたのではなかろうか。大空のごとく悠々と伸び伸びと生きる、というのが彼のスローガンで、一見したところ穏和で小心そうな老人だったが、戦中も戦後もずっと一貫した生き方だった。多分うんと小規模なガンジーのような人だったかもしれない。

そういえば山手線の中を国旗を抱いて歩く老人とか、全身を顔にせよ、顔は風邪をひかない、という襷《たすき》を裸身にかけて全国を廻っていた人とか、一貫して奇行を続ける人が居なくなったな。大空詩人もこの年あたり以後、姿を見かけない。

敗戦八年――。

アジャー、パッ、というのがよく流行ったな。「アジャパー天国」という典型的な斎藤寅次郎監督のアチャラカ映画で、伴淳三郎が仕掛人になった。あの映画には〜――

貴方はアジャーで私はパーよ、というような奇怪な主題歌がついていた。

もっとも、アジャー、といって、握った拳をパッとひろげる形は、伴じゅんが寅次郎映画の二三作前から演《や》っていて潜在的流行を示し、だからこうした題名の映画が作られたのだと思う。

ぼくはナンセンスの洗礼を早く受けたので、特に新鮮に思わなかったが、古い脇役の伴に陽が当るのを、ほほう、と思って眺めていた。

当時、ちょっと居た小出版社の同僚に、実直で小心な青年が居り、不良あがりのぼくと妙に気が合ったが、あるとき彼は編集長と感情がこじれて、意外に突っ張り、辞表を出した。所用から戻ったぼくが、どうした、という眼で彼を見ると、ニコッと笑って握った掌を開き、パッ、といった。

それが妙に印象的だった。


野球、相撲、ボクシング、プロレスなどのスポーツ的見世物が急に身近に寄って来はじめた。テレビ中継がはじまったからだ。

といっても我が家にテレビを据えたわけじゃない。街頭テレビ、それからソバ屋、電気屋の店頭など、その時間になると黒山の人だかりができた。だって当時、テレビの受像機は十四インチで約十七万円くらいしたもの。ぼくの安月給が一万円ちょっとの頃だ。今から考えればべらぼうに高い。家電屋さんは儲かったろうな。

テレビ初期の王さまは、なんといっても力道山だ。無茶苦茶を売るショーというのが新鮮であり、無茶苦茶を展開するために練磨された体力に説得力があったし、一方またうさんくささやうら哀しさも横溢していて、見世物として申し分がない。だがそれだけでもなささそうだぞという迫力もあって、翌年だが対シャープ兄弟戦、瞬間の血戦となった対木村政彦戦など、テレビの前に釘づけになった。但し、力道山の「勘忍袋の緒が切れて――」という座長芸は少々鼻についたけれども。


ヤミ景気の時代はとっくに終ったけれど、朝鮮戦争のおかげで特需景気というやつになっていた。会社はビルを建てはじめ、遊園地にジェットコースターがお目見えし、青山にはアメリカ式のスーパーマーケットが初登場する。

一方、浮き沈みは世の習い。ある宗教の本山には、かつてのヤミ成金たちが落魄して、身ひとつでごろごろと仮宿しているという噂だった。

いずれにしても組織社会が足音高くスタートしていて、一匹狼の不良ッ子は皆あがったりだった。ヒロポンや悪酒の影響でバタバタと倒れ、残りも喧嘩で死んだり、押込みや他の犯罪に手を出して自爆したり。

あの頃、不良ッ子に残された唯一の儲け仕事は、朝鮮から空輸されるアメリカ兵士のバラバラ死体を、一応人間らしい形に組み合わせて繃帯《ほうたい》で巻き固めることだった。こいつァ儲かるぜ、とはいうものの日当が千円とか、千五百円とか。

ぼくは不良の本分を貫かずにあちこちの小会社に首を突っこんでしのいでいたが、夜は弟分たちのたまり場に行って寝ていた。

敗戦九年――。

沛然《はいぜん》として雨が降る。それが豪雨にかわり、どこまでも勢いを増していって、家を圧しつけ身体を圧しつけ、轟然と降る。あ、これでいったいどうなるのだろう――、と思うような雨の夢をよく見た。昭和二十九年というと、すぐにその豪雨の夢を思い出す。

その年の三月にビキニで水爆実験があり、第五福竜丸という漁船が放射能を含んだ死の灰を浴びて、久保山さん以下の犠牲者を出した。原水爆の実験はもちろんそれがはじめてではなかったが、このとき日本じゅうが衝撃の渦に巻きこまれた。ぼくも相当深刻に受けとめたようで、豪雨の夢は、つまり水爆の夢なのであろう。

その方面の海で獲れたマグロに放射能があるという。鮨屋の客がそれで激減した。原水禁署名運動もたしかこの年あたりからはじまったのだと思う。

しかしアメリカがその翌年から実験地をネヴァダの砂漠に変更したせいもあり、放射能騒動も一過性の災難に受けとられたきらいがないでもない。豪雨の夢は今もよく見るが。

ぼくは年少の頃にいろんな意味ですごい男たちに接しすぎちゃったせいだろうが、ホモとはちがうのだけれど、つい男の方ばかりに眼が行く。その余波で、女にはあまり恋いこがれない方なのだけれど、マリリン・モンローはやっぱり忘れられない映画女優の一人だ。同タイプで前代のセックスシンボルだったクララ・ボウ、ジーン・ハーローと並べてもずっと大きな存在だと思う。和田誠氏は〝紳士は金髪がお好き〟あたりからの彼女がお好きなようで、それがまったく正当な意見だと思うけれども、ぼくは初期の〝アスファルト・ジャングル〟の彼女が忘れ難い。それと一番最後の〝荒馬と女〟。

この年のはじめ、来日した彼女は、たしか新婚旅行という触れこみだったと思う。再婚の相手は野球選手だったジョー・ディマジオ（同年離婚）。このとき、物見高い群衆の一人になって、実物を見に行こうとは思いつかなかったが、後年、帝国ホテルのスイートに足を踏みいれた時、インタヴューの折りに彼女がかけたのと同じ椅子がまだあるかなと思って眼で探した。

昭和二十年代は、何故か、公共の乗物の大事故が絶えまがなかった。間断なく、といっていいほどバスがひっくりかえり、汽車がぶつかり、船が沈没する。町ぐるみ焼けてしまうような大火がある。

戦争の頃の災害なれした神経がまだいくらか残っていて、悪いニュースにぶつかってもビクつかないところがあったが、この年の青函連絡船〝洞爺丸〟の事故は、乗客の大部分、千人を越す死者が出てさすがにびっくりした。この翌年にも宇高連絡船〝紫雲丸〟の沈没事故があるが、その後は、航空事故をのぞき、あまりこの手の事故にぶつからない。何故だろうか。

人出の事故もある。年頭、皇居参賀の人波が崩れて十六人の死者を出した。当今だとアイドルタレントの劇場でおこる。時代と共に事故の内容も変った。

たった一人の被害者だが、残酷で忘れ難いのは、鏡子ちゃん殺しのような公衆便所での殺人。近年、水洗になり洋式になって少し印象が変ったが、トイレというところ、特に公園の便所はなんだか妖気に包まれて見える。

敗戦十年――。

もはや戦後ではない、といいはじめる大人が増えた。この言葉には、やっぱりちょっと抵抗がある。戦後であろうとなかろうと、過ぐる年、戦争があって、潰滅に瀕したことにかわりはない。

けれども表面のところはもうすっかり復興していて、人々は本格的に消費生活を楽しみだした。当時の三種の神器は、テレビ、冷蔵庫、洗濯機。

アプレゲールといわれたのはボクたちの世代だが、これは戦中育ちで、その次のはっきりした戦後世代が育ってきた。

突如出現した〝太陽の季節〟という小説はまったく象徴的な事件だった。

湘南の海辺で、ボクシング、ヨット、ガールハント、喧嘩、セックス遊びに明け暮れる若者たち。そうして、男性自身が障子を突き破る場面。

慎太郎刈りをし、アロハにサングラスをかけた太陽族なる若者たちがうまれた。慎太郎、裕次郎の兄弟は名実ともにヒーローで、ぼくたちはうじうじと眺めているだけだった。


その一方で、基地拡張のいざこざが各地でおこり、北陸の内灘村では数年前から、立川基地のそばの砂川町ではこの年から騒ぎがくりかえされた。

ぼくの友人で、しょっちゅう怪我をしたりしながら、砂川ばかりでなく内灘の方まで出かけて行く男が居た。彼は学生だったが、学校をやめ、闘争から帰ってくると、渋谷で靴みがきをやっていた。とてもいい奴だったが、今どうしているだろうか。

かたや太陽族、かたや実践族、まったくタイプのちがう若者たちだったけれど、新宿あたりの酒場では、ごちゃごちゃにいりまじって呑んでいたものだ。

今考えると、靴みがきの友人が、どういうつもりでぼくみたいなノンポリと仲よくしていたのかわからない。

別の友人だけれども、これもとてもいい奴で、皆から愛されていたが、ただ酒を呑んで寝てばかり居る男が居たな。愛称ネム健。呑み屋に居ても、いつのまにかずっこけて、足もとの床の上に長く伸びて寝ている。今思うとぼくは彼に一番近い存在だった。

ぼくはこの年、しばらく勤めていた出版社の編集小僧をやめて、また元のルンペンに戻っていた。そういえばネム健も元編集者だ。

ぼくはまだネム健ほどには眠らなかったけれど、何もすることがないから全国の競輪場を一ヶ所ずつ廻り歩いてなんとか車券でしのいでいた。競輪場は当時、全国に五十数ヶ所もあったんだ。

この頃、文士連のパーティで、まじめな新田次郎さんが、四国の方まで釣りに誘われて行って、

「私も堕落したものですねえ、仕事ならともかく、釣りをしに四国まで行ってしまう

のだから。以前なら考えられなかったことです――」

するとと某先輩作家が、ぼくのことをひきあいに出して、

「釣りならいいですよ。四国まで競輪をしに行くバカも居るんだから――」

新田さんは呆れて絶句したという。

もっとも私にしても、戦後の一時期のように無頼にのめりこむ気にもならなかった。多分、青春がもう過ぎ去っていたのだろう。

敗戦十一年――。

ぼくが編集者をやめたのは（客観的にはクビ）まったくボク個人の遊び人体質が会社勤めに向かなかったせいであるが、遠因は会社が左前になったことであり、そのまた遠因は時代のテンポが変って月刊娯楽誌がいっせいに衰退したことにある。

昭和三十年代は、この角度からいえば、週刊誌とテレビの勃興期だった。

「週刊新潮」の創刊が昭和三十一年。

それまで週刊誌はニュースの綜合誌であり、新聞社の機能によってつくられていた。「週刊新潮」によってはじめて出版社がこのジャンルに手をつける。できたものはニュースをゴシップふうに追うスピーディな娯楽誌だった。

けれども当初から爆発的売れゆきというわけにはいかなかったようだ。ぼくなども、

タウン情報を巻頭に持ってくるやりかたが眼になじまず、ヘンテコなもので勝負して新潮社は潰れるのではないかと思ったりした。

ところが一年たらずで軌道に乗り、後続の各誌の創刊を呼んだ。今にして思えば、もし週刊誌の成功なかりせば出版社は映画とともに斜陽の一途をたどったであろう。同時にこのへんから編集者の気質もずいぶん変って、ボクみたいな遊び人の勤められる所ではなくなった。

この時期の人気作家は、松本清張、五味康祐、柴田錬三郎で、三者三様ながらいずれも週刊誌を足場に活躍し、推理、剣豪、伝奇の娯楽小説三部門をそれぞれ蘇生させた。本物の剣豪さながらに髪を長くたらして(髭はまだなかったが)新潮社附近を闊歩していたあの頃の五味さんの姿がまだ眼に残っている。

が、ぼくにとってそれ以上に眼を奪われたのは、この年、第一回中央公論新人賞をとった深沢七郎(楢山節考)の存在だった。このひとは天才で、余人の真似するところにあらずと知りながら、オレみたいな遊び人でも小説が書けないときまったものでもないな、と思った。それで安心してますます遊んだ。

五年かかってやっと一作できて、同じ新人賞を貰ったとき本当に嬉しくて深沢氏の弟分になれたような気がした。

ジェームズ・ディーンは、この前年封切の〝エデンの東〟で登場し、〝理由なき反抗〟〝ジャイアンツ〟とつるべ打ちしてセンセーションをまきおこした。テレビに押されながらも、この頃はまだ映画のお客さんがたくさん居たんだな。

彼は当世風にいえば、根クラの小男だったが、どこかすねたような、母性本能をくすぐる甘さがあって、若い娘ばかりでなく、もういい年をした婦人たちにも人気があったように思う。

当時ぼくがよく行っていた喫茶店のマダムは、次男坊がJ・ディーンにそっくりだといって溺愛し、息子ながらそばにくると、ぞくぞくっと慄えるのだといっていた。そうしてその次男坊は後年、生家を出奔したきり寄りつかない。どういう事情かはきかなかったが。

しかしJ・ディーンの人気に錦上花をそえたのは、自動車事故による急死であろう。アイドルというものはついには命を捨てないと終りが全うできないらしい。この苛酷な運命の日本版が赤木圭一郎であろうか。

2 博打

九勝六敗を狙え——の章

この二、三回に記したことを、簡単に復習するよ。
《プロは、一生を通じてその仕事でメシが食えなくちゃならない》
《だから、プロの基本的フォームは持続が軸であるべきだ》
《しかし、なにもかもうまくいくということはありえない》
逆にいうと、フォームというものはけっして全勝を狙うためのものではないんだ。六分四分、たとえわずかでも、いつも、どんなときでも、これを守っていれば勝ち越せるという方法、それをつかむことなんだ。
フォームはプロの命綱だぜ。だからまず、しっかりしたフォームを作ること。一生を通算して勝ち抜くためにはそれしかないんだ。
さて、ばくち場の大人たちを見ているとね、派手に大勝ちを続けて皆から一目おかれている人がある。ははァ、この人、強いんだな、と俺も思うけれど、だんだんそういうことにごまかされなくなるんだな。

——今はたしかに強いけど、ずうっと強いかどうか、わからないぞ。

だから、単に今強いというだけで、その人を手本にするわけにはいかないね。

もちろん、弱くちゃ困るよ。プロがその本業で負けてたんじゃ、お話にならない。けれども、勝ちまくってしまうというのも、ちょっと危険なんだな。誰だって勝ってるときは気分がいいからね。全勝に近い成績をあげてしまうのは、フォーム以外の運を大きく食っているからだということを忘れてしまうんだね。で、大多数の人が、自然にまかせて、アマチュア式に思いきり勝ってしまうんだ。

まァ、それはそれでもいいんだけどねえ。

ばくち打ちだって、ばくち打っているだけじゃなくて、個人生活もあるからね。ばくちの勝負ばかりに運を使っていればいいというものじゃない。自分の人生すべてを、なにもかも含めて、六分四分のうち、六分の利をとっていくというのでなければ、運の制御（自在にコントロールすること）をしたことにならない。

ばくちで勝って、健康を害する。

こりゃァ、大負け越しだね。

ばくちで勝って、人格破産。

これも、大負け越しだ。

ばくちなんかやっていれば、大なり小なり、人格を崩すけれどもね。それも程度の問題で、人格はなるべくそこなわない方がいい。

仕事で成功して、人格破産。

こういうふうにおきかえて考えてみてください。

その時分に、こんなふうに整理して考えていたわけじゃないんだけどね。まア、十七、八の時分だから、勘で、要所要所をつかんでいくんだ。

そうやって眺め直してみると、俺にとって、本当に一目おかなければならない相手は、全勝に近い人じゃなくて相撲の成績でいうと、九勝六敗ぐらいの星をいつもあげている人なんだな。

これも、そのときたまたま、九勝六敗が続いているという人じゃなくて、口に出したりなんかしないけれども、はっきり、九勝六敗くらいの維持を目標にしてやっている人だ。

これは、その人の生き方を眺めていると、わかるんだ。

ちょっと地味で、もちろん数はすくないんだけれど、いるんだよ、こういう打ち手が。

俺はその時分、若気《わかげ》で、一生を通じてばくちをやっていこう、つまりプロになろうと思っていたから、そのためには一人一人と対戦して、勝ちしのいでいかなくちゃならない。八勝七敗でもいいから、そうしていかなくちゃプロで生き残れない。

やがて、だから九勝六敗タイプと戦わなければならないんだな、と思って一生懸命眺めていたんだ。

十四勝一敗の選手を、一勝十四敗にすることは、それほどむずかしくないんだ。ところが、誰とやっても九勝六敗、という選手を、一勝十四敗にすることは、これはもう至難の技だね。

それで、この道を（どの道でも上位にいけば同じことだが）長くやっていると、相手はそういう選手ばかりになるんだ。

相撲を眺めていてもそうだね。

十両あたりの位置なら充分確保できる力量の力士がいる。彼がたまたま体調もよく、ツキもあって、十両優勝をしてしまい、番付がぐっとあがって幕内に入った。ここで実力の相違で、思いきり叩きつけられて、大負け越しをして又もとの十両に戻る。それで十両なら勝てるかというと、自信も崩れ、フォームも崩れて、やっぱり大負け越し。本来の力量の位置も保てずに幕下にさがってしまう。よくある例だ。

相撲はまだ一場所ごとに区切りがついて、番付が変わるから、わかりやすいが、ばくちも、普通の市民生活も、べつに区切りがあるわけじゃないから、星勘定がしにくいんだな。

十四勝一敗は、だから、十四勝十四敗の可能性もあるわけだ。

それで俺は考えたんだね。

これは勝ち星よりも、適当な負け星をひきこむ工夫の方が、肝要で、むずかしいことなんじゃないのかな。

その時分は、まだ若くて、気力も体力も充実しているから、わりに勝てるんだね。放っておくと、大多数の人のように十三勝二敗ぐらいで、いい気になって、持続が軸、ということを忘れそうになるんだ。

俺、ほとんど銭無しでやっているんだから、ばくちで負け越すわけにはいかないんだよ。大負けすれば払えないんだから、持続もクソも、その世界へ出入りできなくなる。

勝ち越さなくちゃならないが、前記したように、ばくちで勝って、健康や人格を台なしにしたくもない。

自然にまかせて勝つということは、うっかり、そういう大黒星を背負《しよ》ってしまう可能性をひきいれることでもあるんだね。

といって、パチンコで千円、すってしまった、なんてことは、負け星にならないんだ。負け星という以上、なにかの形で当方に傷がつくようなことでないとね。

だから、九勝六敗の、六敗の方がむずかしい。適当な負け星を選定するということは、つまり、大負け越しになるような負け星を避けていく、ということでもあるんだね。

そうしてまた、六分勝って、四分捨てる、というセオリーが、ここにも通じるんだ。実は、この神経がフォームとして身についたら、ばくちに限らず、どの道でも怖い存在になるんだけどね。

むろん、むずかしいよ。一生を通算して九勝六敗を続けるなんて不可能に近い。俺なんか、この当時、九勝六敗を狙っているつもりで、七勝八敗になったり、六勝九敗になったりしてしまう。けれどもこれを意識するとしないのとでは、やっぱりちがう。名前を出してわるいんだけれども、向田邦子《むこうだくにこ》さん、仕事に油が乗りきって書く物皆大当たり、人気絶頂、全勝街道を突っ走る勢いだった。それで、飛行機事故。向田さんはばくち打ちじゃないんだから、悲運の事故ということだ。けれども、もしばくち打ちが飛行機事故にあったら、不運ではなくて、やっぱり、エラーなんだな。

ばくち打ちは、運というものを総合的に捕まえてコントロールしていくことに人一倍の神経を使っていなければ一級品とはいえないわけだから。

はた眼には、その人の全体が見えないから、運の制御は、あくまでも、自分が自分の全体を眺めて、気をつけていく以外にないんだ。俺は、ばくち場で、まず第一にそのことを習ったよ。

一病息災――の章

楽あれば苦、苦あれば楽、という言葉があるね。実際そうかどうか、これは微妙な問題なんだけれども、いつかも記したとおり、これは昔の人のバランス感覚から生まれた言葉なんだろうな。

若い頃の一時期、この言葉に中毒しちゃった頃があってねえ。ちょうどばくち打ちの足を洗って、市民社会の底辺で社会復帰しようとしていた頃だなァ。楽あれば苦、なのならば、楽になるわけにはいかない。あとの苦が怖いからね。で、とりあえず、目前の苦をとろう。

しかし、苦をとっちゃうと、その次は楽が来る。楽が来てしまえば、次は苦になるわけだから、まずい。

では、目前の苦をとったあと、楽が来るより先に、すぐまた別の苦をえらばなければ安心できない。

なんのことはない、苦ばかり味わっているようなことになるんだけれど、当人はそれよりほかに打つ手がないような気分なんだ。

苦にもいろいろあってね。大きな苦もあるし、日常的な苦もある。大きな苦をさけようとして、日常を苦一色にしてしまうんだな。その頃は、まだ自分は攻めにまわる時期じゃない、と思っていたせいもある。

けれども、まァ中毒だね。

会社に出勤するんでもね。のんびり電車に乗って、楽をして行ったりすると必ずわるいことがあるように思えちゃうんだね。

だから、二時間もかかって走っていったりね。汗まみれで、くたくたになって、遅刻していたりね。

だけれども、そのままにしておくと今度は楽が来ちゃったりすると大変だから、何かまた苦のタネを探したりしてね。

同じ苦でも、自分でえらびとった苦なら、まだ救われるような気がしたんだね。それに、肉体の苦痛ならば、苦の中でも一番あつかいよい苦だからねえ。うっかり楽をして、そのあと迎える苦というものは、何が来るかわからない。これが怖いんだな。

俺たち、戦争を知ってるからね。見渡すかぎり焼け跡で、ああ、地面というものは、泥なんだな、と思ったんだね。

そのうえに建っている家だとか、自動車だとか、人間だとか、そんなものはみんな飾りであって、本当は、ただの泥なんだ、とあのとき知ったんだ。

だからね、戦争が終わって、また家が建ち並んで、人間がうろうろするようになったけれども、これは何か普通じゃない。ご破算で願いましては、という声がおこると、いっぺんに無くなっちゃって、またもとの泥に戻る。

それが怖いような気がする。なんとか、飾りの人生を、神さまのお目こぼしで続けていきたい。

それには、調子に乗って楽をしてたんじゃ駄目だ、と思う。ご破算にならないように、おずおずと、小さな苦をひろって、小さくなって生きていかなくちゃ。

家の中に住んだり、電車に乗ったり、カレーライスを食ったり、お風呂に入って歌を唄ったり、そういう人並みなことというものは、すでに普通じゃないんだから、それに見合う苦を自分でひろってかなきゃならない。

この考えに中毒してくると、きりがないんだね。またいったんそう考えると、中毒しやすいんだ。

それに、俺の場合は、小さいときから負けなれているんだから。楽とか苦とかいう言葉を、勝ち星、負け星、というふうにおきかえてみてもいいんだけれど、俺がなんとか今まで生きてこれたのは、ずうっと負けてばかりいたからだ、というふうにも思えるんだ。

だって、戦争で、ずいぶんまわりの人が死んでるからね。俺に焼夷弾《しょういだん》が当たらなかったのが不思議なんだから。

焼け跡が、まだ眼の前に残っていた頃は、大昔の人が、雷や嵐をおそれたように、本当に物をおそれながら生きていたね。

今日一日が、なんとか過ぎていくということが、恵まれているような気がしてしょうがない。

たまに、電車なんかに乗っていると罰が当たりそうでね。いきなり電車の中で走りだしちゃって、車内を行ったり戻ったり。

会社の部屋の中で、不意にぐるぐる走っちゃったり。気狂いだね。

それでもね、だんだん世の中がおちついてきて、ビルやなんか建ち並んでくる。それと同じように、俺も、なんとか病気にもならずに、毎日をすごしてる。

これが怖いんだね。不意に、ご破算でねがいましては、という声がきこえてきそうでね。

日常の中の、小さな勝ち星や負け星もあるんだけれど、大きな眼で見るとなんとか生きているというだけで、勝ち星が並んでいるように見えはじめたんだ。

でも、全勝なんて、幻だからね。

俺はね。世の中とうまく折り合いをつけて、スムーズに栄えていく人を見ると、あ、そんなに小さな勝ち星にばかりこだわっていいのかな、大きなところのバランスシートにも神経を使わないと、ご破算になるぜ。

なんて思うんだね。負けなれている奴の発想なんだろうけどね。

どうすれば、大きなところのバランスがとれるのか、俺にもはっきりしたことはわからないんだけれども。

一病息災という言葉があるね。あれも、一種のバランス志向の言葉なんだろうね。まるっきり健康な人よりも、ひとつ病気を持っている人の方が、身体を大事にするので、かえって長生きする、というわけだ。

健康のことじゃなくて、生き方のうえでも、そういうことがいえるんじゃないかなァ。

ひとつ、どこか、生きるうえで不便な、生きにくいという部分を守り育てていく。わざわざ作る必要はないかもしれないが、たいがいは自分にそういうところはあるからね。

普通は、欠点はなるべく押し殺そうとするんだな。そうじゃなくて、欠点も、生かしていくんだ。

もちろん、欠点だらけになって、病気の巣のようになっても困るんだけれどもね。

それから、欠点といっても、なんでもいいわけじゃない。やっぱり、適当なものがいいね。

俺なんか、ひどい欠点ばかりの人間だったから、どれを生かしたらいいか迷ったけれどもね。

一病息災というのは、主に年をとった人に当てる言葉だけれども、今、俺が記していることは、若い君たちに向けていってるんだよ。

長所と同じように、欠点というものも、できれば十代の頃から意識的に守り育てていかないと、適当な欠点にもならないし、洗練された欠点にもならない。

それに、適当なものをえらびだす勘は、なんといっても若いうちにかぎるからね。

欠点のうちで、他人にいちじるしく迷惑をかけそうなもの、これは自分にとってもマイナスが大きいから、押し殺すにかぎる。

自分が生きようとする方角に、まったく沿わない欠点、これも不適当だ。

あんまり小さい欠点でも、この対象にならない。不器用で棚も作れない、なんてのは、それで生きにくいというほどじゃないからね。

何がいいか、それぞれ自分に合わせて考えるよりしようがないが、とにかくあまり流暢（すらすらと）に生きようとしないことだね。

生きにくくてなやむくらいでちょうどいい。欠点はまた裏返せば武器にもなる。ただし、その欠点をきちんと自分でつかんで飼っていないとね。

それで若い時分に飼いならせるといい。

相手を恐怖させろ（「基本的な十章」より「第四章」）※

麻雀催眠術

麻雀は、戦争である。

キミ自身の興亡が、それにかかっているのである。

――なアに、そんな大げさなモンじゃないさ、たかがお遊び、今夜負けたって明日の晩勝ちゃあいい、とまア、おっしゃる。そのとおりだが、ちょっと待ってくれ。お互い、フトコロがそんなにダブついているわけじゃない。かりに暮れのボーナスがまだ残っているとしてもだ。だからって負けてもいいってものじゃない。

負ければ明日の昼飯は抜き。煙草も買えない、パチンコもできない、日曜の競馬も棚上げ、――事実そうかどうかはどうでもよろしい。とにかくそう思いなさい。思うだけならなんの不都合もおこらない。

麻雀は戦争である。戦争であるからには負ければ破滅だ。是が非でも勝たねばならぬ。そう思い給え。勝っても負けてもどうでもよい麻雀なんて、第一面白くない。

思ったか。――よろしい。

戦争が、悪いと知りつつ止まないのは、勝つ可能性があるからである。キミだって、負けるときまった相手なら卓をかこまないだろう。では、勝つ可能性の方を信じよう。精神力なんてものは、可能性ゼロの場合には何の役にも立たない。しかし麻雀は、可能性をゼロにしてしまうほどの力量の差は、まずないものだ。

キミは竹槍で原爆を迎えようとしてるわけではない。同じ点数を持ち、同じ動作をして戦っているのだ。もし、力の差がすべてを決するならば、麻雀はとっくに、ハンディキャップをつけるルールをとりいれているはずだ。

勝たねばならぬ。

そして、勝つ可能性もある。

まず、じっくり腰をおちつけて、この二つを、深く心に入れよう。

相手を恐怖させること

以上は自己催眠である。しかしこれは大切なことだ。自信がないと攻めが奏効しないから、あせって守るべきところで守れない。一局面だけの形勢を決定的なものに思いこんでしまう。

麻雀に、絶対に勝てない状態というのがある。それは最初からずっと永久に自分一人でアガっている場合だ。これは絶対に勝てっこない。なぜなら、いつまでたっても半チャンが終わらないから。

この筆法でいけば、敵にもアガらせなければ勝てないということになる。態勢が悪くても、ガチャガチャやってるうちに結局は勝つんだ、とまず思いこみなさい。

そうでないと、沈着さ、冷静さを失う。カッカとして、場あたり的な攻めをしても、相手はすこしも痛痒《つうよう》を感じてないのである。

【教訓 9】
負けるとは、つまり自分に負けたのである。

ところで、すべての教訓、すべての真理には、常にその裏側がある。教訓の裏側をいえば、勝つとは、相手側が相手自身に負ける状態に追いこむことであるはずだ。

キミは今、自己催眠をかけてこう信じている。

勝たねばならぬ、そして勝つ可能性もある。では、勝てるはずだ。

しかしこれだけではまだ不十分だ。自分だけが思いこんでいるだけで、その裏打ちがない。

裏打ちを作るにはどうするのか。相手にも催眠術をかけるのである。相手に敗戦思想を吹きこむのだ。

——コイツはかなり手ごわいぞ。コイツとやって、いったい勝てるものかしら。

そう、相手に思いこませるのである。

卓をかこんだとき、この相手なら勝てるはずだ、と信じてる男と、勝てるかしら、と不安がっている男とでは、かなりの開きになる。

ちょっと考えると、強いと思われたら、警戒されてかえってアガりにくくなるのではないかと思う方もあろう。

ところがその反対。麻雀は相手を恐怖させた方が勝ちだ。

テンパイは、特殊な場合は別にして、普通、多くても三面待ち、四面待ちまでであろう。麻雀牌は何種類あるか。当たる牌より当たらない牌の方がずっと多いのだ。

もし不要牌をなんでも捨ててこられたら、それはブツカることもあるが、確率でいえば当たらないことの方が多い。しかもその間に相手の手が進行してこっちに追いついてくる。

これではまずい。先にテンパイしたら、相手にオリてもらわなければならない。こっちの当たり牌を握ってオリられてもよろしい。やはり確率で、当たらない牌でオリてる方が多いはずだから。こっちがテンパイしたら、ツモあがりするか、流れるか、いずれにせよ相手がアガる意志を放棄する、この状態がもっとも理想的なのだ。

AB両氏がいる。A氏は手ごわい。B氏はナメられている。この二人はべつべつのときに、同じような大きい手を作った。A氏がリーチをかけたら相手は恐れ入ってオンリした。B氏には向かってきた。B氏の時には他の三人もテンパイし、結局B氏が振りこんでしまった。こういうことは非常に多い。

二人の手牌の威力は同じなのである。それなのにB氏の場合は、その威力が効果にならなかった。手の大きさは終わってみないと相手にわからない。

A氏はツイていなくて、半チャンに一度もテンパイしなかったとしよう。それでも相手は警戒する。ヤミテンではないかと思う。ひとつポンするとオリたりする。

B氏が満貫をアガった。けれども誰もクサらない。なアに、あいつならまたすぐとり戻せるさ。これでは駄目なのである。

【教訓　10】
一度弱いと思われたら、その人は五割のハンデを背負ったと覚悟すべし。

実質を化粧すること

ではどうすれば相手に催眠術をかけられるか。

むろん実績もある。全敗している力士がいくら強そうにふるまっても、誰もひっかかってはこない。

しかし、全勝している力士もいないのだ。前述したとおり、誰にも勝つ可能性はあるのだ。

では、勝ち方、負け方の、その内容が問題になるわけだ。誰でも勝つときがある。アガる時がある。アガったときに、その実質以上に恐怖感をあたえることが第一。

国士無双をテンパイした。リーチと叫んだ。顔を真っ赤にしてツモったら、見事アガった。バンザイ、バンザイ。そりゃ痛快だろう。だが、そういう時も他の三人の冷静な目が光っていることをお忘れなく。

なあんだ、それが精一杯か。

国士をアガるのは大変なことだ。にもかかわらず、なあんだと思われては、もうその時、上がりの点の半分ぐらいを戻しているようなものである。

じゃあ騒がない時はもっとずっと悪い手なんだろう。国士でもリーチをかけるくらいなら、奴がリーチをかけてないときはテンパイしてないぞ。——こう思わせるのがどれほど不利なことか。

逆にヤミテンで静かにアガったとする。すると、リーチもかかってない、興奮もしてない、いつでもああいう手が入ってないとは限らない。この印象が、たった一度のアガりを、あとあとまで効果づけることになるのである。

奴はいつでもテンパイをしてるぞ。オリたように見えるけれども、やはりテンパイしてるかもしれない——。

いつでもテンパイをしている男なんて実はいないのである。

奴は今はヘコんでるが、きっと一発デカいのをやるぞ。ラス前までにはきっと来る——。

現にリードしている相手が、勝ってるような気分になれない。これが催眠術である。

【教訓　11】

同じ武器で戦う以上、勝負のポイントは心理戦にある。

オリる場合は一度押せ（「基本的な十章」より「第六章」）※

オリるということ

まず質問をしよう。なぜオリるか？　と質問されたらキミはなんと答えますか。

フリこみたくないから。

大概はこう答えるだろう。

そりゃそうだ。フリこみはつまらない。警戒するにしくはない。

ところで、なぜ、麻雀をやるか？　と質問されたら、
勝ちたいから。

アガりたいから。

というような答えになるので、フリこみたくないから、という答えはまずしないだろう。

当然のことをいうな、と一蹴しないで、もうちょっとここを考えてみよう。

勝つため、アガるために麻雀をするのであって、相手をアガらせないようにするだけでは最初の目的にはまだ不足なのだ。

となると、たとえオリても、勝利につながるようなオリ方でなければ意味はないということになる。フリこみたくないというだけでは凡策の域を出ない。

ところが一般にはこの状態の人が多いのである。

ちょっと麻雀を知ってくるとおぼえたての頃の、盲滅法やっていたオリない麻雀は恐くて出来なくなるだろう。オリないよりはオリた方が賢明に思える。

だからオリる。

しかし、オリたら、アガりの権利も同時に捨てたことになるのだ。

①　オリないで打ち込む。

②　オリる。

この二つは、点棒が出ていくのと出ていかない相違はあるけれど、アガれないという点では同じだ。そして麻雀はアガるためにするのである。

だからオリるのは損だということじゃない。オリるべきだ。しかしその上でこの点を考えて欲しい。

【教訓　14】

オリなければ絶対に負ける。しかし下手にオリる人も負けるのである。

ツモあがりのペースを

非常に用心深い人がいて、安全牌だけを捨てて、すこしでも危険を感じると、みなおさえこんでしまう。賢明なようだが、この人はいつもアガりを放棄しているのである。

この人が勝つ場合は、危険と感じる牌をほとんど持ってこないほどツイているときだ。従って、オリない人が馬鹿ツキをして勝つのと同じだ。

馬鹿ツキはたまにしかない。だからほとんど負ける。俗にツモられ負けである。

しかし普通のツモられ負けよりも、この場合はずっと負けが多くなるのだ。なぜか。

このような場合、先手をとればよいのだ。または先手とった感じにすればよい。相手はすぐにオリてくれる。つまりアガり放棄の相手とやっているのだから、こんな楽なことはない。自由自在だ。無防備の東京を爆撃したB29のようなもので、殴り放題である。

これではいやでもツク。アガりも大きくなる。ツモられるだけでも大負けするのである。

大体テンパイは普通、多くて四、五種類である。麻雀牌は何種類あるか。当たる牌より当たらない牌の方がずっと多いのである。

先にテンパイした者に向かって、不要牌（つまり危険牌）をなんども切っていくとしよう。この危険牌の中には当たり牌もあるのだから、フリこんで、敵を労せずして勝利に導くこともある。しかしフリこまなければ、今度は逆に敵がこちらへフリこむ可能性だってあるのだ。

一番わかりよい例はリーチの喧嘩の場合だが、先リーチだからといって有利とは限らない。こうなれば五分五分である。

これでは先手が、先手の効力を失ってしまうのだ。

先手が後手にのぞむことは、

①　フリこんでくれること。

②　オリてくれること。

だが、多くは①よりも②の方をむしろのぞむのである。

なぜか。①の場合もし敵がフリこまずに手を進行させてきたら、やがては五分五分の振り出しに戻ってしまうからだ。

②の場合は永久に先手でいられる。おちついてツモあがりを狙えばよい。このペースになるのが一番よいのだ。

麻雀はツモあがりを狙うのが正攻法だと、よくいわれる。

この意味がおわかりか。カンチャンより両面、両面より三面の方がツモりやすい、ツモりやすい方を狙うべきだというふうに巷では安直にこの言葉を使っているが、肝心なのは、ライバルをなくすこと、つまり、自分がツモあがりをするお膳立てを作ることの方にあるのだ。

【教訓 15】

一刻も早く敵をオリさせる。その策を考えるのが必勝への道である。

先手が後手にのぞむ前述の二条件を合わせると、

▽当たらない牌を握ってオリてくれること。

であろう。そして前述したとおり、当たる牌より当たらない牌の方が多いのだから、オリるということは、先手の好む条件になることが多いのだ。

オリ方のコツ

だが、ここで最初に戻ろう。

麻雀は勝つためにやるのである。オリれば損だが、オリないで打ちこむのはなお損だ。オリても負けるが、オリなければなお負ける。どうすればよいか。

まず第一に、オリ方である。一歩後退か、または完全に棄権か。一歩や二歩の後退ならば息を吹き返すことができる。直線コースで行ければよいが、障害物があれば回り道をするのは当然だ。回り道を面倒くさがってはいけない。要は棄権をしなければよいのだ。

一二三とある万子が三枚とも安全牌だったとしよう。いま、回り道をしてこのメンツを切り出していった。

一メンツを崩していくのはいかにも大回り道に見えるだろう。けれどもこれは棄権ではないのである。

🀜🀝🀞とあって、この🀝が安全牌だからというわけで切り出すと、もう一度🀝を持ってくるか、🀜🀞が安全牌化しない限り手の中の邪魔物になってしまうだろう。これは棄権なのである。🀍🀎とあるうち🀍が安全だからといって、🀎が安全でなければ🀍を捨てたとき、🀎の処理に困ってしまうだろう。

こういう浮いてしまってどうにもならない死牌を手の中に作るようなオリ方は感心しない。

前述のメンツやアンコは、せっかく完成してるものをおとしていくのが忍びない気がするし、おくれるようだが、結局はそうでないのだ。

棄権はいけない。しかし最後の手段として、そうせざるを得ない場合がある。

死牌を作るような安全牌しかない場合、どう見ても危険牌だと思っておさえた牌が、手の中で再び生きそうもない性質の牌だったりする場合だ。

それでもみすみすフリこむよりは棄権の方がよいのなら、そうすべきだ。そして一度死手になったら、あとは安全のみを考える。死牌があるのに、中途半端に未練を持つのはまちがいの因になる。オリてフリこむくらい馬鹿げたことはない。

オリるコツの第二は、一度押してオリることである。受け太刀のままオリるのはまずい。

オリたかどうか、サインを出すわけではないから、やむを得ずオリる場合も、相手にそう覚《さと》らせる必要はない。

最初から手が悪い場合がある。無理をして戦っても無駄だ。守りを固める方がよい。麻雀は毎回アガろうとするのは愚策なのである。しかしこれも相手にそう思わせる必要はない。そう思わせたら負けなのだ。

こんなときにこそ戦ってるぞという気配を見せることだ。

最初から手を崩しても、一色役に見せるのもよい。実はオリてるのだがとにかく相手を自由にさせない方法を考える。棄権の場合も同じだ。

【教訓 16】
相手を警戒させるのが最高の防御である。

ツカない人を作れ（「基本的な十章」より「第十章」）※

ラスを作る

この章も含めて、これまでの十項目は、すべて基本策であった。基本策であるから、どうしても観念的になる。具体的な実践策とちがって、すぐには役に立ちにくいように見える。

ところが実は麻雀の必勝法なんてものは、この基本策の中に全部ぬりこまれているのである。

昔の兵法の極意書を、有り難がって開いてみると、なあんだと思うようなことが書いてある。たいがいは心理的な基本策である。技術というものは、それがどんなに高級な技術に見えてもすべて基本の忠実な実践にすぎないのだ。

69頁から具体策にすこしずつわけ入っていくわけだが、そういう意味でこれまでの基本策を裏打ちさせながら見ていただきたい。

さて、基本策の最後の項目には、比較的すぐに役立ちそうなことをえらんでみた。夜店の口上式にいえば、これだけでお値段に値するという奴である。絶対に負けない法、これを伝授したい。絶対に勝つ法ではない。負けない法である。

主役と脇役

麻雀は四人の競技である。四人だから、二人でやる将棋や碁よりも複雑だとお思いの方もあろう。まあそれは、そういう面もある。

ところが同時に、常に四人の思考の結合だから、それが無数に反射し合って、手筋の証拠も数多く現われるのだ。四人を総合して考えていけば、手がかりが非常にあるという意味で、判じ物としてはやさしい部類に属するのだ。

今度は別の方向から考えてみよう。二人の勝負なら、常に斬るか斬られるかである。瞬時も休むひまがない。だが、四人ならばそうでもないのである。休んで見物している時間が必ずある。安全牌を振ることで、戦場をはなれることができる。つまり、碁、将棋にくらべて、麻雀の方がラクなのだ。

ここのところを、まず頭に入れていただこう。麻雀は四人で遊ぶものである。では、四人でやる特徴を利用しなければならない。自分の前に投げ出された条件は、なんであろうとすべて利用していくのだ。

【教訓 23】自分がいつも主役になる必要はない。

よろしいか。戦場をはなれて休む時間を、まずつくることである。

負ける人の代表例は、いつも自分がアガろうともがいている人だ。

アガろうとして、いつもアガれるのならば、むろんそうやり給え。しかしアガろうとすれば穴に落ちこむ。これは自明の理であろう。だから、オンリをする。

ではオンリをしていれば負けないか。そうではない。俗にツモられ貧乏という奴がある。オリたら、自分もアガれないのだから、ジリ貧になっていくだけの話だ。

戦場を離れる時間をつくれといった舌の根も乾かないうちに、オンリしているだけでは無意味だという。では、どうすればよいのか。

問題はここである。

ただオンリするだけじゃなくて、オンリしながら攻めなくては駄目なのだ。それができれば中級から上級へと進めるのである。

主役とは何か。直接斬り合いをする人、オンリしないでアガるために突撃していく人、と仮にきめよう。

しかし主役ばかりでは映画はできない。その斬り合いを効果的にするための巧い脇役が重要である。

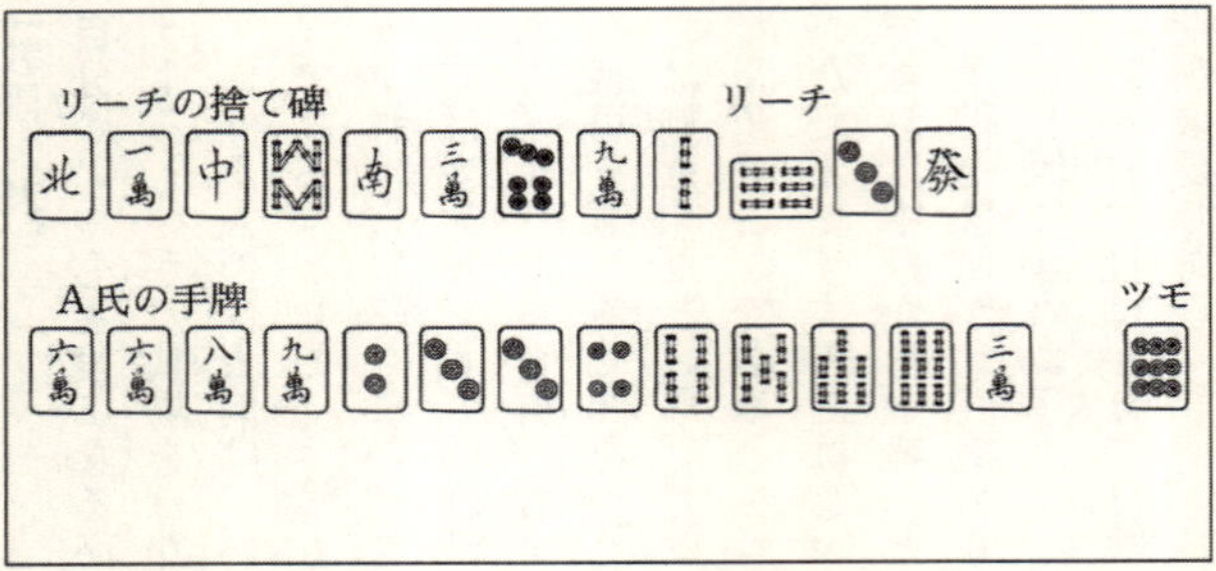

この脇役を意識することだ。むろん脇役ばかりでも駄目。主役として戦い、主役でないときに、この脇役になるのだ。戦場を離れるというのは、まるっきり戦いをやめてしまうということではないのだ。

具体例をあげよう。

A氏は上図のような手牌だ。今相手にリーチがかかっている。ここでA氏は主役として戦う意志を放棄した。今は浮き牌の三萬が安全であるから、この手をこわさずに対抗することもできるが、二萬か四萬をあとで持ってくれば、そこですぐ死手になってしまう。

完全オンリでなく、遠回りして対抗していくとすれば、九萬六萬と一枚ずつおとしていくのが定石であろう。

しかし、A氏はそれもしなかった。遠回りして争っていくにしても、12巡目でこの手ではたいしたことになるとも思えなかったからだ。で、A氏は何を捨てたか。

🀏でも🀌でも🀉でもなかった。🀛でもむろんない。🀛である。そして次のツモでまた二枚目の🀛を捨てた。🀘でも🀚🀜と残ってまるっきりの死手になってしまう。けれどもそうしたのだ。

これがただのオンリではなく、脇役、つまり死んで攻めるという意味だ。どうしてだかおわかりですか。

絶対に負けない法

🀛はリーチの相手が一枚捨てている。A氏がそこへ二枚捨てると、手牌の中で使える🀛はあと一枚しかない。つまり、二五筒、一四筒という待ちはワン・チャンスしかなくなる。

そのことは対局している四人全部が認識するわけである。するとリーチがワン・チャンスの二五筒ないし一四筒待ちであった場合、🀚や🀙は出やすくなる。ところがリーチがワン・チャンスの二五筒ないし一四筒待ちであった場合、

なぜ、そんな敵に加勢することをするか。

一度オリたら、理想的なのは誰もアガれずにその局が流れることだ。その次によいのは、誰かがフリこんで、自分の点棒に影響がなくすむことだ。

ツモあがりされては一番困るのである。

九萬や六萬を捨てたのでは、誰かにフリこませる効果にならない。自分がリーチの手を読んで、一番臭いと思う筋を出易くさせるように打っていくのだ。

さて、この例の打ち方がおわかりになったら、絶対負けない法を、伝授しよう。

それは、ラスを作る、つまり負ける人を作ることである。誰かをエラーさせて、ツカなくしてしまうことだ。

よく、暴牌をしたり、エラーが原因で、馬鹿ツキの人をこしらえてしまうことがあるでしょう。あれの逆をやるのである。

自分がツイていて、自分のペースになっているときはこんなことは考えなくてもよろしい。

しかしそんなことはすくないはずだ。情勢がまだわからないときは、ツカない人をまず作ることである。それが自分をツカせる原因になるのだ。

たとえばB君をその犠牲にしようと思う。では、B君は何をやっているか、それを読む。

今、B君の手には万子のメンツは多いが、筒子が浮きそうだとしよう。

B君とて馬鹿ではないから、不要な筒子でも危険を感じれば出さない。そして一方に、筒子テンパイと思える人がいる。すると、前例のように、安全な筒子を捨てながら、Ｂ君の浮き牌を振らせるように仕むける。

むろんこの一例だけではなくて、さまざまなやり方がある。Ｂ君を集中的に揺さぶり、そして窮地におとし入れる。

するともうそれで、あとは放っておいてもＢ君自身でどんどん下降していく。麻雀は一度態勢が悪くなったら駄目なので、自分がアガらない攻めが出来るようになると、一人前なのである。

梅が桜に変わったコイコイ※

東はバッタ西はホン引き

戦争中のギャンブルを回想すると、主流的位置をしめていたのはなんといっても、〝花札《ふだ》〟だったろう。

麻雀はやはり戦後の遊びだし、サイコロはなんとなく専門的な臭いがして、どこでも見かけるというものではなかった。前にも書いたが、花札は、私などは大人のカルタだと思っていた。

「ちょっと、お花でもひこうか」

なんてセリフでおたがいの間に赤い座布団を敷き、女のコなど二の腕まで出してひく。あれはいろっぽい。私たち子どもは道ばたの縁台でやったが、べつに、お巡りさんに連れてかれるよ、などとはいわれなかった。

どういうわけか、軍配と碁石のような石を並べてする本格的な花札は、もうその頃すたれてしまっていて、たいがいは〝来い来い〟〝馬鹿っ花〟だった。大勢だと、〝オイチョカブ〟をやった。いずれも簡単な遊びだが、これらの中で〝六百拳〟という奴は、単なるゲームとしても面白い。〝月見て一杯〟とか〝花見て一杯〟〝松桐坊主〟など手役がたくさんあって、ご家庭向きにできている。トランプよりずっと複雑である。

もっとも近頃は、ぐんとすたれてしまって博打場でもほとんどやらない。〝オイチョカブ〟の代わりに、それをもっと簡便にした〝ばった〟（あとさき）という奴がある。

札の山から順序よく三枚ずつとって、右と左に伏せて並べ、丁半《ちょうはん》のようにどちらかに張るという趣向である。内容はオイチョカブと同じで、数の合計が九に近いほど強いのだが、最初から三枚一組にきまっており、二枚で九になったからもういいというわけにはいかない。あまり機械的にすぎて面白味はすくないが、勝負が早いのが喜ばれるらしい。

この〝ばった〟は主に関東の遊びで、関西ではいくらかもようのちがう札を使って〝ホン引き〟という奴をやる。東映映画などでおなじみのあれである。〝ホン引き〟の方がゲームの興趣はある。

最近、京都の古い遊び人にきいた話では、〝ばった〟という遊びは沼津で発生したということだった。くわしいことはよくわからない。沼津にそんな大きな遊び人がいたのだろうか。博学の方にご教示ねがいたい。

大人顔負けの花札さばき

はじめて〝来い来い〟で現金を賭けたのは、やはり動員で工場へ行っていた中学生時分である。強制疎開でとりこわす前の空家にもぐりこんでやった。ほんの小銭をやったりとったりしていただけだが、それでも私たちは緊張していた。もっともさすがに皆、未成年の友だちばかりだから、大人たちの勝負のように身もフタもない、ただの博打にはならない。

青丹系を二枚、相手がとると、すかさずまわりで、

「あおッ！」

と注意してくれる。「三光ッ」とか「カス八枚ッ」とか声がかかって、はじめて相手の役ねらいに気づいたりするのだから幼稚なものだった。

例の鉄火場の子のイナ金がやはり強かった。しかし、もう一組、強い奴がいた。二人兄弟で、不思議なことに兄も弟もびっこだった。二つちがいの兄弟で、その頃、兄が十三、弟が十一ぐらいだったはずだ。

B29の編隊が、東京の上空へひょこひょこやってきている時分だった。兄の方は、自分で自分のことを、

「びィ十三だ――」

といっていた。びっこのびィと、自分の年齢とをかけあわした子どものシャレである。しかし、なんとなく自虐の気分が濃くて、私たちには異様ないいかたにきこえたらしい。

まもなく私たちはこの兄弟のことを、びっこのびィちゃん、と呼ぶようになった。びィ十一の方はたいしたことはない。だが、びィ十三の方は強い。子どもとは思えないようなハメ手を打つ。あのまま大きくなったら、どえらい遊び人になったかもしれない。

たいがい、イナ金と、びィ十三が勝ったが、その日は私がよくツイていて勝ち頭だった。そのうち空襲のサイレンが鳴って、仲間はいそいで自分たちの家に帰って行き、私とびィちゃん兄弟だけが小公園の砂場のところに残された。

「――ちゃん」

と私の本名を呼び、びィ十三はこういった。

「帰るかい。それとも、ここでもう一勝負やるかい。どうせどこにいたって死ぬときは死ぬぜ」

「うん、いいよ――」

と私はうなずいた。

その頃は、空襲なんか怖くないよ、というのが子どものいなせな姿だと思っていた。

私たちは石のベンチで向かいあった。

だが、ついているときは妙なものだ。私はひどくおきがよくて、バタバタとカス札で一文こしらえた。とう物が四枚、丹物が三枚だった。敵は二十坊主と梅の赤丹をとっているだけで、カスもとうもたんも一文にはほど遠かった。

ほんの一瞬に消えた梅！

場札は桐のカス、初物の赤豆（萩）、菖蒲、梅、雨、だった。

私は桐の二十と、赤豆のカス、梅のとう、松のタンを持っていた。赤豆はとられるかもしれない。しかし桐はずいぶん前から出ている。これは叩ける。悪くいってもきまり札の梅がある。文句なく続行するところである。

「来い――！」

と私はいった。

びィ十三が意外にも桐をカスで叩いてきた。おきた札は赤豆だった。私は財産を二つとられた気がしたが、気をとりなおして梅を叩いてお仕舞いにしようとした。

そのとき警防団の人が走ってきて、メガホンで叫び立てた。

「おうい、そこの子ども、なにをしてる、防空壕へ入るんだ、すぐに入れ」

私はなにか返事をしたと思う。そうしておいて梅を叩いた。

「おい、ちがうよ、よく見ろよ、桜じゃないか」

と、びィ十三がいった。

奇っ怪にもいつのまにか場札が梅でなく、桜のタンに変わっていた。私の見まちがいではない。たしかにあのとき変わったのだ。

しばらくいい争ったが、私は根負けしてその梅のとうを捨て、山からめくった。が、もうツキが変わってなにもおきなかった。

びィ十三が桜の二十でタンを叩いた。三光と赤タンがイーシャンテンになり、がぜん逆転の形勢になった。

花札は不思議なもので、私の方は、あと一枚が最後までとれず、先番なので手がつまって桐の二十を離してとられた。

松のタンも捨てなければならず、敵は松の二十で叩いてきて、四光と赤タンを二つながらとられた。

この勝負が終わったあとで、山をはぐってみると、山のいちばん下にたしかにさっきの梅のカスがあった。

びィ十三の早業は今思い出しても子どもばなれがしているが、花札で運を使い果たしたのか、三月十日の下町大空襲のときに行方が知れなくなった。

まだ煙の立ちこめる中を、びィ十一と二人で、ほうぼう探した。しかし、びィ十三の姿はどこにも見当たらなかった。

びィ十一はその間、一言も口をきかず、私より数歩先を終始歩いていた。びっこなのに、宙を飛ぶように早かった。

知らぬ男とダイスをやるな※

競馬競輪は張り方が技術

私はどうも対勝負の遊び、つまり二人でやる勝負事を敬遠する傾向がある。べつにつまらないというわけじゃない。囲碁、将棋など興味のあるゲームだということがよくわかる。こいこいというやつは、花札の中でも抜群によくできた遊びであろう。

その他、チェスの類、ダイスの類など対勝負の遊びは、かなりたくさんある。これらに対して、麻雀、ポーカー、馬鹿ッ花（ハチハチ）、ホン引きなど、数人のグループでやるもの、競馬、競輪などの群衆ギャンブル、人数の多い賭け事を私は好む。

世間では、普通は対勝負のものは技術できまる度合いが多く、人数の多いやつは運の占める度合いが濃いという。

なるほど、囲碁、将棋、こいこい、いずれも、運できまるのは初歩的段階のみで、いちおうのレベルに達すれば精密な技術と知恵の争いであろう。

しかし、だからといって、たとえば麻雀も、競馬、競輪などの群衆ギャンブルも、結局は運ではない。

競馬みたいに、自分でやらないゲームは、本当の運だけさ、という人がある。

それは多少なりとも近視眼的な見方である。

麻雀で、あがるのは、運（ツキ）だ。馬券で当たるのも、運だ。運がなければ、どうにもなりはしない。この限りでは、なにもかも運だ、といえるだろう。

しかし、長い期間のトータルでプラスを保っていくのは、技術なのだ。完全に、技術でしかないのだ。

では、技術とは何か。馬の研究か。そうじゃない。研究はぜひ必要なことだが、そんなことは皆やっている。麻雀で、あがり方や筋などを皆が心得ているのと同じことだ。皆がやっていることは、技術とはいえない。

秘密は、張り方にあるのだ。麻雀でいえば勝負の仕方である。ルーレットでも、丁半でも、皆同じである。

対勝負の技術は、そうとうに奥まで開発されている。だから、もううま味がない。

しかし群衆ギャンブルでは、こういった、いわゆる根元の技術がゆきわたっていない。だから面白い。

氷雨の夜に勝負した相手

前にも一度書いたことがあるが、新宿のはずれに、夜半だけポーカークラブになるところがある。私の知っているところは一軒だけだが、もうすでに二、三カ所はあるらしい。

私のような中年の肥満体になると、麻雀はかなり疲れがはげしい。この点、ポーカーは疲れなくてよろしい。

今年のはじめ頃、ちょうど冷たい雨が降りつのっている陰気な晩であったが、ぽっかりヒマができて、その嬉しさで街に出て飲み歩いた。

けれども雨のせいか、友人の誰かはきっといるはずの店が、いずれも閑散としている。数軒まわって、店の女性を相手に飲んでいたが、最初の弾みたつような気分が消えかけてきた。

（えい、畜生め――！）

と私は思った。

（あそこへ行ってやるかな。ちょっと時間は早いが――）

つまり、ポーカーでもやってやろうか、と思ったのである。

その店も閑散としていた。

「今夜は集まらないかな」

「さあ、どうですかねえ」

マネージャーも浮かぬ顔をしている。近頃は毎晩というわけにもいかないらしい。

私はしばらく一人で飲んで待った。

三十分ほどして、ポーカーの席で顔だけは知っている人が、一人入ってきた。だが、それきりだった。二人では、ポーカーはつまらない。

「どうですか、閑《ひま》つぶしに――」

と、その人がいった。

「ダイスでもやりませんか。ほんの遊びで」

私はうなずいた。対勝負のゲームは好きではない。昔から、この種のゲームで名手にぶつかって、そのたびにひどい目にあっている。こいこいやダイスは、私より巧《うま》い人には逆立ちしても勝てない。

しかしこの状況で誘われては、いやとはいえなかった。

ただ啞然となる壺さばき

私たちは香港ダイスというのをはじめた。一から六まで、それにスモール、ラージ、フルハウス、フォーダイス、オール、と項目があり、それを一度ずつ全種目やって得点を計算する、あれである。

私が先攻で最初は四をとり、三回シェークして四オールになった。二十点である。

彼はゴミ目、二度振り直したが何の目もとれない。

「仕方がない、一だな」

一を三つとった。三点。

私は次に、一発でスモールを出し、それから、フルハウスもできた。

(ついてるぞ。これでポーカーをやってたら、かなり稼げるのだがなァ——)

彼の方はクズ目ばかりだった。しかし無気味なことに、最初が一をとって、次に二、それから三、四とやってくる。

「順番ですな、面白いやり方だ」

「ええ、順番です。いつもこうすることにしています」

私はちょっと不安になった。

やっぱり、以前と同じように奇妙な名手にぶつかったのではないか。

手で振るサイコロなら、いくらでも修練ができる。しかしダイスは手ではない。壺である。チンチロリンのドンブリと同じく、この壺はインチキ防止に役立っている。

けれども、私の不安は現実となって、後半、あっけにとられて眺めているより仕方がなかった。スモール、ラージ、フルハウス、フォーダイス、オール、と順番にやって、彼はいずれもその役を出してしまったのである。

「こんなことは珍しい。ツキですね」

「いや、お見事です」

「どうです、もう一度――」

仕方なく私はうなずいた。しかし、ポーカーのメンバーが誰か入ってこないかと心待ちにしていた。

たいした金を賭けているわけではないから被害額は少ないが、こうして、運ではなく技術でじわじわ負けていく気分がたまらない。

そして、やればやるほど負けるのはわかっているのである。

二回戦も、彼は順番にやっていき、一から六までをやり、スモール、ラージ、と正確無比に出していった。

私は手もとを狂わせて、振った拍子《ひょうし》にサイをカウンターから外にはじきだした。

「あ、失礼――」

探したが、どこにもない。カウンターの下にでも、もぐりこんだのだろうか。

「結構ですよ、よしましょう」

と彼は笑いながらいった。

「ダイスはつまりませんね。技術だけだから、技術をマスターするだけでいい。偶然のギャンブルの方が面白いな」

彼がそこを離れてから、私はホッとして靴の下に隠した一個のサイコロをつまみあげた。

負ける博打には手を出すな※

瞬間の気迫が分ける明暗

チンチロリンの師匠格だったSさんが撮影でロケに出かけてしまい、しばらくその銀座の中華屋の二階に姿を見せなかった。私の方も、それに呼応するようにチンチロ熱がさめかけてあまり足を入れなかった。Sさん以外に日本人がいないで、顔ぶれがアメリカや三国系ばかりだったからではない。

私はどうもこういう一六勝負的な博打があまり得意ではない。気が弱いのを一所懸命かくして、演技してやってるせいもある。丁半、バッタ巻き、チンチロ、ドボン(ブラックジャック)、これ等は瞬発力が問題なのである。火のような気迫を集中させなければならない。

うまい奴がいる。まったくそれに適応している奴もいる。だが私はどうもいけない。ボートレースではないが、気迫が出おくれになるのである。

考える部分の多い博打だとよろしい。何を考えるかというと、安全度を考える。むろん博打だから、安全度ばかり考えているわけにはいかないが、基調はそれである。つまり、どう転んでもただでは起きないという計算をする時間があればよいのだ。

おそらくそれが理由であろう。麻雀では確実に利になった。それに疲れもしなかった。では、チンチロなんかやることはない。ところがそうもいかないのである。

「オアシスオブ銀座」という進駐軍専用のダンスホールが、その頃松坂屋の隣りにあったが、その裏通りにあった麻雀クラブで、私は大勝した。チンチロのメンバーが大部分だった。

「このチンピラボーイ、ただじゃ帰さないぞ——！」

と字面では凄そうにきこえるが、冗談が七割で、しかし、いつも勝たしてはくれない。

「ツキ目のときに深入りして、稼いだ方がいいよ」

などと忠告顔に誘いこむのもいる。この方が存外、根に持っている。これは博打人間の常であろう。

一カキ二落ち親の総づけ

いつもは隅で子方ばかりだが、その日はタネを見られているので、胴をとらざるを得ない。

実は、胴は怖いのである。

相手はその頃、我が物顔で銀座の大通りをのし歩いていたクラスばかりだから、分厚い札束が出てくる。私はその頃の金で、三万近くの金を稼いでいたが、胴でつぶれるとほんのひともみである。

最初の胴がまわってきたとき、私は持金を約三等分して、

「一万円の胴にしてください。いっぺんで負けちゃうのはいやだからね」

胴一万円というのは、子方の張りコマの限度を計一万円で押さえてくれということである。（実際は倍づけの役があるので、半分の五千円になる）胴は、つくと大儲けもできるので、こんなふうに限度づけていくのは、負けてタネの底が見えてきたときか、よほどみみっちい者か、どちらかだった。

大人たちは諒承《りようしよう》してくれて、百円札が五十枚ほど並んだ。（千円札はまだ無かった）

このゲームは胴が先に振って、子方一人ずつと勝負する。六の目が出るとその場でカタ（総どり）する代わり、一の目を出すと文句なしに総づけになってしまう。私は息をつめて、丼にサイをおとした。
二三五、目なし——。一四六、目なし——。三四五、目なし——。五回までは目無しでもやり直せるが、なんとなく悪い予感がした。四回目は、一二六、でやはり目が

無かった。だが最後に、五五四、四の目が出た。安心はできないが、まずまずの目である。

子方が全部振り終わり、負けたところにつけ、勝ったところをとると二千円ほど増えていた。

今度は胴が一万二千円というわけである。六千円が張りコマになって出てきた。一二三――。どっと笑声が湧いた。笑わないのは私だけだった。

四五六で倍どり、一二三で倍づけ。私はその悪い方の役を出してしまったわけだ。倍づけだから一万二千円。そっくり出して胴をゆずった。次に廻ってきた胴も、私は一万円の限度づけにした。一回目は六の目で、カイたが、二度目、いくら振っても目にならなかった。七千五百円ほどつけて、まだ権利はあったが胴を次へ送った。このときの胴は差し引き二千五百円の損だった。

次のときは、私の前の胴が受けに受けた直後だった。ついた胴のあとは、往々にして目が悪いものだ。私は自信がなかったので千円つけて隣りに胴をゆずった。

次の親も最初は三の目で、子方が悪くプラスになったが、二度目は子方がいずれも自信満々で張ってきた。

「坊やは一カキ二落ち（最初はよいが二度目が悪い）だ。それいけ」

そのとおり、一の目で総づけになった。

「もう僕は胴をやめた」

何度目かに私はそういった。

まだすこし持ってはいたが、連中には紙きれのような金でも、私はドブへ捨てるように失うことはできなかった。

「坊やは弱虫だな。せっかくの胴じゃないか。受けろよ。俺がサイをおとしてやるよ」

という声がした。

Sさんがおそく顔を出してきたのだ。

Sさんは私の隣りに坐って丼を抱きこみ、私は会計係のように札を片手にして、子方の札を取ったりつけたりした。

二、三回親が続くと私はすっかり朗らかになった。

だってSさんの目は強烈によい目ばかりだったからだ。

本職の博打うちがよくやるように、札を縦に握っては五枚ずつに揃え、釣銭を出したり崩したりした。

ロケが終わって帰京したが、東京駅から直行してきたのだとSさんはいった。

そうして、私と連れだって中華屋の二階を出てから、Sさんはポケットからサイをひとつとりだして見せた。

「こいつを知ってるか」

私はSさんから渡されたそのサイを握った。

一部分が妙に重かった。

「鉛ザイだね、――なるほど」

私は唇をかんだ。

「イカサマだったのか」

「ああ、だが、スリ替えるのは一個だけだぜ。あとの二個は向こうのサイだ。その一個をうまく活用するのが腕さ」

「でも、イカサマだろう」

「だが連中の八割までは、自分のサイを一個は使ってるよ。坊やは今まで子方ばかりだったから、それほど注意してなかっただろうがな。仕かけ無しの博打なんか、馬鹿じゃあるまいし、誰がやるもんか」

「だが仕かけザイは一個だけだ」

とSさんは続けた。

「二個使ったら皆だまっちゃいないだろう。一個だけで、あとは腕さ。だから、ようするに腕なんだ」

Sさんはまたこうもいった。

「あんな博打は打つもんじゃねえ。オタオタしてやってるのは、博打じゃないんだ。そんな奴は勝っても負けても笑われるだけだよ」

南郷元准尉《なんごうもとじゅんい》・雀荘に戦死す※

三拍子そろったイヤな奴

前にも書いたが、チンチロリンという遊びには一種独特の味がある。

三個のサイコロをドンブリの中に、チンチロリン！　と落として、そのうち二個の目が同数なら、残り一個の目が持ち目となる。六六三ならば、つまり三である。同数の目が出なければ五回（ないし三回）までやり直せる。

むろん、数の多い目の方が強い。子方はそれぞれ最初にコマ金を張っておき、胴と目を出し合って勝負する。

四五六と出ると、これは役で、張ったコマの倍をとれる。逆に一二三と出れば倍払いである。三個同数のゾロ目も文句なく勝ちであり、五ゾロは特に倍づけになっている。

とにかく、ドンブリの中へサイを落とすだけだから、技巧もなく、ただツキと勘の問題である。ただよいことには賭け事につきもののイカサマが、あまり単純な遊びすぎてやりようがない。(仕込みザイをすり替えれば同じだという人もあるが)ツルツルの瀬戸のドンブリ、このまったく平凡そのものの道具が、イカサマを防いでいるのである。日本製だか中国製だかしらないが、いずれにしろ庶民の卓抜な知恵の産物といえるかもしれない。

したがって、この遊びは、さまざまな博打を卒業してきた半クロウトのお兄さんの間に特に流行した。

もう大分以前のことになるが、私自身がプロ麻雀打ちの世界にいた頃、仕事(つまり麻雀)が終わると、そうした仲間うちだけがこっそり集まってチンチロリンをやる。客相手の博打は、一所懸命神経を使って客を遊ばせなくてはならないから、この方はむろん楽しめない。そういう穴埋めを、客を帰したあとでやるのである。

だから勝負も威勢のいい荒いものになる。張り金も大きい。そしてこういうときは、バッタ巻きでも、ホンビキでも、麻雀でもいけない。胴まわり持ちで、イカサマのすくないチンチロリンに限るのである。

こんな集まりに、なじみの客が加わることもある。まアわけ知りで、懐中のあったかい、上客をえらぶのだが、たった一人だけ、我々の場所にすこしも上客でない客がまじってしまうことがあった。

彼の名を南郷仙三という。元帝国陸軍の准尉だったらしい。准尉というのは下士官上がりの古兵の名誉職で、准尉になればもう兵隊ではない。将校という奴だが、普通の将校とちがって、彼等はそれ以上には進級しない。大部分は内地の比較的楽な勤務についており、いわば兵隊のご隠居さんのようなものであった。

南郷元准尉が上客でない理由は、他の客のように金払いがよくないこと、また、麻雀が弱くはないので周辺の麻雀ゴロをあまり潤《うるお》さない、つまりカモでなく、むしろ彼の方が客をカモリにくる感もあり、この意味でもクロウトと素人客の中間、つまり准尉的存在であった。

しかしそんな客は他にもいるので、彼が毛嫌されるのは他の理由の方が大きかった。ケチ、しつこい、自分勝手、という遊び場で嫌われる代表的な三条件を兼備していたからである。

たとえば自分がアガると、例外なくまちがった上がり点をいう。すくなくまちがえることはなくて、絶対に多くまちがえるのだ。相手も慣れているから、すぐ指摘すると、

「ああそうか、バレてもともとさ！」

ケロリとしている。借りた点数は忘れる、貸した奴は黒棒一本に至るまで覚えている。勝てばサッサと帰るが、負ければいつまででも坐る。

海千山千、面の皮も厚くできているが、かといって決して悪人ではない。南郷元准尉としては人並みとはいかなくても、ひととおりの儀礼は、つくしているつもりなのだ。

いっそ大悪党ならば人はまだしも痛快がるのだが、どうでもいいことにのみ汚ないのがいかにも愛嬌がなくて好かれないのだ。

病人を相手に徹夜で打つ

その証拠にイカサマなどは決してやろうとしない。勝負事が好きでたまらなくて、じっくり楽しむ方である。したがってツモるたびに瞑想して考えこむ。おそい、と叱られると、

「まアそういうなよ」

すこし関西なまりのある独特のねばっこい調子でこう答える。

「次に、何をツモるか、それが楽しみでこうやってるんじゃないか」

ツモった奴を三度も四度も、ゆっくり親指の腹でこすって楽しむ。彼がいると、半チャンが常の倍の時間かかる。

「あの人がいるんじゃやりたくない」

という客が多かった。

しかし、降っても照っても、一定の時間になるとやってくる。終戦後は甥のやっている会社の庶務主任をしていた。肩書はそうだが、ていのいい倉庫番の如き存在だったらしい。

南郷元准尉の逸話には、こんなのもある。博打仲間の某氏が胃を悪くして入院した。彼も二、三の雀友といっしょに見舞いに行った。ここまではよろしい。行くといきなり彼は、手術前の病人を見おろして、

「ちょうど四人揃ったじゃないか、麻雀をやろう」

といいだした。さすがにその案はとおらなかったが、あまり彼がしつこくいいつのるので、トランプ程度なら少しはよかろうということになった。

ポーカーが病室でひそかにはじまった。南郷元准尉の一人負けであった。彼はやめようとしなかった。小さな丸い鼻の頭に汗を浮かべながら、せっせとカードを切った。患者には夕食のお粥が来、見舞客たちは寿司をほおばりながらやった。八時になり、九時になり、十時の消燈になった。看護婦がきつい表情で、この長居の客の帰りをうながした。

「ええ、今帰るところです。すぐにやめます。――はい、このケリがついたところでお開きにしますから」

患者もけっして嫌いな男ではなかったが、このときはさすがに悲鳴をあげた。南郷

元准尉が、個室の戸棚を探して停電用のローソクを持ちだしてきたからである。

他の見舞客も真顔でとめる者もあった。しかし彼は頑としてきかなかった。頑として、というより、いつもの笑顔でなんとなく下手に出ながら、その実テコでも動かないのである。

ついに徹夜になり、患者は憔悴して、四、五日寝こんでしまい、病院側は色をなして、悪質見舞客をシャットアウトするという声明を出すに至った。

南郷元准尉はテレッとして笑っているだけで、反省の色はさらになかった。大体、他人のことはてんで気にかけない男なのである。

ある夜、彼は珍しく麻雀で大敗し、二万円（当時の金で）現金を出した。彼が敗けると、クラブの中が一段と陽気になる。皆の機嫌がよくなるのである。

十二時で麻雀をやめた。閉めた店の中の一室を借りて、例によってチンチロリンがはじまった。南郷元准尉は帰らずにチャンと一座の中に坐っていた。

「おっさん、大丈夫かい。落ち目の日は足もとの明るいうちに帰った方がいいぜ」

「殺生なこといいなさんな。これじゃ帰ったって寝られやしない。やらしとくれよ」

ボーナス月だったから、その種類の金かもしれない。大敗すればすぐ借りになる筈の彼が、その夜はかなりの金を持っていた。

そのせいか、最初から張り方が荒かった。子方で三度張って、三度とられた。そこで胴が彼の所へ廻ってきた。

張りコマが急に多くなった。ツイてない胴は狙い目である。そのうえ彼は、ほとんど全員を感情的に敵にしているのである。

「おっさん、これ皆、ウけるかい」

「おお、ああいいとも、来なさい」

ドンブリの中へ慎重にサイをおとした。

二四五——ダメ。一三四——ダメ。二三四——ダメ。

「おかしいな——」と彼は呟いた。それから坐りなおして西の方を向いた。

「南無弓矢八幡大菩薩、どうかして目を出して下さい、お願いします」

そのいい方が、やはり手前勝手で、皆の笑いを誘った。南郷元准尉だけが笑わなかった。四四一——目は出たが一つだった。一の目は勝負するまでもなく親が子に総づけをすることになっている。彼はじっとサイコロをにらんでいた。

「おっさん、早く金をツケないかい」

「はいはい、今すぐつけますよ。ええと、いくらだっかいな」

黒革の財布から、惜しそうに一枚ずつ札を抜いては、しょんぼりと皆のコマの上に乗せた。

娘を追い返す老人の孤影

結局その徹夜で、南郷元准尉の負けはさらに深くなった。朝方、解散し、家へ帰ったかと思うまもなく、無精髭のままの彼が、昼近くにはもうクラブへ姿を現わした。

「会社なんか面白うない。今日はひとつ、昼っから打つことにしましたよ」

彼はちょっとの間、麻雀卓に顔を伏せて大鼾で眠った。しかしメンバーが揃ったとたんにハネおきた。

「よし、やるか、来いッ。敵にうしろは見せんぞ」

しかしいつもの南郷元准尉とちがって、めっきり弱々しい打ち方になっていた。もはや体力が消耗しつくしている感じである。体力とともに、運も使い果たしていたのかもしれない。

その夜中まで、ねばりにねばって、しかしやはりいくらか負け、結局、閉店の時間になると、今度は彼が先に立って、チンチロをやろうといいだした。

昨夜の今日で、帰る者も多かった。しかし奴をカモってやろうと思う者もいた。三、四人の小人数で場を立て、朝までやった。このときはすこし勝ったらしい。終わると、ここで寝かしてくれ、と彼はいって、座布団の上に崩れるように眠ってしまったという。

私がその日行ったとき、彼は昼間のメンバーに叩きおこされて卓に向かったところだった。

私が来たのと前後して、南郷元准尉の娘という女がクラブに来た。

「会わん、帰れッ――」と彼は人が変わったような声音《こわね》で一喝した。

「帰ってください――」と娘も同じようなことをいった。「家の方はあたしが何とでもします。あんなことといっても母さんだって、心配しているんです」

半ば手こずっていた雀荘の主人もここぞとばかり乗りだして帰宅することをすすめた。皆も口を合わせたが、例によって彼は全く他人の言をきかなかった。

娘は夕方まで、父親のうしろでだまって坐ってい、それからあきらめたように立ち去った。

哀れなり雀荘に倒れた男

私ははじめて、南郷元准尉の牌を打つうしろ姿をしみじみとした眼で眺めた。ずいぶん小憎らしい人物ではあるが、ここにもすねきってしまった老人の淋しいものがにじみ出ていた。

「おっさん、なんだか知らないが――」と私はいった。「じゃァ今夜は俺ン所へきて眠れよ」

「なんだい――」と彼は私にも突っかかってきた。

「急に親切になったな。娘を見て気を持ちやがったか。お前みたいなゴロつきには絶対にくれてやらんぞ」

「好きにしろよ、おっさん。だが蒲団の上で眠らなきゃ毒だぜ」

南郷元准尉が異様な声をあげて倒れたきり、眼を剝いたままの姿になってしまったのはその夜中のチンチロの席上だった。

皆はかかり合いを恐れて逃げ散った。雀荘の主人と私と二人だけ、救急車に乗って近くの病院へ行ったが、心臓の発作らしくもう駄目なことは目にみえていた。

私の眼の前に、靴下を脱がされた彼の青い足首が揺れていた。南郷元准尉の身辺で何があったか私は知らない。ボーナスかと思った金も、どういう種類の金か、何か曰くがありそうだ。

しかしそんなことどうでもいい、と私は思った。軍隊がなくならなければそれなりに安定した一生を送れた筈の男。おそらく軍隊ではそんなに悪い下士官ではなかったのだろう。軍隊バカという奴で彼には実社会との対応策がまるでできていなかった。

そのため我流のペースになり、周囲からも家族からも嫌われ、全く孤立してしまい、それだけの精力をすべて博打に投入せざるを得なかったのだ。

馬鹿な死に方だが、これはこれなりに壮烈な戦死と認めてやろう、と私は思った。

帝国陸軍ではどうかしらないが、ギャンブラーとしては、准尉ぐらいの敬称を与える値打ちがあるように思えた。

相手の手がすべてまる見え※

なにげない会話がサインとなる〝通し〟

証拠のあがらぬ恐ろしい武器

次に、また別系統の武器をご紹介しよう。

その名を〝通し〟という。およそなにが威力があるかといって、こんなに恐ろしい武器はない。積み込みをやられたら、かなわないと人はいう。しかし、ほんとうにしまつのわるいのは、ドラの爆弾、通称ドラ爆だけであって、あとは子どものいたずらのようなものである。積み込みのなかでも、高級技術は、それぞれ、大きな威力を秘めてはいるが、残念なことに（玄人《バイニン》にとって）そうたびたびはできない。ほんのときたま、人が忘れた頃にやってみせるぐらいであろう。エレベーターや、抜き技が悪質だという。なるほど、その道の名手にかかったら、自由自在にあやつられるだろうが、それは、バレればなにをされても文句がいえないだけに、やる者が少ない。

そこへいくと、この〝通し〟は証拠というやつがつかめない。そしてカモになる人を、クモの糸のようなもので完全に包みこんでしまう。なにしろ牌が全部、ガラスのようにすきとおって見えてしまうのだからしまつがわるい。

〝通し〟とはなにか。つまり、サインである。サラリーマンのマージャンなどでも、仲の良い同士が二人組んで、聴牌《テンパイ》の教えっこをやることがあるのではないか。鼻をさわったら索子、あごをなでたら万子、とか、リーチ棒を横においたら筒子、右端の手牌を二枚倒したら聴牌、とか打ち合わせをしておいてやる。あれの複雑なものと思えばよろしい。だが玄人のやることはそんなに簡単ではない。動作や形態の暗号ではごく簡単なことしか通じないので、玄人はおおむね言葉を使う。つまり頭文字である。「ま」という発音が、かりに数字の一を表現するとしようか。まったく、まるで、まずい、まさか、まちがい、まいったなど、こういう言葉が最初にくるときは、すべて、「一」という意味になる。では、こちらへ入ってくるような意味の言葉を、すべて筒子という暗号に使おう。そして、逆にこちらから出ていくような意味の言葉を、万子ということにしよう。

まずい自摸《ツモ》だな——。

まさかこれを持ってくるとはな——。

これらはすべて、一筒という意味である。そうして、まずい牌を切ったな——。

まさか、それが出るとはな——。

ということになると、これは一万ということだ。

ついでに、語尾が、「な」で終わると聴牌のサイン。「ア」とのばすときは、ポン・チーのサインとしよう。

——まずい自摸だな——

といえば、一四筒《イースーピン》で聴牌しているという意味だ。

——まずい自摸だなア——

と語尾をのばしただけで、これは一四筒をくわせろという意味になる。

プロが使う代表的なサイン例は、「マウクナアタハリコ」といわれるものである。

「マウクナアタハリコ」即ちこれが一から九までの数字だ。うまい、といえば二、くさった、といえば三、なかなか、といえば四、というわけだ。

むろん、ひととおりしかないわけじゃない。「イクヤマコエテハツ」とか、「ウナコハタマクアツ」とかいろいろある。「今夜はマウクナでいこう」とか、「イクヤマにしようぜ」とか、その日によって使いわける。相手に気どられない用心である。

そうして、これらの九発音は、マージャンをやっているときに、みんなが口にする度数の多い言葉の頭文字を選んで作ったものだ。むろん、「東西南北」、「白発中」、のサインもある。

　それから手役のサインもあるし、この山のどこになにがあるかだの、くえ、またはくうな、というサイン、むろん相手の聴牌も教えてしまうし、

「敵が大物を聴牌してる、ピンチだから味方のほうに打ち込もう」

　なんてのをはじめ、ありとあらゆるサインがそろってる。

「七対子《チートイツ》の二筒で、聴牌したがこの牌はあるかね」

「だめだ、おれが二枚持ってる」

　なんて会話を、世間話や冗談の形でいいあっている。

　玄人は、場を陽気にするために、いつも冗談をいっているようだが、通し以外のたんなる無駄話は一言も発しないといってよい。玄人のホームグランドなどでは、カモ来たると見るや、それぞれが、まったく見知らぬ者同士のような顔をして、卓のまわりに集まり、

「お手柔らかにお願いしますよ、あたしはここツイてないんですから」

「うまいことといって、またあたしをカモにしようってんだね」

「冗談じゃないよ、あたしゃ、もうトップの味を忘れちゃったほどだよ」

　なんて会話が、そっくりサインで、

　――タバコを買うとき見てたら、財布に一万円札が二、三枚入ってたぞ――

——よし、それじゃ手づくりを大きくして荒れ場に持っていこう——という意味になっているからたまらない。持っている金だけは、そっくりとられてしまうことになる。こうなるとやはり技術なのであるが、まだ直接、勝負をしている場合は、わりにいろいろとしゃべりやすい。

スパイはどこにでもいる

いちだんとむずかしいのは、この世界でいう〝カベ役〟である。つまり、後ろで観戦していて敵の手を通してしまうスパイ役だ。

カベ役は、ただ後ろにいて敵の聴牌《テンパイ》を通すだけではない。あらゆる手法を駆使してあらゆる必要事項を〝通す〟のである。たとえば「敵の手が一向聴《イーシャンテン》で、安全牌に『西』を抱えている」なんていうのも〝通し〟の重要事項の一つである。それを通してもらえれば、聴牌している自分がもし「西」を引いてきてそれまでの待ちにかえて、「西」単騎でリーチをかければ、敵からすぐ出てくるという寸法だ。場合によっては一発で出てくることもある。ただ勝負している人の気をそこねることなく、自然に、しかも定法どおりの暗号でしゃべりかけるには、かなりの年季がいるのである。

昔、まったく素人《しろうと》の友人をカベ役にかりだしたことがある。

レッド・パージで退学になって遊んでいたから、小遣い稼ぎをさせてやろうと思ったのだ。サインを教えて、われわれのマージャンの場に連れていった。形ばかり働いたまねをしてくれれば、分配金を出そうと思っていたのだが、彼は忠実にカベ役をやろうとして苦悶した。目の前のカモがリーチをかける。ペン七筒である。「マウクナ……」では、七はハという発音だ。だがハの字が頭につく言葉が思いつかない。さんざん考えた末に、

「はってん性のない手ですな」

といった。しかし相手は怒ったね。

「リーチしてから発展性もクソもあるか。余計な口を出すな」

ことほどさようにカベ役はむずかしい。わたしはカベ役をほとんど友人や、おヒキでまかなったが、最適任なカベ役は、雀荘のオバさん、お茶くみの娘さん、それにマージャンがメシより好きだが資力、雀力ともに乏しく一日じゅう雀荘にきては、バカにされつつ他人の打っているのを見ているような老人などである。なぜならまず第一に、毎日牌を見て暮らしているから、いつでも修練をつむことができる。次に疑惑の目がかかりにくい。玄人《バイニン》のなかには、これらの人たちとまえもって契約（ブアイ制）している者が多い。ちょうどいい時分にかならずお茶を取りかえにきては愛嬌をふりまいていく看板娘に〝さてはオレに気があるのか〟などとやにさがっているとスッテンテンにいかれますよ。

100マイナス98のカベ※

一

このお話は、多分に教訓が盛られているはずである。したがって私も、教訓を語るにふさわしい威厳と自信をかきたてつつ記《しる》そうと思う。

七年ほど前の年初に、西国高松から一人の青年が青雲の志を抱きつつ上京した。ごく普通に大学へ行き、卒業すると就職をして、それが理想であるかどうかまでは知らないが、ごく小市民的な生活設計をしているらしい。

大学時代は麻雀で名を売った。金は、いくらあっても足りない時期であり、勝つ味を覚えると重宝このうえもない。で、就職してもチョクチョクやっていた。

ある日のこと、郷里の先輩に連れられて飲みまわっているうち、麻雀の話になり、それではいっちょうやろうじゃないかということになって、先輩がよく行く高級マンションの会員制もぐり麻雀クラブに行って打った。

そこは管理職以上の高級サラリーマンや大商店経営者などが集まる所で、いわゆるエリート博打《ばくち》。東京には今こんな所がかなり増えているらしい。

青年が平常やっているレートの五倍から十倍の賭《か》け銭が動いている。まったくもって宝の山である。現状のような管理社会では、ギャンブルのうえでも身分制がはっきりしていて、若くてイキのいい博打が打てる頃は、経済的な信用がうすく、エリートたちからはじかれてしまう。

その点、先輩に引きまわされた青年は運がよかったわけだ。彼のほうもその点は心得て、貯金通帳を作り、そのクラブでの儲《もう》けをそのまま貯金していく。このへんがなかなかうまいところで、青年はさりげなくクラブの女主人にその話をし、負けて借金して帰ったときは、翌日銀行からおろして、キチンと女主人に届けるようにした。

まもなく彼は女主人の信用を得て、大敗しても胴元《マコ》がいくらでも資本投下してくれるようになった。

二

だが、青年は平均して負けなかった。彼の貯金通帳の額面は着実に増えていった。

当時、私のところへ来て、青年が次のように広言したことがある。

「その牌《パイ》をつかんだ瞬間に、イヤな感じがピッとしたら、その牌はダメです。そうでなければなんでも切ります。理屈じゃないですよ。だからツモ切りする牌で当たることはほとんどないですね。手の中から切る牌は、どうしても理屈で処理をしたりするんで、その限りにあらずですけれどね」

その中で、青年はメンバーの手くせを知るとともに、グングン勝ちまくった。彼は毎日のようにそのクラブで徹夜麻雀をやり、二、三時間の睡眠量で会社へ出かけて行く。

「通帳の額が百万円になったら、ひとまずやめて会社だけにし、夜は休息するつもりです」

「へええ——」と私は感心した。「それで、今いくら貯まってるの?」

「九十八万です」

「なんだ、もうひと息だね」

その日、私の家でつれづれなるままに、牌を使った数合せをやってアソんだ。一から九までの牌を持って、二個のサイを振り、その出目の数を消していく。一点十円でやった。一から九までの合計数が四十五。残った数字の差額を払うのだからそんなに大きくなるはずはない。まるでおアソびである。私も彼もそう思っていた。

ところが三十分ほどの間に、五万円、彼が負けた。技倆《ぎりょう》じゃない、ツキである。

「フーッ、驚いたな――」と青年は長大息して財布を出した。

「もう止めます、精算しましょう」

「九十三万円になったね」

と私は笑っていった。

三

サイコロ遊びで五万円、というのはバカバカしい。負けた気分がよくない。このところ彼がツイていて貯金してるという話をきかなければ、いいよいいよ、といってパァにしただろう。

ところが、青年はその負けをとりもどそうとして、夜、例のマンションへ行き、四連続ラスを食らったという。レートは五の五、つまり千点五百円で、オール五千円のウマ、つまりラスを食うと点棒の負け賃の他に、一万五千円のウマ代を払わなければならない。

青年は女主人に借金し、明日くる、といって帰って行った。

そうしてもちろんその翌日来た。その日は日曜日で、充分に睡眠を取ってきたらしく、久しぶりにバラ色の頰をしていたが、最初の半チャンで親リーチに向かっていき、一発目、ツモ切りした牌が、ドン、を食うと、やや顔色が変わった。

その夜、いけないことにチンチロリンをやったという。

おそらく、麻雀のできがよくなかったので早目に切りあげて、新しい博打に手を出したのであろう。

麻雀にあきたメンバーが六、七人車座になって、ドンブリ博打を開帳していた。皆、手に大きい札の束を持って、ドンブリを注視している。

青年は、この博打が、はじめてだったらしい。しかしルールは簡単だった。

親になった最初の振りで、⚀⚁⚂を出した。

「やった――！　倍づけだよ」

といわれた。

サイの目が⚃⚄⚅なら倍取り、⚀⚁⚂なら張った総額の倍つけなければならない。

ひと月の給料十万に充たない彼が、たった一度ドンブリにサイを落としただけで、それに近い額をもぎ取られてしまうのである。

すぐ逃げるのも恰好悪いので、チビチビ張りをしながらねばってみた。やはりダメだった。

すると、青年がそこへ現われるたびに、他の客がチンチロを誘うようになった。振ると、奇妙に⚀⚁⚂が出る。

麻雀が強くてそこの客を総なめにしていただけに、こうなると相手からワッとトキの声があがる。麻雀で多少勝ったとしても、チンチロでどうせ吐き出すだろう、というイメージができてしまったことが、なおいけない。

相手がのびのび打ってくる。青年のほうは、チンチロの負け代を麻雀で稼いでおかねば、と思う。

この差が大きいのである。相手がオリない。つまりテンパイ数が多くなる。青年の放銃が目立ちはじめた。

一カ月と八日あまりで、九十八万の銀行通帳が残らずなくなった。

しかしなかなか偉いところは、残らずなくなったところで、ピタッとマンションがよいをやめたのである。

「しばらく雌伏《しふく》します。資金を貯めて、もう一度挑戦してみるつもりです」

と彼はいっているが、さて、このお話の教訓がおわかりか。

博打は、技倆も大切、気合いもよくなくてはダメ。しかし何より重要なのは、自信である。

鶴の遠征※

一

富沢有為男《ういお》さんといえば、ご存じの方も多かろう。古い芥川賞作家で『地中海』『白い壁画』などの代表作がある。また、寺内大吉さんの師匠筋に当たり、小説の道ばかりでなく、競輪も教えこんだ人でもある。

私も、その晩年の一時期にずいぶん可愛がってもらった。やはり競輪が縁だった。富沢さんを勝負師列伝の中に加えるのは筋ちがいのような気もするが、たまには故人を思い出してしんみりとしたい。

若い頃、フランスに絵描きになりに出かけて、競馬ばっかりやっちゃったという人物である。帰国してから戦後は、アソびといえば競輪一途だった。

疎開先の福島で平《たいら》競輪場に日参し、そのため弱かった身体が健康になったと笑っていた。実際、痩躯《そうく》白髪の富沢さんは美しい老紳士で、競輪場の雑踏の中にいると、はきだめに鶴、という恰好である。

そしてこの鶴が相当な鶴でどんなに混んだ穴場でも、スルリスルリと買ってくる。なにかゲンをかついでおられたのだろう、富沢さんは決して十枚とか二十枚とかキリのいい枚数は買わない。きまって、七枚とか十二枚とか半端な枚数になる。それを一レースで十種類ぐらいも買い漁《あさ》る。

丸橋忠弥《ちゆうや》ではないが、あちらで六枚、こちらで十一枚と、バラ券売場の雑踏の中を十か所も飛び歩いてくるのだから、身体も丈夫になるはずだ。

たまに何かの用事でこられないとき、競輪場の来賓席へ電話で買い目を伝えてくる。代わりに買ってあげる我々が大変で、半端な枚数を何とおりも、まちがいのないように買いまわるのに精一杯で、自分の車券を買うどころではなくなるのである。

二

ある日、後楽園競輪に行くと、富沢さんが近寄ってこられて、

「最終レースが終わったら、すぐ遠征に出発しようと思うんだが貴方、行きますか」

私は笑って頷《うなず》いた。私もこういうことになるとめったに人にうしろは見せない男だ。

「北関東の温泉につかって、競輪やってきましょうや、宇都宮で記念レースをやってます」

富沢さんはその年、マカオにルーレットをやりに行き、帰ってすぐ九州一周競輪を断行していた。

競輪仲間で下谷産業社長の高氏さんがいつも一緒で、なにくれとなく世話をやいていた。

今度も高氏さんの運転する車で、後楽園をあとにしたわけだ。

その夜は伊香保で一泊した。芸妓さんを混じえてにぎやかに飯を食って、その夜は鋭気を養おうと夜具に腹這いになったが、富沢さんが机に坐ったきり動かない。

持参した競輪の資料をうず高く積んで、

「阿佐田さん、Aという選手は三場所ほど前にBと走って勝ってるよ。しかるにです、宇都宮ではBが◎でAは人気うすです。これは波乱と思いませんか」

「はァ、なにしろAは一発屋ですから」

「しかしBはCやDに勝ってる。Cといえば貴方、大レース級ですからね。Bもなかなか強い」

「格はBのほうがかなり上ですな」

「Cはどうだろう、Cの成績を見ますと——」

とキリがない。とうとう一睡もせず、翌日まで検討に加わった。かんじんの競輪場ではフラフラでさっぱり勘が冴えない。しかし鶴のような富沢老人は元気一杯で人波の中にもまれている。

　宇都宮競輪を打ちあげて、

「さァ今度はどこへ行きますか」

「弥彦《やひこ》がやってますよ」と高氏さんがいった。

「弥彦、ああ、あすこはいい。空気がよくて日本一いい競輪場です」

　栃木県から新潟県弥彦町まで直行。

　車の中でウトウトしているうちに、三国峠《みくにとうげ》の手前で夜になり、水上《みなかみ》温泉で一泊した。

　さァ布団の上で寝られる。ヤレ嬉しやと思ったとたん、

「阿佐田さん、弥彦のメンバー表がありますよ。さァ勉強しましょう」

　私はこの二日間で三キロほど痩せた。翌早朝、弥彦に向けて出発。昼頃競輪場に着いて一戦。その夜、弥彦のホテルで、

「阿佐田さん、今日は寝ますか、それとも勉強しますか」

「すみませんが寝かしてもらいます。もうとてももちません」

「そうですか、あたしはずっと勉強してますから」

　翌日の弥彦最終日、いつも柔和なこの老作家の眼が、凄いほどに緊張していた。田中博と早福《そうふく》寿作の本命車券に、珍しく五万円ほど張りこんで、

「こういう大勝負しているときがね、当たってもはずれてもスッとします。温泉より

も身体にいいね」

三

その遠征の帰途、三国峠からちょっと折れて、仙湯といわれる法師の宿で湯につかり、昼飯を食った。

「ああ、この湯は若い頃から好きだった。――でも、おそらくこれが最後でしょうな。こんなふうなアソびもね」

三日間、ほとんど一睡もせずアソびまくった富沢さんの感慨が、なんとなく私の胸を刺した。

その予言どおり、次の年の正月、風邪をひきこんだのがきっかけで寝つきはじめ、二度と起きてこなかった。

正月の恒例の立川記念競輪にいつも顔を見せる富沢さんの姿がないので、そのことを知った。もともと病身で、体力の乏しい人なのが、食欲を失って、注射だけでようやく命脈を保っているという。

ところがその朝、突然、口を開いて、

「赤競（予想紙）のＭ記者を呼んでくれ――」

と奥さんにいった。富沢さんと親しいＭさんが駆けつけると、予想紙を受けとって胸の上にのせて、いったん眺めたという。

「10レース、10レース――」

昏睡を続けている人が、うわごとのようにそれだけ呟いた。元気ならば、また十種類近くの半端な枚数を頼んで手を焼かしたことだろう。

M記者は次の日も、予想紙を持って駆けつけた。枕元で出走表を読んであげた。もうそのときは意識不明だったが、わかったのかどうか、M記者の声にいちいち頷き返したという。

そうして鶴のような老作家は天国に遠征していった。葬儀は、弟子の寺内大吉和尚がとりしきって盛大におこなわれたが、祭壇の中央に黒いリボンを結んだ故人の写真の前に、赤競がチョコンと供えてあった。一流出版社や有名人からの花輪がぐるりと祭壇をかこんでいたが、私の眼には、一枚の予想紙がひどく印象的に見えた。

あとできくと、納棺のさいにも赤競と赤エンピツを入れたという。

競輪の予想紙を片手に天国へ行った人は、富沢さんをおいて他にあるまいと思われる。

3 文学

『離婚』と直木賞

はじめてこの雑誌（別冊文藝春秋）が、文藝春秋の小説特集号として出だした頃、錚々たる大家ばかり並んだ肉の厚い小説誌で、自分もこういう雑誌に小説を書かせてもらうようになれないかなァ、と夢のようなことを思ったりした。けれどもその頃自分はまだ小説書きになるなんて思ってもいなかった。

それから月日が矢のようにすぎて、いつのまにか私にも小説のお声がかかってきたが、その頃は、大家の作品と並行して、直木賞を目標にしている若手の力作を毎号何本かのせるようになっていた。

私が締切りにおくれて難行していると、

「別冊文春の仕事がおくれるようじゃいけませんね」

と他社の編集者に叱られたことがある。

「あそこは直木賞のための幼年学校か士官学校みたいなものですからね。皆、若手は自信作を持ちこんでますよ。貴方、士官学校から招待状が来たんだからがんばらにゃア」

そういわれてみると、直木賞候補になるような若手を何人か、いつも集中的に使っているようだった。現に私も、この別冊文春にのせて貰った『離婚』という小説で直木賞をいただいている。

その前年度に、別の社から出した短篇集がはじめて候補になり、落選した。そのとき、赤塚不二夫さんから、

「貴方、いい編集者を持ってるねえ」

といわれた。当時、週刊文春で私の担当をしてくれていた中本君という編集者が、赤塚さんの所で私の落選を知って、涙を流してくれたという。

「自分の雑誌にのせた作品ならともかく、そうでないのに、落ちたといって泣いてくれる編集者はなかなかいないよ。彼を大事にしなくちゃ」

本当にそうだと思う。以来、中本君には頭があがらない。

『離婚』が賞をいただいたときには編集長の豊田健次さんがそれこそ泣かんばかりに喜んでくれた。豊田さんが私淑している山口瞳さんも発表の夜にわざわざ記者会見場まで駈けつけてくださった。以来私も、親しい人の受賞のときにはすぐに駈けつけるようにしている。

『離婚』は賞など意識しないで書いた軽いタッチの作品だが、案外にそれがよかった

のかもしれない。ところがこの小説が雑誌にのったとき、女房がへそをまげた。登場する妻君を、自分だと思われてしまう、という。

たしかに私たちは離婚寸前まで行き、別居もしていたことがある。区役所に離婚届を出しに行って、昼休みだったので、時間つぶしに二人で焼鳥屋に入り、酒を呑んだ。ところが女房がしくしく泣きだした。今さらどうしたんだ、という気持でこちらもしらける。

焼鳥屋の主人がそばに来て、

「いい年齢して、女を泣かすもんじゃないよ、ほんとうに。あんたには酒も売りたくないねえ」

と叱られた。それで、というわけでもないが、そのまま区役所に寄らずに帰ってきてしまった。

女房にいわせると、小説の中の自分のもののいいかたが似ている、いやそっくりだという。あたしをあんなにひどく書いて、陰険だ、ひとでなしだ。

いや、実物より魅力的に書いたつもりだが、というとますます怒る。まァ、現実のディテールをずいぶん活用させて貰ったが、実際でないところもある。なお悪い、と女房は怒るが、あの小説はわりにはっきりしたテーマがあって、ま、キザだが、結婚の資格、乃至は市民の資格を喪失しているくせに離れがたい男女を材料に、愛の原型みたいなものを探ってみるつもりだった。だからディテールは活用しているが、モデル忠実小説ではないのである。

それでも来客の中には、女房を見て、ああこれがあの彼女か、と納得する向きがあって、そのたびに女房を刺戟する。やっと、その嵐がすぎたと思ったら、直木賞になってしまって、また一段と女房の不機嫌が募った。

編集者たちには有名な逸話だが、直木賞の発表の夜、私は外で原稿を書いていて、自宅は女房一人だった。

受賞の電話が入って、おめでとうございます、といわれたとき、

「あたしが貰ったんじゃありませんわ」

と女房が前代未聞のセリフをいったという。それには以上の理由があったわけである。

それからしばらく、来る客ごとに、『離婚』の話が出る。お世辞半分でいってくれるのだが、そのたびに女房の顔が曇る。中には本気で心配してくれて、

「悪妻ねえ、もう少し旦那さんにやさしくしないと駄目よ」

と忠告してくれる女友達が居たりする。女房にいわせれば、亭主も悪亭なのだ、といいたいし、それは当方も認めているのだが、外側からは悪妻の方ばかり目立つらしい。

受賞は嬉しいが、『離婚』ではない他の作品で受賞したかった。今でも、どうも具合がわるい。

本誌のことを記そうとして、脇へそれてしまったが、別冊文春は今でも肉厚の小説誌だと思っている。私にとって、非常に書き易い雑誌だ、というのは季刊で、せかせかせずにすむし、挿画がないので絵組という厄介なものを作らずにすむ。発表舞台の頻度でいうと、この雑誌が私は一番多いのではなかろうか。

『生家へ』について——著者自評

本のあとがきに記したように、十五六年ぶりに本名を使って仕事をする気になって、『怪しい来客簿』という短篇連作集ができた。これは「話の特集」という雑誌に連載したものを一冊にまとめてもらったもので、舞台がリトルマガジンでもあり（私の仕事の場としてリトルマガジンという存在を気に入っている）また長欠後でもあったので、力まず、習作のつもりでやった。他の仕事の合間に短かい日数でまとめるので、出来栄えにムラがあるのが恥かしいが、まずまず、自分流の書き方というものをまさぐっていくことができた。

すると、「海」の塙《はなわ》編集長と村松氏がやってきて、こちらにも何かやらないかという。「海」は中央公論社の文芸誌で、私はもともと中央公論新人賞でデビューした男なので、そういう因縁も意識したが、それよりもタイミングがうまくあったのだと思う。

その頃、習作のつもりの一冊ができて、今度はもうすこし自分流の方法を押し進めたものをやってみたいと思っていた。私の頭の中には、ブリューゲルの画集のことがあった。あの画集のように、一枚一枚の絵をはぐって見ていって、一冊の画集を眺め終ると、なんとなくひとつのまとまった感想を抱くにいたる、そういうふうなものを散文でやってみたいと考えた。

私自身の身体の中にあるさまざまなディテールを、一見、脈絡なく並べていって、単なるモノローグにすぎないのだけれども、どこかで読者との間にお互いの存在につながるような接点をつくりだしていきたい。

作品1、2、3、ぐらいまでは、最初の構想にほぼ沿って書いていた。作品1は、雑誌に発表した当時、「生家へ」という題名だったが、編集部でこの題名がとてもいいといってくれた。そうして私自身も、この作品が一冊にまとまるときの総タイトルにしようと思いだした。

そう思いだしたあたりから、生家に対する自分のこだわりをメインテーマにしようと思いはじめた。当初はもっといろいろな異質な絵を散文にしていこうと思っていて、その中の一番重たい絵を巻頭に持ってきたつもりだったのである。

それで最後までこだわってしまったが、途中で力不足を痛切に感じて、ずいぶんしょげた。私は、生家のひとつひとつの具象にこだわっていたわけではなくて、作品1に示したように、私の中の原風景としての生家にこだわっていたつもりなのだが、いかにしても原風景を深めるに至らない。

ああ、失敗だったかなァ、と思いなやんでいたのは作品7、8あたりからだった。特にこの時期は直木賞の騒ぎとかちあってしまって疲労度もきつかった。『怪しい来客簿』のときもそうであったが、私は絶えず他のことを並行してやっているので、この仕事も日取りが三四日しかとれない。急仕立てになるのみならず、同じ一日の中で週刊誌の麻雀小説を書き、ひきつづいてこの仕事に入ったりすることが珍らしくない。その切りかえに苦労する。もちろんこれは弁解にもならない作者の私事であるが。

私的な友人の某氏から、幻想の部分が、たとえばゴーゴリや、漱石のそれのように形象化が充分でなく、結晶していないので、わかりにくく、日常につながらない、と指摘された。

結晶していないという点は重々そのとおりであるが、私の思惑としては、この作品の中の幻想的な部分を、結晶させようとはあまり考えていなかった。むしろその逆に近い。作者が意識のうえで書いている部分を補なうというか、意識で捕まえているものとは異質なものを並べて記しておきたかった。それでないと叙述が坐らない。つまり、混在する形で捕まえておきたかったので、幻想の部分に何かを象徴させようという意図ではなかったのである。

したがって、ゴーゴリや漱石が、幻想を使って意図そのものを結晶させようとした方法とは同じ尺度でははかれないように思う。

むしろ、もっとわかりにくくなってしかるべきだったと思う。私に能力があれば、もっと微細な要素をいろいろと掬いあげて、幻想を造りあげることができたのであろうが、大ざっぱな主たる要素を濃くしてしまったために、わかりやすく、浅くなった。しかも、そういう要素で断定するような気持になった。

もう一人、べつな友人には、父親が出てくると面白いが、その他の部分は、見劣るか、結実度がうすい、といわれた。これは、これまでも再々いわれたことで、私は一言もなく縮こまらざるをえない。実の父親をディテールに使っては居るが、作者の内部では相当に形象化しているつもりもあり、いくらかの不満もある。また同時に、そのとおりだとも思う。

要するに、父親が登場する場面では、ボールを投げると塀にぶつかってこちらにはねかえってくるのである。だから恰好がつきやすい。その他の部分では、ボールを投げても、塀が無いので、はねかえってこない。

西欧の作者とちがって、大きな軸のない私たちには、自分がぶつかる塀を持たない。要するに相手役が居ない。だから、概念的に信ずる物を持てなければ、感性の発散だけになる。そうして感性というものは、ここで完璧という線が見出しがたいので、昨日より今日、今日より明日、というようにより多く感じていくより仕方がない。この国の作家は、古来から、多くは感性地獄におちいっている。言葉を空に投げているだけで、キャッチボールができにくいのである。

だがしかし、西欧の作家を含めて、今日、本当に信じうるキャッチボールの相手を見つけ得るのだろうか。私は、個人的な能力の乏しさも関係しているけれど、散文が、言葉の内容で説得したり、他者を打ったりすることが、今日以後、できうるかどうか、疑いを持っている。

私にできるとすれば、記す事象の内容の坐りをよくすることでなく、人が誰でも底の方に持っている真摯さのようなものをできるだけ現わしていって、他者の胸の中の真摯さを蘇生させていく――それが散文する行為のようにも思えるのである。

文体についてかどうかわからない

私は無学のせいもあるけれども、なんでもいいかげんな男で、物事を明確にするとか、定義するとかという志がない。そういう〝知〟を軽んじているわけではなくて、むしろあこがれているけれども、知の作業が私に向いているとは思えない。そうして、私のような男は、できるだけはまった役どころを心得てそこに居坐っているより仕方がない。

長いこと執着し、その執着をこまかくきざんで、これとこれというふうに整理してみたいとは思わないが、長年その執着が身体の中にぶらさがっているから、なんとかそれをそっくり掌に受けて形にしてみようと思うと、言葉を使う形式になりがちだというだけの話で、自分の執着が生きるのなら、他のどんな形式だってかまわない。

したがって、文芸、或いは文学とはかくのごときもの、私たちが受け持つべき方向はこうあるべきだ、というそのことに多少の関心はあるが、そのことに誠実になろうとしているわけではない。文芸の形式をとる以上、なるべく文芸的でありたいが、文芸的でなくたって特別がっかりはしない。私は、ごく私流にいうならば、文学をやろうというよりも、執着をなんとかしようという気持の方が強いのである。

要するに、無手勝流なのである。アマチュアのやりくちなのである。

文体について記せ、ということであるが、この言葉についても厳密に考えたことがない、というより、その折り折りに自分流の考えの切れはしのようなものを抱いているだけだから、ことさら論をかまえることもない。

ずっと以前、文体というと、視点のことだな、とぼんやり思っていたことがあった。それも、酒呑みながらふと口をついて出たのか、先輩か誰かのセリフをはは〻と思い、それが自分の考えのようになったのか、それすら忘れてしまったが、文体という言葉はそれで片づけていた。

その頃は、文章をつくるときに、その対象物と自分との間の距離の測定がうまくコントロールできず、起点から結びまで一定の距離におちつかないことに一番困難を感じていた。もともと私は、テーマから発想して造形していくたちではなくて、イマジネーション乃至ディテイルにふと執着を感じて、そこをだんだんふくらませていこうとする方なので、ある部分では熱く接近しすぎ、ある部分では醒めて遠ざかりすぎるということがおきがちである。それからまた、イマジネーションやディテイルの中には、私が執着するもの以外にも万般のものが含まれていて、それらをできるだけ落さずにすくいあげたい。しかし、文章は、イマジネーションやディテイル自体にはなれないから、執着するもの、それに万般のものをすくいとったら、それを紙の上のお化けに再構成しなければならない。そこのところがどうもうまくいかない。恣意的な濃淡ができてしまったり、恣意ではなくとも、伝達するうえに混乱がおきてしまう。

これは、眼の位置というものがひとつ定まったら、どんなに記しよかろう。Aを眺めても、Bを眺めても、同じ一定の眼の位置というものを造る必要がある。その頃は、そんなふうに思っていた。

それが、世間でいう文体に関する問題なのかどうか、知らない。また、視点をある程度固定させるために、どんなふうな工夫をしたか、おぼえがない。私はいつもそうだが、じたばたするよりも、引っこみ思案になる。

執着を、縁側にぶらさげるようにして、日に干しておいた。ただそうやって時間をかけるよりしかたがないと思っていた。そのうちに対象物が干し固まって小さくなり、私の掌の上にも乗りやすくなるだろう。

その頃は時間などありあまっているようにも思えたし、時間を空費するようにして干し固まるのを待っているのは、いかにもアマチュアの特技のように思えて気にいっていた。そうして、掌の上にいくらか乗りやすくなったけれども、それは、月日がたって自然に俯瞰するようになったせいで、視点が定まるということとは少しちがうことのように思われた。

　そんなことをしているうちに、いつの頃からか、眼の位置ということがあまり気にならなくなってきた。視点を定めただけでは、むしろ不自由を感じるようになった。そういう記し方も万々あるけれども、私のような発想のしかたをする者には合わない。私が字のうえに移しかえたいと思っていたのは、多くの場合、まずもって、事物の意味よりも、存在の方だった。できない相談だが、できうればという話である。したがって、視点が定まることで、事物と私との関係は安定しえても、そういう安定で事物をはかってしまってはならぬという気持が出てくる。

　ひとつの、というより私の視点で、事物を眺めて見ると、大いそぎでそれを打ち消してみたくなる。考えてみると、私の視点といっても、それは比較的効果のある場所に固定し代表させただけのことで、他にないというわけではないし、それから、私の視点以外の場所も走り狂うように飛び廻らなければ、執着に附随する万般のものを逃がしてしまうぞという気にもなる。

　このへんのところは、他の人はもっと知的に、いろいろの操作をへて早く越えていくのであろう。他の人がどういうふうにそこを越えていっているか見たい気持もあるけれど、いろいろの条件があって、文学書に親しまないからよくわからない。

　もしかりに、文体ということが、視点を定めることだとすれば（そうかどうかわからないが)、文体ができかかってくると、それを突き崩したくなる衝動にかられる。また、どういう文体であろうと、文体である限り、不充分な叙述になってしまうように思える。といって突き崩していって、自分の眼を失ってしまえば、よりどころがなくなってしまう。テーマから入る人の場合はべつであるかもしれないが、イマジネーションやディテイルにこだわっていると、完成ということがないように思える。できかかったり、崩したり、できかかったり、崩したりしていて、私は長いこと物が記せなかった。できあがるということも目的に適わないし、崩せば意味を失う。そのところで混乱してしまうので、つまりは、事物に一定の意味を附与させることに信がおけないからであろう。そこのところにくると、現在も、一行も記す気がしない。

なんでもいいかげんな男であるから、娯楽小説はべつにしても、近年、ほんのすこしずつ、自分流の仕事をまた手がけるようになった。そうして、これらの仕事は、以上の点に関する限り、大部分の気持をごまかして進行させているので、自分の眼に加うるに、あっちこっちの視点を按分して、その度合の手加減で辛うじて叙述にしている。初歩の数学のようなものである。それからまた、視点よりは少し奥にあると思える、未分化の生理の助けを請うたりしている。

しかしながら、少しずつでも仕事を再開したについては、またべつの考えも少し湧いてきているからである。叙述のありかたについては前述のところを一歩も出ないので、蟻地獄に入ったようなものであるが、もう少しやさしい地点（かどうかはわからぬが）で読み手との架け橋を作ることもやってみようと思いたった。

考えてみると、今までは、自分の方へ、或いは叙述の方へ、読み手を巻きこもうとしすぎたような気がする。そうであるかぎり、事物に一定の意味を定着させて記すのであればべつだが、私の力では蟻地獄におちこまざるをえないので、自分の関心に他人を参加させようとすることを、一応、やめてみよう。その点では気楽になってみよう。

そのかわり、何を記すかというと、自分の中の真摯な部分を記してみよう。たったひとつ、真摯なものが、相手に伝わるような形をつくることにポイントをおいてみよう。

何に対して真摯になるか、とか、真摯になるためにどういう手順を踏んだか、とか、真摯さがどういう値打ちがあるか、とか、そんなことはすべて記す目的にはいらない。そこで読み手の共感を得られなくてもすこしもかまわないので、だから、叙述のありかた、乃至筋道にこだわることはない。

ただし、まがいものでない真摯さが、伝わるようなものでなければならない。

私が日常いいかげんであるように、読み手の日常も、いろいろの条件によっていいかげんであるのにちがいないので、けれども、いいかげんでないものは人の故郷であり、折り折りに、それぞれの故郷へ回帰したいと願っている。書物は、読み手それぞれにそのきっかけを与えることによって、一応の役割りをはたすのではないか。いいかえれば、ただ今、書物が与えうる可能性があるのは、そのことだけなのではあるまいか。記述されている事柄自体に値打ちをつけることなど、巨人以外にもうできないのではあるまいか。

文体について語ったことになるかどうかわからないけれど、今のところ、これだけしか語ることがない。

（「文体」昭和五十三年新年号）

他者とのキャッチボールを

はじめにおことわりしておきたいのですが、私は無学の代表のような男で、正規の学歴は旧制中学無期停学というところでふっつり切れております。そうしてまた、学校に行かなかったから独学に徹し一志力行《りっこう》、努力を積み重ねてきたというわけでもありません。世間の底辺に近いところでのたらくたらと生きてきたような男であります。こういう書物（『読書と私』）に書き記すにはまったく不適格なのです。

そのことを承知の上で、御指名をお受けしたのは、多分、私のような巷の埃りにまみれた男の貧しい読書体験などはあまり活字として発表されないのではなかろうか、それならいっそ、在りようを正直に告白してお笑い草に供してみようか、と思ったからであります。

私は小学校でも中学校でも、ほとんど学業放棄者で、ただ自分の恣意と、恣意を押しとおすことで生まれる不安とに包まれた少年時代をすごしておりました。もちろん、読書に積極的な関心を抱いたことなどありません。ただ、個人芸で生きる生き方には関心以上のものを持っておりました。多分その頃の私には、彼等が恣意を押しとおして生きているように映じたのでしょう。作家、画家、作曲家、そういう生き方ができたらなァ、とは漠然と思っておりましたが、彼等の作品を知る努力をはらおうとはしなかったわけです。

ちょうど大戦争の最中で、中学から軍需工場に勤労動員で行っていた頃、外国の小説をよく読んでいる二三の級友がおりまして、その人たちから東西の諸作品の概括をきいていました。三人の級友はそれぞれすぐれた人たちでしたが、おそらく当時年齢相応に多少舌たらずな説明だったでしょうし、私は私で自己流に受け取って勝手な作品評価をしていました。そうしてそういう耳学問で自分でも読んだような気になり、実際に本をひもとこうとはしませんでした。

村一番の力持ちである木樵《きこ》りの若者が、山中で大岩と格闘して、その結果、どうしてもかなわないものの存在を知り挫折感と他者意識を芽生えさせる――というゴーリキイの「フォマ・ゴルディエフ」という作品の話をきいたときには、執着を感じて、その本を手にとって読んでみたものです。多分、自分の触角だけで手探りに生きていた私にとって、他人事とは思えない主題だったのでしょう。それがまっとうに小説を読もうとした初体験だったと思いますが、かなり長い作品を一生懸命に読もうとして、ついに終りまで読みきれませんでした。読書というものも、やはり基本的な訓練が必要で、他者の世界の中に自分をいったんはめこんでいき、その規律の中でさまざまな交流をはかっていく、そうするための努力やそれにふさわしい感性を育てていかなければなりません。学校へも行かず、徒弟奉公にも出ず、巷の一匹狼でグレていた私は、そのルールが呑みこめませんでした。私はいつも、自分の恣意だけで本を読もうとして、本からハジかれていました。なおいけないことには、若さゆえになんとかその日がしのげていたために傲慢になっていて、未見の書物、未見の能力をあまり尊敬しておりませんでした。つまり、ちっぽけで、ケチな、フォマ・ゴルディエフだったわけです。

それでも、おりおりの恣意で、活字を読もうとしていたのです。もちろん自分が選択した本で、興味は充分あるわけですから、最初は叙述にひっついていきます。ところがそのうちにきっと、はなはだしいときには数行も進まないうちに、その本に関係のないべつのことが念頭に浮かんできてしまうのです。たとえば、知人にどういう言い立てをして金を借りようか、とか、女友達に対する自分のはずかしい振舞などを反芻していたり、とかしてしまって、眼は惰性で字面を追っているのに、すこしも頭に入っていません。はッと気づいて元に戻り、また数行は本当に読んでいますが、いつのまにかまた、他のことに気持が行ってしまう。

そんなことをくりかえしているうちに、いらだって本を投げだしてしまいます。おはずかしいが、十代後半から十年くらいの間、普通この年頃は乱読をするものですが、まとまった書物を一冊も読了しておりません。

そのくせ友人たちと文学の話などするのは好きなので、最初のうちはあつかましく、読んだような顔をしてしゃべっていましたが、そうやってごまかしのおしゃべりをしていてもつまらないので、すぐにその態度は捨てて、自分は本を読む癖は身につかないのだと広言し、相手の読んだ本の内容説明を聴いたうえでその話に参加するというようなあつかましいことをやっていました。だから、辛うじて仲間の会話に参加はしていたけれど、説明してくれる友人の気質に自分の気質を重ね合わせてものをいっていただけで、直接書物を読んで得る収穫とは大ちがいだったでしょう。

書物を読むことで得る大切な収穫のひとつは、他者を知ることだと思いますが、その時分の私は少しも他者を知ろうとせず、もっぱら自分の気質、乃至は両親やまわりの先輩から受けとった気質でしか物事を見ていませんでした。私に限らず巷の人々は、大体そうやって暮しているようです。このせまい島国では、人種的にもほぼ単一だし、全体がまるで家族のような雰囲気があって、他者を知らなくてもそれほどの不都合な目に会わずに日をすごしていけるのですね。私にとって重要なことは自分の気質を生かしてすごせるかどうかであって、自分の気質が他者とどうぶつかるかということではなかったのです。だんだん大人の社会に出ていくとそうとばかりもいっていられなくなりましたけれど、だから他者との対話を欲するのですが、私は現在でもその点に成熟しているとはいえません。

私にとってまだしも幸いだったのは、中学時代からの友人に恵まれていました。一人は四国生まれで英文学を専攻し、一人は北陸生まれで、父親の業の跡をついだためにその道には行かなかったが良質な読者という立場でした。四国生まれの友人は真言密教を思わせるような気質があり、自然の大きさを持っていました。北陸生まれの友人は浄土真宗的な気質で、それにふさわしい知覚が発達していました。私は終始グレていて、この時分は暗黒街の住人でもありましたが、にもかかわらず、自分の家のお宗旨の曹洞《そうとう》禅的な気質を内包していたようです。勉学にはげまない私は近代的な意味での他者を知ることができなかったけれども、二人の友人と話し合うたびに親族の中の他者のようなものを自覚していくことができたような気がします。

この二人の友人は私にとって恩人のようなもので、私は、この二人の努力の千分の一くらいを徐々に自分の身体に注入して育っていきました。私は彼等に稽古をつけてもらうつもりで、彼等がそれぞれそのときどきに関心を払っている主題に自分流に参加しようと一生懸命になっていました。それがディケンズであったり、ドストエフスキーであったり、トーマス・マンであったり、或いは万葉や新古今や源氏物語や世阿弥であったりしました。もっとも私はやっぱり部分的な拾い読み程度で強引に参加していましたが。

私にとって最初の本格的な読書体験は、彼等二人と、定期的に日を定めて一章ずつの読後感を語り合った旧約聖書です。

この書物についても、私はきわめて恣意的に、つまり自分の気質だけで読んでいきました。私はどんな意味ででも宗教に参加しようとは思っていなかったので、はじめから文学書としてこの本に対していました。しかも、この経験は私にとってショックでした。私は学校にもいかず、市民社会のルールの中で生きようともせず、もっぱら自分の気質を押しとおして無頼に生きていましたので、自分の判断力だけに頼ってすごしてきました。だからその点に関しては、自分にかなりの自信を持っていたのです。私は学校の教師よりも、ある意味で自分の眼の性の方がよいとうぬぼれていました。そうして、そこから推量して、内外の大作家の著作物なども、たかが知れているようなものに思っていました。依然としてケチなフォマ・ゴルディエフだったわけです。

旧約聖書を読んで、生まれてはじめて、人間、あるいは人間たちの知恵の怖ろしさを知りました。私はもう二十六七になっていました。大方の読者には私がアホらしく見えるにちがいありませんが、このとき本当におどろいたのです。このおどろきの実感は今もってなまなましく覚えています。

私はそれまで、書物を軽視していたことを悔いました。私は、自分の本能、乃至気質の確かさをうぬぼれているようなところがあって、他人の小説など見てもその点ではさほど自分が劣っていないような気がしていたのです。頑固に自分のペースを守るという形は、私の幼少時から戦争期を通過する体験の中で自分流にものにしてきたと思っていましたから。

けれどもそれはまったく見当ちがいでした。私の場合、ボールを宙に投げているだけの形とすると、書物に書き現わされている世界は、(すくなくとも一級品は)ただ宙に投げているだけではなくて、投げたり返ってきたり、キャッチボールの世界だったのですね。他者とキャッチボールして葛藤するという世界でした。私はこのときはじめて、ドラマというものは、自分と、自分よりも大きな存在、自分を律してくるようなものとの葛藤なのだと知りました。自分より大きな存在ゆえに自分が結局は負けてしまうだろうと思えるものに対して、いかに戦っていくか、ということが眼目になっていて、それがとりもなおさず生きるということなのだと知ったのです。いかにピュアーになろうとも、ハネ返ってくる壁(他者)を想定せず、宙に向かって自分の気質を投げているだけではロマネスクな行為にしかすぎない。そういうことがこの書物を読んで知った一番大きなことでした。そうして、私がなんとなく読了できなかった西欧のすぐれた著作物は、ほとんど、キャッチボールの相手として、この旧約聖書を選んでいたのだということもわかりました。旧約聖書の存在を知らずに西欧の書物を読んでも、キャッチボールの全貌がわかるはずはなかったのです。そう思ってみると、これまで概念だけで知っていた西欧の書物が、それぞれ、自分たちを律してきたもの（旧約聖書）に対する尊敬と呪詛《じゅそ》の念に満ちていて、それが迫力になっていたはずだと思い返しました。

たとえば「カラマゾフの兄弟」は、旧約のヨブ記とのキャッチボールだとわかってはじめて私には迫力が出てきたのです。あのゾシマ長老がヨブと対照されるべき存在として登場しているのだとわかるまでは、私にはなじみにくかったのです。

旧約聖書に関して、そのときの私の得た収穫を列記したら、とてもこの短文では記しつくせないのですが、この書物自体がどういうキャッチボールをしているかというと、それは〝神との契約〟という形式でありましょう。人間は、自分たちの力以上の存在（それは時間とか生命とか、或いは自然とか、何でもよいのですが）を抽象化した〝神〟というものを承認しそのルールに信服していく、そのかわり、〝神〟も人間に幸福や安定をもたらさなければならない、そういう取引きなのですね。

だから人間は、自分たちが幸福になることが神の存在の証しになるといって、いつも神に迫るのです。神は人間のその要求を満たすことによってしかその存在をあらわすことができない。しかし人間もまた、神のルールを守ることでしか、自分たちの欲求を充たす方策がたたない、そういう取引き、乃至は葛藤が、即ち生きる基本になっているということ、そういうキャッチボールなのですね。

はじめて書物をちゃんと読んだ私は、その内容に感嘆する前に、キャッチボールが欠くことのできない形式だというそのことにまず驚嘆したわけなのです。

第二に、そのキャッチボールの内容なのですが、神との契約に即したルールとはまた別個に、ほかならぬそのキャッチボールを産みだした生物世界の基本原則がひとつひとつ捕えられて、それがシチュエーションなりディテールになっている、そのことにも感嘆しました。

それは、まず生き伸び続ける本能に支えられています。生き伸びにくい荒野で生きていくための諸条件が呈示され、その次に、如何に生きていくべきかという欲求になっていきます。

それはさまざまの記述になっていますが、一例をあげれば、〝移動〟ということ。先住者が居れば先住者のルールで生きなければならないから、よりよい自分の条件で生きるためには移動しなければならないわけですね。そうして新しい土地におちつく。しかしそのあとの人間たちはまた移動していく。新しい土地があるあいだは、そうやって横に伸びていけばいいわけですが、土地がすべてふさがってしまえば、その土地を移動しないで居坐ったまま変革をしなければなりません。出エジプト記に見られるような移動は、現在では変革、革命、というような形になっています。この二つの異なる言葉は、底の方では同一の行為でもあるわけで、人間が生きようとするときの根本条件でもあるわけですね。旧約聖書にはこういう原則がたくさん図型化されています。

しかも、人間たちは本当の幸福、本当の安定にたどりつきません。彼等は長年月、今に至るまで、神と契約したことの実行を迫り、同時に縛られてしまうのです。

この書物を読んだとき、私はそれまでの貧しすぎる読書体験をふりかえって、心に残っている断片を照応させてみました。私のような男も、ごく短い小説のいくつかは、すっと読了できて、印象に残っている何篇かがあったのです。たとえば、シングという人の戯曲「海に行く騎者」だったり、カフカの「変身」だったり、フォークナーの超短篇「納屋は燃える」だったり、G・グリーンのこれもきわめて短い「破壊者」だったり。

それらの小説は私自身の内部の屈託とすんなり合わさった形で、例外的にすんなり読めた小説だったと思っていたわけですが、これらの小説が私にも迫ってきたのは、第一に他者とのキャッチボール、第二に一般的原則を踏まえている、この二条件を充たしているゆえと気づきました。

私がおそまきながら気づいたことは、大方の人にとってごく平凡な常識でもあるでしょう。しかし私は鮮烈な驚きを持ってこのことを知りえたのです。その点では、私の読書歴の貧しさも、むしろ好条件だったかもしれません。

私はこのとき以後も、精力的な読書家になることはできませんでしたが、それから後、私なりに、長い小説や、読みにくい書物を少しずつ読んでいこうとしはじめました。そうして今にして思うのは、あるいはこれも自分に甘い言葉かもしれませんが、読書とは、結局、知識を得るということよりも、鮮烈な驚きに出遇うことからまずはじまらなければならぬと思っています。

4 芸能

可楽の一瞬の精気

私は小さいころから寄席にかよっていたわりに、可楽との出会いはおそかった。空襲直前の大塚鈴本ではじめてその高座を観たのだと思う。当時私は中学生で、大塚はその中学のお膝元だったから、教師の眼が怖くて、そこに寄席があることを知っていながらほとんど立ち寄らなかった。

当時、古典派の落語協会、新作派の芸術協会といわれ、全部が全部そうではなかったが、総合の魅力で、私は文楽や志ん生の属する落語協会の方に行くことが多く、芸術協会側にも魅力のある人が居たのだけれど、なんとなく足が間遠になる。だから、私はひととおり知っているつもりだったけれど、割りの関係で偶然かけちがって一度も高座に接していない落語家《はなしか》がまだ他にも居たと思う。

たしか日曜の昼席で、なんだか特殊な催しだったと思う。まだ春風亭小柳枝といっていた時分の可楽が、後年と同じく、「にらみ返し」という落語《はなし》に出てくる借金取り撃退業の男を地で行くような顔つきで（着流しだったような印象がある）、ぬっと出てきた。

中入前くらいの出番だったがたっぷり時間をとり、「らくだ」を演じた。小さく会釈して、すぐに暗い哀しい独得の眼つきになり、

「クズウぃ——」

久六がおずおずと長屋に入ってくる。もうそのへんで私は圧倒されていた。陰気、といってもしょぼしょぼしたものではなく、もっと構築された派手な（?）陰気さに見えた。

私は落語好きの級友に、早速、小柳枝のことをたっぷり話した。

「——中年なんだけどさ、年齢も見当がつかない。それで沈んだ声で、とぎれとぎれにしゃべるんだ」

「なんだ、それじゃおもしろくもなんともないじゃないか」

「それが異様なんだよ、変な落語家《はなしか》なんだ」

その当時の私の知識では、小柳枝という名前は、返り新参でパッとしない半端な真打の橘の円《まどか》（後年の桂三木助）の前名だった。私は戦時中のどこかの時点から円が好きになって、芸術協会に行くときは彼が目当だったが、パッとした存在でない円の前名を名乗っているのに若い二つ目でなく、この小柳枝もいかにも売り出しそこねてひねこびてしまったように見えて、私の感情移入を誘った。

戦時中の可楽体験はそれ一度で、やがてあらかたの寄席も焼けてしまい、敗戦になって向かいの仮小屋から本拠の場所に戻ったあたりの上野鈴本で、ぼつぼつ見かけた。そのころ、小柳枝が充実してきたという評判で、まもなく可楽を継いだと思う。あとで知ったが、可楽は、文楽や志ん生とほぼ同じキャリアのもち主だった由。長い不遇のうちに、あの暗く煮立ったような顔が出来あがったのか。

名跡というものは変なもので、先代の可楽も通人にしか受けなかったという。この可楽も私は戦時中に二度か三度しか聴いていない。たしか自宅の梯子段から落ちて急死したとか聞いたが（この可楽でなく同時期に亡くなった金原亭馬生だったか）、それでその面影を頭の中で再現しようと努めた記憶がある。もっとも馬生の方は同じく地味だったが顔はよく覚えていた。

しかし可楽を継いでからはほぼ順調に、特異な定着を示した。私は「らくだ」には最初のときほど驚かなくなったが、そのかわり、「二番煎じ」「味噌蔵」「反魂香」この三本を演じる可楽の大のファンになった。まったく可楽のエッセンスは、「らくだ」を含めたこの四本に尽きると思う。他にもよく演じるネタはあったが、大方はつまらない。

調子でまくしたてる話が迫力が出ず、くすぐりだくさんが似合わず、感情の変化を深く見せる話がいけない。もっとも可楽に中毒すると、ぼそぼそして退屈なところが、実に捨て難くおかしいのであるが。

戦後、神楽坂の毘沙門前の小路にいち早く復活した〝うず巻〟というトンカツ屋の店土間に居ると、小座敷の方から、仲間の寄合いか何かをはずしてきたらしい可楽が現われ、待っていた女の人が何かいいかけるのを、

「――お前、そんなことを言っても」

と低く言い、すぐにガラリと声高になって、

「よござんす――！」

宙を見据えながら、プイと外に出て行った。その、よござんす！　が高座そのままで、なんともおかしかった。可楽の可楽たるところはこういう一瞬の切れ味にあったと思う。「反魂香」の枕で、物の陰陽に触れて、陽気な宗旨、陰気な宗旨を小噺にして客席を沸かせたあとで、

「――淋しいのはなにかてェますと、夜中の一つ鐘で」と口調が改まり、ふっと間があって、

「カーン、――」ここでまた絶妙な間があって、「南無や南無南無南無――」

と主人公島田重三郎の夜更けの読経の声につながっていく、ああいうところの、凛烈とでもいうのか、暗く豪壮な中にどこか甘さを含んだものを一瞬の精気で打ち出すのが独得で、短くはしょった口説の中に飛躍が快く重なり、他のどの落語家《はなしか》にもない

味わいがあった。

可楽の精髄を示す演目の中には、こうしたすぐれた一瞬がいくつも重なっていて、それは何十度、何百度聴いてもあきることがない。まことに不思議な落語家であった。そうしているうちに昭和三十年代になって、この三十年代というのは落語の黄金時代であると同時に、魔の時代でもあり、多くの逸材がばたばたと没していったが、可楽もその例に洩れず、三十年代の終わり近く、病没してしまう。

その二年ほど前の寒い夜、新宿の酉《とり》の市の雑踏の中で、可楽とすれちがった。

「今、可楽が向こうへ行ったよ。落語家の三笑亭可楽――」

と私は言ったが、伴《つ》れの酒場のマダムは可楽を知らなかった。どんな落語家、ときくから、歩きながら下手な声色で、「二番煎じ」の冬の夜廻りの場面や、「らくだ」のかんかんのうの場面などをやったが、通じない。可楽という落語家は、可楽を知らない人におもしろ味を伝えようというのは不可能に近いので、そう悟りながら、私はますます気負いこんで、手をかえ品をかえ説明した。

私たちは鷲《おおとり》神社の本殿に近づき、話しながら人波からはずれて、脇の小暗い細道から裏に抜けようとしたのだが、その暗がりに、思いがけず、可楽が立っていたのだった。

「あの人だ――」

と二、三歩行き過ぎてから私は伴れに言った。むっとしたようにも、デレッとうす笑いしたようにも見えるその表情を眼に入れたらしく、伴れは、

「あの人が――?」

と、うす気味わるそうに言った。

林家三平の苦渋

ややときがたってみると、私の中で、林家三平という芸人がなんだかとても忘れがたい存在になってきた。だいいち、その死が信じられない。病気とか死とかいうものが、これほど似つかわしくない人も珍しかった。

三平さんとは私は一面識もない。けれどもその名前を覚えるのは早かった。昭和二十三、四年ごろ（だったかと思う）田村町の飛行館のアトラクションが中止になったあと、三木トリローグループが池袋西口の横丁の奥にあった池袋文化という小屋に少しの間たてこもったことがあった。

トリローグループはすでに『唄う新聞』『日曜娯楽版』などでラジオではユニークな存在だったが、舞台ではまだ新鋭という程度だった。で、池袋でも、三木のり平、小野田勇、河井坊茶、千葉信男に、アウトブレーンとして有島一郎、旭輝子、丹下キヨ子など軽演劇人を補強していた。そうして三木鶏郎はオーケストラボックスで指揮棒を振っていた。余談になるが、日本風ジャズソングの黎明期に服部良一とともにこの人の名は逸せない。現今、鶏郎は過小評価され過ぎている。

　このグループも新型のコメディアンとして買っていたが、当時私は有島一郎に傾斜していた。軽演劇の衰退でこの優れた才能が宙に浮きそうなのを残念に思っていて、それで池袋まで毎公演観に行った。

　ところがもう一人、林家三平が出ていて、これが強烈な印象だった。このころ彼は二十歳を出たばかりではなかったか。くりくり坊主でまだ本当に童顔だったけれども、なにしろ舞台に現われている間じゅう小うるさくしゃべりまくり、自分の笑いだけで独占しようと懸命だった。無念にも他の役者たちの見せ場のところは後景で飛び上がったり動き廻ったり、ガラはちがうがグラウチョ・マルクスを連想させた。

　そればかりでなく、じっとしていることが苦痛でやりきれないという感じで、スタンドプレイがあまりいや味に見えなかった。

　台本のセリフらしきものなどほとんどしゃべらないし、アンサンブルも何もあったものではない。役者としては素人の攪乱だったが、迫力があったし充分怪演といえた。私は替り日ごとに観に行って、練達の有島、奔放なのり平に対し、三平がどれくらい劇をぶちこわすかを楽しんだ。

　近年、のり平さんと、このころの話で夜を徹してしゃべり呑んだことがある。

　林家三平はまもなく寄席に戻り、おっちょこちょいとそそっかしさを武器に、池袋での怪演を寄席風にパッケージしたような高座でめきめき売り出し、三遊亭歌笑の急死のあとを埋めて寄席を明かるくした。

ピエロに徹しながら、歌笑にはどこか暗さがあったけれど、三平の高座はどこまでも屈託がない。実際、天性明かるい人だったのであろう。

『私、プロレスの味方です』の村松友視がまだ勤め人だったころ、落語を聴きに行って寄席のトイレに入った。大真打の高座で、トイレはガラガラ。するとそこへ三平がやってきた。

三平は隣合って小用を足しながら、見知らぬ若い客にすぎない村松に向かって、人差指を額に当ててちょっと笑いかけ、

「こんばんは、三船敏郎です――」

と言ったという。小用を足しながらもギャグを仕掛けずにおれないというところが、なんとなくすごい。

もっとも私はスター芸人になった三平にほとんど関心は消えていた。パッケージされた笑いは一度で充分だったし、そのうえ彼の小噺はいずれも閉口するほどつまらなかった。

あれは落語か、という論調が方々にあったころ、名人桂文楽が三平の高座に好意的だという記事があって、三平は先代正蔵の息子だから、血統に対する文楽の配慮かな

というふうに軽く思っていたが、今考えるとまんざら世辞ではなかったようだ。文楽は上ッ面のセリフが多そうなわりに、きちんとものを言っていた人だと思う。

そそっかしいから綿密な芸はできないと思ったかどうか、三平は初期のころ、落語のワザを意識的に避けて崩しを狙っていた風情で、それはいったん新鮮な武器になったが、毎日高座に出ている以上、表ワザだろうと裏ワザだろうと、固定したペースが必要になる。

彼の理想は毎回アドリブでいくことだったかもしれないが、それは不可能で、次第に苦しさが見えてきた。

勉強を嫌った子のように、或いは飛道具しかない力士のように、苦しかったはずで、一方でギャグのリフレーンを逆に強調していく手を打ったり、また一方では質より量に徹して新作小噺をイタにのせたり、そのいずれも固定した極めワザをもたない芸人の苦悩が伝わってくるようだった。

蹴手繰《けたぐ》りを得意とする力士が四六時中蹴手繰りばかりやっているような迫力があり、汗だくのサービス芸で観客はむりやり笑わされてしまう。

そうして彼はともかく半端相撲で三十年余もがんばったのだ。特にこの十年ほどの観客サービスは息がつまるほどだった。天性の明かるさが下敷きにあったから隠れがちになるが、多分、彼は他の芸人よりも苦しんだろう。身体もこわすはずだと思う。

文楽がいうとおり、正統な芸ではなくとも、明かるさと苦渋が混交して人を打つ高座になっていたと思う。

私はうっかりしてそのことに長いこと気づかなかった。亡くなる少し前、『花王名人劇場』の談志・円鏡二人会の夜、ゲストで彼が現われ、今夜は落語《はなし》をチャンとサゲまで演じると言った。

浮世床、それは壮烈な高座だった。二人の後輩人気者を意識したせいもあろうが、三平風に崩れながらあくまで起承転結をつけようとして（多少計算もあったろうけれど）、延々としゃべり続け、しかもどうしてもサゲまでたどりつかない。談志がソデから現われて、アニさんもうわかった、時間がないから、といっても、いや、どうしてもサゲまでいく、といっておりなかった。

落語を演じて、サゲに到達するのにこんなに苦闘するというのが三平流で、大仰にいうと命をかけて、彼のトータルを演じたともいえよう。

あの三平の高座を観ておいてよかった。昭和期の中でも底力のある意外に巨《おお》きな芸人を、危うく見落とすところだった。

名人文楽

暑いにつけ寒いにつけ、桂文楽を思い出す。落語は季のものだから、どうも四季おりおりに思い出すきっかけが埋まっている。この本はなるべくポピュラーでない人、今活字にしておかないと忘れられるままになってしまいそうな人をあつかうつもりでいたが、〝なつかしい芸人たち〟に桂文楽が出てきてわるいという理由はひとつもない。

つくづく思うけれども、昭和の落語家《はなしか》では文楽と志ん生が抜き出た存在だな。そのもっとも大きな理由は、二人ともそれぞれのやり方で、自分の落語を創りあげたことにあると思う。古典の方に自分から寄っていってしがみつくのではなく、自分の方に古典落語をひっぱり寄せた。

古典というものは（落語に限らず）前代の口跡をただ継承しているだけでは、古典の伝承にはならない。前代のコピーでは必ずいつか死滅するか、無形文化財のようなものと化して烈しい命脈を失ってしまう。リレーというものはそうではないので、その時代に応じて新しい演者が、それぞれの個性、それぞれの感性で活かし直していく、それではじめて古典が伝承されていくのである。

志ん生は天衣無縫の個性で、たくまずして新装した。志ん生の演じる「火焔太鼓」や「ずっこけ」や「風呂敷」や「お直し」は、それ以前の演者からは聴けなかった。私はあれは新作といっていいと思う。そうして志ん生自身がどう思っていたかしらないが、志ん生の口跡に残っている前代のコピー的部分は、どちらかといえば邪魔な部分だった。

桂文楽は典型的な古典と思われているようだけれども、あれはコピーではないのである。速記本で前代の演者が同じ演目を演じているのを見ると、そのちがいがわかる。たとえば「寝床」は、往年は、周辺を辟易させる旦那の素人義太夫の方に力点がかかっていた。文楽のは旦那と長屋衆の心理のおかしさが見せ場になっている。「素人鰻」も、鰻をあやつるおかしさよりも、職人の酒癖と武家の主人の対応の話に主点が移されている。「鰻の幇間《たいこ》」や「つるつる」の主人公たちのわびしさ、「干物箱」の善公、「愛宕山」の一八、「明烏」の遊冶郎ご両人、その他いずれの登場人物たちも前代のそれより陰影が濃くなっている。それはただワザの練達だけではない。

権力機構からはずれた庶民、特に街の底辺に下積みで暮さざるを得ない下層庶民の口惜しさ、切なさが、どの演目にもみなぎっている。その切なさの極が形式に昇華されて笑いになっている。「厩火事」のおしまいにちょっとしか出てこない髪結いの亭主だって、その影を話の上に大きく落としている。

文楽の落語はいつも（女性が大役で出てきても）男の（彼自身）呟きだ。それが文楽の命題であったろう。

そういえば志ん生の落語も男の語りである。ひと口に個性といっても、彼の個性は庶民のはずれ者に共通する広がりがある。落語は代々こうした男たちの呟きが形式化されたものなのであろうが、文楽と志ん生は、大正から昭和にかけてのこうした男たちの代弁者になった。特に文楽は、命題に沿って意識的にアングルを変え、ディテールを変えている。古典落語と綱引をやるように互いに引っ張り合い、膂力《りよりよく》で自分の命題の方に引き寄せてしまった。そうして結果的に古典落語を衰亡から守った。そこがすごい。

落語はジャズに似ている。特に古典はジャズにおけるスタンダードのようなものか。もはや原曲のままでは通用しない。同じ材料から、各人各様の命題により、或いは個性により、独得の旋律を生み出す。それが、なによりも古典落語というものである。

文楽は、演目がすくなかった。本質的には不器用の人ともいわれた。そうして、絢爛たるワザの人ともいわれている。もちろん、すばらしい表現力に感嘆するけれども、その手前に、古い話をどうやって自分の命題に沿った形に造り直すかという問題があったはずである。

私はむしろ、その点が演目のすくない理由だったと思う。自分の命題に沿えない話は演じない。そのうえ、ジャズがあくまでジャズであるように、あくまで古典落語として創り直すのである。

いったん創り直した落語を、形式的に昇華するまで練る。これにも時間がかかったろう。そうしてそんな命題を表面にはケも見せない。

ワザだけの伝承者ならば、才のある人はまだ他にも居る。いったん命題化し、それに沿って形象化するというむずかしい作業をやっている落語家《はなしか》が他に居るだろうか。不器用といわれ、たしかに時間がかかり、苦闘もしたけれど、それは当然のことではあるまいか。

たとえば圓生は、芸界の家に生まれ、芸に生きることを当然として育った。圓生の芸は、芸の道を本筋として考える人の芸だったと思う。文楽や志ん生は、ただの庶民の子で、自分流の生き方をつかむまでじたばたしたし、手探りで芸の道にきた。せんかたないことながらそこがちがう。

彼等はもともと特殊人ではなくて、普通人のはずれ者なのである。この点、当代の志ん朝と談志にはめると、どんなことがいえるだろうか。

文楽は苦闘し、志ん生の個性は形になる時を要し、三木助も開花したのは晩年に近かった。一方また逆に、若くしてワザが練達してしまう人が居る。こういう人は簡単に（でもなかろうが）ある点に達し、そこからが停頓の恰好になる。そういう例は古今に多い。はたして当代の落語家、何を感じるや。

もう一言、蛇足であるが、桂文楽について私は尊敬する故に、ぜひ記しておきたい。文楽が入れ歯を入れる以前の芸を、今の若い人に観せたかった。昭和三十六年以前の芸である。この前七、八年間の桂文楽が最上の、すなわち本物の文楽であり、入れ歯以後の口跡によるものは、いたしかたないとはいえ、正真の文楽とは認めがたい。ＬＰなどをお求めの節は、ぜひ録音年月日をたしかめていただきたい。

三十六年より以前の文楽のＬＰレコード乃至ヴィデオテープは、私にとって国宝級のものである。

志ん生と安全地帯

結城昌治作『志ん生一代』の巻末の年譜を見ると、古今亭志ん生の没年が昭和四十八年。その前の四十三年ごろから高座に出なくなっているから、私たちが実質的に志ん生と訣別してから二十年近くがたっていることになる。

四十三年初席の上野鈴本を最後に寄席に出なくなり、その後はイイノホールの精選落語会に何度か出たのみといわれるが、私にとって最後の高座は三越落語会の「化け物娘」である。寄席で観られなくなったあとで、やみくもに志ん生を聴きたくなって、同じく志ん生好きの友人を誘って行った覚えがある。「化け物娘」はわりに長い話で、そのうえ呂律が怪しく、ぽつりぽつりなので、よけい長かったけれど、爛熟の気が満ちるような高座だった。

志ん生の思い出を記しだしたらとてもこんな小文ではおさまりきれない。はじめて聴いたのは昭和十五年ごろの神楽坂演舞場で「もと犬」。町会主催の慰安会で、昼席だった。なぜ記憶しているかというと、私は小学生で、夜、塾に通うのをサボって寄席に行っていたのであるが、このときは大っぴらに家の人と行ったのだ。

今日、私たちが思い起こす志ん生像や芸風などは、主としてその晩年の姿であることが多い。三十六年の暮に倒れて、舌の廻転はわるくなったが、それでかえって、いい間味を出して、そういう意味では最後まで衰えなかったせいもあろう。

私が子供のころの志ん生は、甲高い声を出す小柄なおっさんで（まだ髪はしょぼしょぼとあった）話運びがトントンと早くて、いつもコンスタントに客席を沸かす人、という印象だった。そうして、腰を折るような前傾姿勢で志ん生が高座に現われると、ああ、夜も更けたな、と思ったものだ。なんとなくその身体から熟した遊びの気分が発散していたのだろう。

だから長いこと芽が出ずに改名ばかりしていたなんてことが信じられない。多分、志ん馬、馬生、そして志ん生の名で定着したころからは高座も順調で、それだけに客席を沸かすことに専念していたのであろう。当時、柳枝とか右女助（小勝）とか、中入りの前後あたりで綺麗に笑いをとって手早くサッと切りあげて行く中堅どころが居たが、志ん生はその一格上で同タイプだと思っていた。

戦後、満州から引き揚げて後、細目になって、口をへの字にした志ん生の顔が眼に焼きつくようになった。芸格も深まったし、地の人柄がたくまず高座に出てきた。あくまでも私の印象だが、ムラでぞろっぺえな志ん生が人々に本格的に愛され出したのはこのころからだと思う。戦時中もドッと受けてはいたが、どちらかといえば、とおりいっぺんの笑いだった。

高座での寝姿は私も二度見ている。一度は人形町末広の大喜利《とり》のお題ばなしに珍しく志ん生が現われたと思ったら、坐ったきり鼾をかき出して、真打の鈴々舎馬風が揺すぶっても起きない。

「おッさん寝ちゃったよ。しょうがねえや、お客さん、これでおしまいにします」

と馬風が言い、客も大笑いして帰り支度をはじめた。もう一度は新宿だったか。

志ん生が、昔、ときどきやっていた枕にこういうのがある。

昔は夜など真の闇というくらいに暗かったが、それでも眼が慣れていて駆け出したって平気だった。明かるくなると眼がくらんで、けつまずいちゃったりする、というくだりのあとで、

「――、今は眼が慣れてないから駄目ですな。すぐ転んじゃう。電車の安全地帯なんかでつまずいて、またあそこは固いものばかりだからね。うっかりそんなところを歩くと、おいあぶねえよ、そこは安全地帯だから――、なんて」

これが私にはひとしお、おかしい。

それにはわけがあるので、戦後しばらくしてのころだったか、神田須田町の交叉点を万世橋の方に歩いて行くと、寒い時分で、コートを着こんだ志ん生とすれちがった。

同じ交叉点でも神田駅寄りの方ならば、すぐそこに立花亭があるからなんの不思議もないが、そのときは、万世橋寄り、つまり鉄道博物館の方から現われたので、

——あ、志ん生だな、

と思ってふりかえると、志ん生がいきなり駆け出したのである。日本橋の方に行く都電が停留所についたばかりで、乗客をおろしている。志ん生はそれに飛び乗りたくて、今よりずっと交通量のすくないころだが、通りを斜めにつっきって走ったのだ。それがなんとも派手な駆けっぷりで、両手をコートの袖の中に入れたまま、奴凧《やっこだこ》みたいに身体を横にふって、長丁場を走った。

停留所の端の安全地帯ふうのところまでたどりついたとたん、なんのはずみか横転してしまったのである。

あらあらあらあらィ、と口には出さねど、そんな気色で走ってきた人物が、やにわにすっころがって、周囲の人はびっくりするし、電車は出て行く。凍《い》てついたコンクリートで痛かったろうと思うが、思い出しても笑いがこみあげてしまう。

そうして、元気だったころの志ん生が無性になつかしくなる。

浅草の文化財的芸人

私が子供のころ、つまり昭和十年代だが、浅草の軽演劇に深見千三郎という役者が居た。といってもスターではなくて、どちらかといえば端役に近い若い役者だった。特別色男でもないし、小柄で、派手なアチャラカをするわけでもなく、まことに地味な存在で、だから幕内の人以外はその名を知る人も居なかったろう。

子供の私がどうして記憶しているかというと、彼は実に転々と所属を変え、主に小芝居が多いが、どこの小屋に観に行ってもきっと彼が出ている、という印象であった。裏の事情は知らないが、毎月のように所属劇団を変えて、あっちこっちに出演していたようだ。

当時の浅草としては一流劇団だった「笑の王国」に出ていたこともある。益田喜頓の小一座に参加していたこともあるし、ガマ口と異名をとった高屋朗の一座、小林千代子や二村定一の劇団、鈴木桂介一座や和田君示一座なんかにも出ていたような気がする。

まだ若手であるせいもあったが、いずれもたいした役ではない。人気があって引手あまたというのならわかるが、中堅以下のところでそうなるのは、よほど顔が広いか、或いは人柄がよくて皆に好意をもたれていたのかもしれない。

戦争期になって出征していた時期があるかもしれないが、空襲期になる少し前までは、舞台に立っていた。そのころは召集がきて途中から役者が欠ける場合が多い。そんなときさっと代役に深見千三郎が出てくる。劇場の廊下の張紙に出征欠場の役者の張紙が出ており、人気者ならば劇団の他のスターがその役を替るが、順々に劇団内で替っていって、結局、小さい役のところで彼が出てきた。ああ、やっぱり、と思えて笑いがこみあげたりしたものだ。そうして、戦時下の役者の雰囲気が彼にはすこしもなくて、皆が多少なりともしかつめらしい顔をしている時代に、彼だけそうやって役者の生活をのんびり味わっているように見えた。そこのところがおもしろい。

よく考えてみると、大向こうに受けるところはすこしもなかったが、どんな役も無難にこなす。特に時代物喜劇の脇役がいい。つまり、ナウなところはないが、本当に役者の若手らしい若手だったといえよう。

昭和初年に小唄勝太郎だの、市丸だの、赤坂小梅だの芸者歌手が輩出して、ハァ小唄というのが（〽ハァー、という出だしではじまる）流行ったが、それにひとつおくれて登場した美ち奴《やっこ》という歌手が居た（今も健在と聞くが）。『ああそれなのに』とか虎造節をアレンジしたものなど、ちょっと鼻にかかる色っぽい声でヒット曲も多かった。深見千三郎はその美ち奴の弟さんだったという。なるほど、顔が広いわけである。

戦後、私は別の方面で遊んでいて、子供のころのように軽演劇の世界をのぞかなくなったので、彼のことも頭の中からほとんど消えていた。ところが数年前、松竹演芸場を舞台にして浅草まつりというのが催され、テレビで中継しているのを偶然観ていた。

浅草出身でテレビなどで人気を得たタレントが大勢出ていたが、その中に、ちょっと顔になじみのないタレントがコントを演じたのがいやに目立った。そのタレントは実に達者で、長年鍛えてちゃんと芸になったアチャラカをやった。押しつけがましくなく、下劣でなく、それでいて適当に臭くメリハリが利いていて、浅草の軽演劇の培った笑いが、過不足なくこのタレントに結集している。

寄席も笑いにどよめいていたが、私も、至芸だと思った。知らない人だが、浅草にまだこんな人が居たのか。

画面にテロップが流れて、深見千三郎、という名前が出た。浅草での芸歴四十年、現フランス座支配人で、ときおり舞台にも立つ、と書いてある。

あの深見千三郎――と私はびっくりし、彼が素晴らしいコメディアンになったことに拍手した。あのころは二十代だったが、もう老境のヴェテランだ。光陰矢の如し。

しかし年月は無駄に過ぎず、毛虫が蝶になっている。

といっても彼はもう役者ではなくて、ストリップ劇場の支配人だという。もう浅草には彼が出るようなちゃんとした喜劇の小屋がないからな、と淋しく思った。

それから私は旧知のこの世界の人に会うたびに彼のことをきいた。ああ、深見さん、あの指のないおじさんね、と皆がいう。渥美清や長門勇や関敬六などと同じ時期に、ストリップ劇場のコントをやっていて、実に達者だが、もうひとつ表の人気に乏しかったそうである。そのうえ他人を蹴落として売り出そうという気力も欠けていて、いつも仲間の押し出し役になっていたらしい。

だからだれも彼をわるくいう人が居ない。そうしてよい後輩を育てている。萩本欽一は、彼の直接の師匠池信一（この人も達者なコメディアンだったが陽に当らぬまま先ごろ没した）と深見千三郎を深く尊敬している。それから、ツービートのたけしは、深見千三郎の愛弟子である。

昔、オペラ館の楽屋に洋食の仕出しをしていた人が、今でも旧江戸館跡でミルクホール風の小さな店をやっているが、その店に行って、昔の人はもうこないだろう、皆死んじゃったものね、というと、

「深見さんがきてくれますよ――」

と実に嬉しそうな顔で言った。

「支配人をしているフランス座からね、松竹演芸場の楽屋に遊びにくるの。その途中に松竹の映画館があるでしょ。そこで寅さんを上映していて、渥美清の写真が大きく飾ってある。深見さんはその前をけっして通らない。わざわざ遠廻りして、反対側から演芸場にやってくるんですよ」

これはサルの真似の天才芸人マルセ太郎の話。深見千三郎にも内心の炎があるのだ。それはそうだろう。あれだけの至芸のもち主なのだから。彼こそ、現在の浅草の無形文化財みたいな人なのだから。

数年前、フランス座の雇われ支配人をやめて、送別パーティーが催され、沢山の有名無名の芸人が集まったそうだ。しかしまだ元気なのだし、芸人には年齢はない筈。フリーになったこの機会に、もう一度芸の花を咲かす気はないだろうか。

どなたか、この老コメディアンの実力を生かす場を与えてやってくれませんか。

追記　実に残念なことだが、この一文が本になる現在、深見千三郎はすでに亡くなってしまっている。アパートが火事で、酒を呑んで熟睡していたらしく、焼死だった由。浅草の貴重な芸人がまた一人、消えてしまった。ここでとりあえずご冥福を祈っておく。

ロッパ・森繁・タモリ

先夜、浅草軽演劇の古老たちと新年の酒の席をともにした折、例のジプシー・ローズを育成した正邦乙彦さんが、彼はこうした集まりがあると、苦心して受けそうなギャグを考えてくるらしいが、

「昔、まだ新劇が食えなかったころにさ」

「うん――」

「浪曲はえらい景気だったんだ。二葉百合子《ふたばゆりこ》って女流が関西に居るけどね」

「ああ、居る」

「千田是也《せんだこれや》がアルバイトでエノケンたちと一緒に芝居したことがあったろう。それをきいて二葉百合子が、新劇の人はお気の毒だ、てえんで金を贈ったんだってさ」

「なんだい――」

「千田は二葉よりカンパし」

梅檀《せんだん》は双葉より芳《かんば》し、だけれども、私はすぐにロッパを思い出した。

そういう駄ジャレはロッパが好きで、菊池寛のクチキカンも最初はロッパが口にしたのだと思う。映画題名もじりという遊びがあって、これの名手だったという。乞食がいきなり十円札を貰ってビックリ、——垢つきの手へ札。暁の偵察。身もと不詳の女の死体が流れついて、刑事が呟く、——フーン、娼妓《しょうぎ》だニイ。風雲将棋谷。

駄ジャレというものは、殿さま的気分の人が好むらしい。近年では紀伊國屋社長の田辺茂一《もいち》さんがそうで、駄ジャレをいいに酒場に来ているような感じだった。儀礼上笑わなければならない。中には顔がこわばるようなものもあって、かなり辛《つら》い。エレベーターに乗合わせたりすると、みっちりやられて、こちらは逃げ出すことができない。

古川ロッパは、エノケンと並び称された喜劇の御大《おんたい》だが、器用なんで、駄ジャレのほかに、声帯模写、歌、芝居、漫談、それにレビュー脚本、劇評、ユーモア小説まで書く。タレントのときはロッパ、原稿を書くときは緑波と使いわけていたようだが、戦争中はカタカナ名前禁止で緑波に統一していた。

「ロッパという名でよかったよ。リョクハじゃ誰もおぼえてくれない」

しかし、ロッパの全盛期は戦争中の古川緑波時代で、菊田一夫と組んで新派をすこしモダンにしたような創作劇で気を吐いたときであろう。「交換船」「花咲く港」「ロッパと兵隊」「道修町《どしょうまち》」など今でも憶えている人が多かろう。

その以前はレビュー調だった。肥満体とロイド眼鏡をトレードマークにして、軽薄に浮かれていた。私はこのほうのロッパを愛するのだけれど、「歌えば天国」「歌の都へ行く」「大久保彦左衛門」「ロッパの子守唄」などこの時期の映画がヴィデオで発売されておらず、したがってエノケン・ロッパと並び称されたわりには、今日、忘れられている。

そもそも男爵の息子だから、家柄は良い。文藝春秋で映画雑誌を編集しているうちに素人芸で売り出した。そういうところは今日のタモリに似ている。

浅草でエノケンが売り出し、人気にまかせてわがままをいうので、松竹が牽制策として、ロッパを中心にナンセンス劇団〝笑の王国〟を作った。エノケンをもう一つモダンにしたような持ち味で、うわッと人気が出る。

エノケンもロッパも当初はエディ・キャンターの芸風（ジーグフェルドフォーリーズのスターで、小男だがたくさんの美女にいつもとりかこまれていた）を目標にしていたようだ。

ロッパはそれから徐々にロイド喜劇を目指し、後年は井上正夫的老け役を得意とするようになる。

初期は徳山璉《たまき》、藤山一郎、岸井明、三益《みます》愛子など歌える人をうまく使い、中期は渡辺篤、轟夕起子、高杉妙子などで脇の芝居をがっちり固めていた。また若手陣も充実していた。星十郎、須賀不二男、山茶花究《さざんかきゆう》、須田村桃太郎、森繁久彌という人材の巣だった。

もっともロッパは下積みの苦労をしていないせいか、妙に威張り散らすので、せっかくの人材も、いずれも座長を慕っていない。

「男爵家ってえますがね、貧乏貴族で、そのせいかケチでしたね。座長部屋で誰も見てないと、札束を勘定してる。銀行には不安で預けられないんです。現金をいつも持って歩いてるんで、それでかえってだましとられたりするんですが——」

初期に座員だった鈴木桂介がいっている。

不良少年だったわりに、暴力が苦手で浅草時代、喧嘩好きの林葉三なんかとは絶対に一緒に稽古しようとしなかった。ロッパ一座になってからも、ときどき座員たちがスクラムを組んで、

「座長を殴っちゃえ——」

なんて不穏な空気になると、気配をかぎつけて楽屋入りしてこない。開幕寸前にどこかで化粧して、楽屋口からまっすぐ舞台に飛び出していく。横暴なわりに、そういう臆病なところがあったらしい。

しかしプロデューサー的才腕を持っていて、特徴のあるタレントをたくさん集めて、いつもにぎやかな座組みを作っていた。

森繁久彌が、ロッパの人心攪乱術としのぎをそっくり真似しているという。

今また、タモリがそういう森繁久彌の生き方を注目しているらしい。

「森繁さんはすごいですよ。あの人はほかの役者とちがう。実にしのぎがうまいです」

いつだったか、夜を徹してそういうことを語り合ったことがある。

若いタレントに、稽古のときなど、森繁がひょいと近づいて、

「やるねえー！　君」

一言、こういうそうである。

それでもうそのタレントは、トロトロの森繁一家になってしまう。

「森繁さんのすごいところはね、自分にとっていちばん危険な奴を手なずけてしまうことですよ。役者ってたいがい、自分の座を揺るがすようなライバルが出てくると、遠ざけるか蹴落とそうとするでしょう。座長芝居ってそれでつまらなくなるんだ」

「それはそうだね。藤山寛美がそうだ。自分の手足を切ってワンマンショーをやってるものね。人材が脇にそろっていた昔の新喜劇のほうが、寛美も映えていたのに」

エノケンがそうだった。古い仲間を大事にするが、結局はお山の大将で、広い外界

と入り交じろうとしない。ビートたけしも、才能は切れるが、それだけにいいところを一人占めしようとすぎる。

萩本欽一は頭のいい男だと思う。彼は自分の極《き》め技を出しつくして飽きられるのを恐れて、自分は捕手となり、相手に極め球を投げさせる。投手は次々に交代するが、自分は相変わらず捕手の座を守り得ている。けれども欽ちゃんも、結局は、自分の手足を切っていくほうである。その手が見えすくと、それもマンネリズムになる。

「森繁さんはその上を行きますね。山茶花究と三木のり平、自分のまわりでもっとも怖い才能の持主を、逆に引き寄せちゃう。山茶花究なんて、手なずけたら最高の役者ですよ。三木のり平に対してはロッパさんの渡辺篤を利用したやり方を見習ってますね」

手なずけるといっても、単純に頭をなでるだけでは駄目だろう。一緒に芝居に出て、絶えず山茶花やのり平の演じ所を作ってやる。つまり手柄を立てさせるのだ。そうして、森繁自身が彼等の手柄を利用して、さりげなく自分の受け場にする。最終的には森繁がいちばん映えるようになっているのである。

エノケンほど動けないロッパは、渡辺篤以下、自分が起用したタレントたちに笑いをとらせ、自分は彼等の扇のかなめのような位置に居た。しかし、楽屋裏で人望がなかったので、タレントたちがロッパを中心に人脈をつくらなかった。

戦時中にあれほど精彩があったロッパが、なんでも好きなことができるようになった戦後に、あんなに駄目な役者になってしまったのか、不思議でならない。

飽食がたたって糖尿病になり、体調のわるさをこらえて出演していたというけれど、あんなにつまらなくなってしまうものか。

戦後のロッパしか知らない人は、かつての喜劇王なんて信じないだろう。

ロッパのもう一面の業績に、数多い著作がある。〝劇書ノート〟など演劇関係の本もおもしろいが、戦時中の毎日に食べたものを克明に記録に残している。

それが実に豪華な食べ物で、水っぽい雑炊や代用食で飢えをしのいでいた私どもとちがって、至るところでご馳走になっている。

なんと役者はトクな商売だろう、と文句をいいたくなるくらいだ。戦争中にあれだけ食った罰で、糖尿病に苦しんだのではあるまいか。

横須賀での映画ロケのとき、横浜の中華料理屋がこっそり作ってくれた中華弁当を持ってきて、徳川夢声などにもわけてくれたらしいが、夢声はひとくち食って、腐敗していると気がつき、箸を出すのをやめてしまう。

あの食いしんぼうで食通のロッパが、腐りかけている弁当をムシャムシャたいらげて、なんでもないというのがおかしい。

彼は一九六一年の正月、わりにあっけなく亡くなったが、厖大な日記が残されているそうで、どこかで出版のメドでもつけばいいと思う（出典の編集部注・古川ロッパ氏の日記は『古川ロッパ昭和日記』として晶文社から刊行された）。

渥美清への熱き想い

どうも私は、フーテンの寅さんに弱いのである。〽えらい兄貴になりたくてエ、という渥美清の唄声のあたりでもう涙っぽくなっており、劇がはじまると、もう涙、涙、滂沱《ぼうだ》と流れる涙の奥からスクリーンを眺めている恰好になる。若干、口惜《くや》しい気もするし、自身のセンチメンタルな体質が恨めしいのでもあるが。

森川信が出ていたころは一本残らず観ていた。サングラスをかけたり、いちばん後方の席で観て終わると急いで飛びだしたりしたが、どうもみっともなくて映画館に行かれない。それで途中から敬遠していたが、近年ヴィデオで再見して、夜半に一人で観ると、やっぱり同じように涙がわんわん出てくる。

私も寅さんに劣らず幼いころから駄目人間で、いくらか特徴はちがうが周辺から呆れられ、愛想をつかされ、ずっとはずれ者で、けれども肉親が健在だった分が救いになって、なんとか生存を許されているような身としては、まず、感情移入をしてしまう。いや、寅さんとちがって私などはずっと手前勝手でガリガリ亡者で、じめじめ暗い。

その私からみると、寅さんというのは本当におおらかで、明るくて、手傷などすぐに癒す野性の強さがあって、見上げるような人物である。本質的には私と同類なのだが、どうしてこう秀れた人間なのだろうか、と思って、それから、寅さんの秀れた部分を維持して生きていくことのむずかしさに思い至ると、涙が出てくる。

それからまた、そんなに秀れた部分を持っていても、世間の中では劣等者であり、本人もそう思っている。寅さんの持つ節度とは、自身の生身の欲求を劣等意識で押し殺すという形になる。そこが哀しい。私もその同類だが、度合の相違はあっても庶民の節度とはこういう形のものでありがちだ。えらい兄貴になりたくて、の〝えらい〟というやつは、この劣等意識をなんとか薄めたいという気持の発露であろう。

けれども、寅さんの劣等感は、そもそもなにが原因で宿ったのだろうか。いかにも腕白そうな少年時分の写真が出てくる一齣《ひとこま》があったな。親父が酔っぱらって作ったとかいうセリフもあった。勉強ができなくて、顔が四角く鰓《えら》が張っていて、というようなことも理由の一つといえなくもない、がはたしてそれだけであろうか。

あるとき私はふっと妙なことに気持がひっかかった。車寅次郎という名前。江戸時代に車弾左衛門《くるまだんざえもん》といったかな、非人頭《がしら》が居て、車という姓がそれを連想させたのだ。もとよりその種の差別が何の謂《い》われもない、撲滅すべきものであることを承知しているが、山田洋次さんは意図的にこの名をつけたのかどうか。

考えすぎだろうか。寅さんに託して、これぞ正統庶民という主張がこめられているようにも思えるし、素知らぬ顔で、庶民の間の難問を呈出しているようにも思える。

寅さんの周辺の人物が、始末がわるいと思いながら愛情をそそぐ場面を眺めていて、いつも疑念が湧くのだが、寅さんの女関係について、そのパターンの反復を恐れるばかりで、ついぞ一度も、もうずいぶんいい年齢《とし》になっているはずの男に女房を世話しようという気配が見えない。その点に関しては何故《なぜ》かずいぶん冷たいなァ、と思う。

渥美さんのことを記そうとして、寅さんで思わぬスペースを喰ってしまった。けれども渥美清というと、どうしても寅さんのイメージとダブってしまう。

素顔の渥美さんは、私が知る限り、寅さんとはかなりちがう。寅さんほどストレートに楽天的でないかわり、温和で、ひっこみ思案で、言葉の本来の意味でインテリであり、一度座談が火を吐くと絶品のおもしろさだそうだが、どこやら隠者のような趣さえある。

にもかかわらずフーテンの寅は、渥美清以外に考えられない。この国の表現の世界では、誰も彼も（役者に限らず）世に出たとたんに、庶民の顔を捨て去って教養人乃至《ないし》自由人の顔つきになる。そのために、教養社会の外に居る大勢の人たちが、自分たちの姿を作物の中に見出せない。渥美清はわずかな例外の一人で、スターになっても、独特の教養を積んでも、変わらず庶民の風貌を失わないせいか。

彼は心を許す限られた友人としか交際しないらしいが、映画、広い範囲の演劇や演芸を見て歩くことに熱心で、私も何度か劇場の廊下などでぶつかって挨拶したことがある。いつも三ちゃん帽にレインコートくらいの目立たぬ恰好で、だからほとんどの人が彼と気づかない。

この渥美清に、昭和三十年代、私は熱い想いを寄せていた。戦時中に自分の家の庭のようにしていた浅草六区に、敗戦後はそれほど頻繁には通っておらず、行くとすれば、その目的の一つは、まだスリムだったころの渥美清を観るためだった。

私が子供のころから観ていた軽演劇やヴォードビルのジャンルで、三人のアイドルが居た。戦時中の有島一郎、戦後の三木のり平、渥美清、この三人である。

浅草時代の渥美さんは、今日の寅さんのゆったりした七五調の口跡とは別人のようで、スピードと毒があった。私の印象ではあまりドタバタせずに、口で速射砲のようにギャグを連発する。相手と取り交すセリフのほかに、捨てゼリフ、独語がたくさん混ざってくる。客が対応しきれないほど回転が速くて鋭い。ギャグで、出演者を切りつけ、客を切りつけてくる。不充足から発するらしき毒気があって、コメディアンというよりアドリブの独語芸人の感じだった。

その時分、同業コメディアンの中でも評判だったというから、客席にも注目する人がたくさん居ただろう。山田洋次さんがどこかで、寅さんは渥美清のアドリブで成立している部分が多い、と語っているが、その感じがわかる。

その少しあとで、日劇のアトラクションで、上昇中の若手コメディアンを関東四人、関西四人、計八人を選抜して競演させたことがあって、私は渥美清を応援する気持で観に出かけたことを覚えている。彼は独特のペースで怪演していて、すくなくとも私は充分に満足できた。

それからNHKのヴァラエティ番組〝夢であいましょう〟のレギュラー。このころに彼のおかしみも大きなふくらみを持ったようだ。今でも忘れられない傑作、電話を何度かけてもその家のおしゃまな子供が出てきてとりついでくれず、子供を懐柔しようとして四苦八苦する一人コント。あの多才な黒柳徹子が後年再演したが、彼女をもってしてもはるかにおよばない出来だった。もっともコントは男が演ずるものだが。

しかし、私も、彼が今日のような大きな存在になるとは少しも思わなかった。むしろマイナー中の光った存在になってくれ、と願っていたのだった。

以上、今日まで三十年余、他人でないような想いを持ち続けてきたが、それは私の一方的な心情で、彼に話らしい話を交したのは、どう考えても、二度しかない。

一度目は寅さんシリーズの七、八作目ぐらいのころ、藤原審爾氏のお宅で。当時、藤原さんのお宅には有能な映画人が寄り集まっていた。一夜、十人ばかりのサロンで、私の斜め向かいに渥美さんが居《お》り方々で談論風発していたが、なんのきっかけだったか、私が、自分が幼いころから見る悪夢やお化けのことをしゃべりだした。ほとんどは、やくたいもないナンセンスで、私自身の内部でしか意味を持たないようなことだったが、渥美さんがじっと私の顔を見据えながら最後まで聴いてくれた。短く切りあげるつもりだったのに、彼の表情にひかされてかなり長いことその話題を続けた。単純に、へんな人だなァ、という色があり、それから、どんなことでもチラと関心が湧いたら深くきいておこう、という色があり、自分も似たような経験をしゃべりたいなァ、という色もあり、それらにも増して印象的だったのは、私をみつめている眼《め》色《いろ》の優しさだった。

もう一度は昨年だったか、パルコ劇場の客席で出会い、そのときの芝居の演出をしていた福田陽一郎さんが彼の親友の一人で、三人でお茶を呑んでしゃべり、その勢いで四谷の私の仕事場まで来てくれて座談の続きをした。彼は酒も煙草もやめているので、コーヒーだけだったが福田さんが居たせいもあって、めったに会わない間柄としてはうちとけてくれたようだった。

ちょうど、寅さんが旅先で、旅廻りの老役者や漁港の孤独な老人たちの中に混ざっているときに見せる、微笑を含んだ優しい眼に、やっぱりなっていた。

「戦争中の勤労動員先の工場でね、ほかの中学の子なんだけど下級生が、ぼくの班に入ってきましてね、これが役者の子なんだって。俺も小さいころから浅草にしょっちゅう遊びにいってて、役者なんかに関心があるから、どこの役者だよ、映画かァ、なんて訊いても、教えてくれないンですよ」

　彼がしゃべりだして、私たちは黙って聴き手になっていた。

「映画じゃない、歌舞伎でも新派でもない、剣劇でもない、ドサ廻りでもない。じゃなんだよ、っていうと、浅草だって。じゃ俺知ってるな、何座だい――。シミ金の所だって。ところがある日、しょぼくれてやってきて、親父が死んじゃったってね。ホラ、三月十日の下町空襲」

「――ああ、中井弘」

「そう、中井弘」と彼もいった。「あの人、気が小さくてね。警防団の服着て消火にあたってるうちに、動転しちゃって、逃げなきゃいけないッていわれたとたんに、逆に火の中のほうに、何か叫びながら飛びこんでいっちゃったんだって」

「舞台じゃ小心に見えなかったけどな」

　彼は戦争のころの記憶もたしかで、その夜、古い話をずいぶんした。私たちは丸一年ちがいだが、中学も動員先の工場も同地区で、中学生のころからどこかですれちがっていたらしい。

金さまの思い出——柳家金語楼《やなぎやきんごろう》のこと

柳家金語楼は昭和天皇と同じ年で、関東大震災のときには仙台に居た。仙台の医者のところで禿頭治療《とくとう》を受けていたのだと小島貞二さんがなにかに記している。すると、あの頭はいつから禿げていたのかしら。

初年兵のときに熱病にかかったのが原因だともいう。大正から昭和にかけてフィーバーした兵隊落語は、初年兵のときの経験とおぼしいが、たしかにあの頭も効果になっていたはずだ。なにしろ私の物心ついたころに、中曽根さんの夜店のステッキをもう一段とスガレさせたような頭で、後年までずっと同じ顔をしていたから、私にとってどうも金語楼の年齢というのは印象としてははっきりしない。

以前、神楽坂の古い芸妓《げいぎ》が実感をこめていったが、金さまは若いころ美男でモテまくったそうだ。金さまの座敷ときくと売れッ妓《こ》たちが皆小走りに行った由《よし》。なるほど、頭に髪のある写真を見ると丸顔ではあるが、艶《つや》があって精力的で、いかにも遊蕩児らしい色気がある。

それは十代のころの写真で、彼は芝の葉茶屋の倅《せがれ》。六歳のとき母親と寄席に行って飛入りで高座にあがり、小噺《こばなし》とかっぽれを踊って大受けだったというから早熟児だ。で、天才少年落語家として二代目三遊亭金馬に入門（後柳家三語楼門に移る）。そのとき父親も一緒に入門して三遊亭金勝になった。変な親だなァ。

兵隊落語については私も子供のときラジオで何度かきいた。謹直な元軍人の父親が破顔一笑したのを覚えている。

初年兵が上官の靴みがきや洗濯に苦労したあげく、名乗りがうまくいかず、

「リク、陸軍、歩兵、二等卒、山下ケツタロー（本名山下敬太郎）であります」

それがうまくいかなくて何度も、もといッ、になる。

「もといッ、カイグーン」

「バカッ、海軍じゃない、陸軍だ」

要するに新兵の不慣れの失敗談で、当時の男にとって大問題だった軍隊生活についての不安が共感になってフィーバーしたのであろう。私の場合は、元軍人の父親の、兵隊を見下げたような笑いが間にはさまるものだから、私は絶対に笑うまいとした覚えがある。

しかしギャグそのものも与太郎の変型でむしろ古臭かった。今考えるとラジオなので顔が見えなかったせいもあるかもしれない。金語楼はもうそのころ、寄席には出て

いなくて、映画か、吉本系の実演でしか見れなかった。特に映画は精力的で、小ぶりの人情喜劇だったが本数も多かった。主家一筋のがんこ親爺という役どころで、〝金語楼の大番頭〟などは小ぶりな傑作だったと思う。

私の生家のある牛込矢来町では、金語楼は特別な意味あいで有名人だった。というのは彼の本宅が町内にあったから。刑務所のように背の高い黒板塀で囲まれた大邸宅で、私どもは学校の行き帰りに山下敬太郎という表札をみてはクスクス笑い合ったものだ。たしか息子さんが一級上ぐらいに居たと思う。

そうして、彼の妾宅《しょうたく》が、附近に点在しているのを町の人々は皆知っていた。そのころの噂によると、金語楼は妾宅では、明治の元勲のようにいかめしい顔つきで口もきかずに酒を呑んでいたという。

しかし私はあることから金語楼の天才性をいっぺんに信用し、尊敬の念すら深めるに至った。それはもう戦争末期の空襲時代で、そのころは金語楼劇団も解散し映画も火の消えたようで、彼としても無聊《ぶりょう》の日をもてあましていたころだったと思われる。

生家のあたりも一面に焼け、彼のところもバラックか、いずれにしても仮住いだったろう。私の生家は焼どまりで、したがって町内の顔見知りが多いときには一室に一世帯ぐらい仮寓《かぐう》していたことがある。その中にYさんという町内の有力者の二代目が居て、Yさんの部屋には酒も食物もわりに揃っていた。

金語楼が、Yさんとは旧交があったらしく、その酒を呑みにちょいちょい現れる、つまり私の生家に突然現れるようになった。来ると、Yさんが儀礼上、私たちの部屋に連れてきて父に紹介する。〝王子の幇間《たいこ》〟の一八のように「オヤ、猫さん、お元気で――」式の愛想をひとわたりいって、Yさんの部屋に移って以後は、なにを話しているのか、ひっくりかえるような笑声が絶えず、そのうち二、三時間したころ、すうっとお開きになる。

数日するとまたやってきて、わあッと笑って、すうっと帰る。

「いやァ、あいつが来ると肩のこりがほぐれますよ」とYさん。「こんな時代だもの、笑わなくちゃね。いえ、べつに私が呼ぶわけじゃないんだけど、さすが芸人ですね。鼻がいいや。ちょいと酒が手に入ったと思うと、必ず現れるんですよ。だからあいつが来た夜に酒がないってことがまだ一度もないんです」

私は、明治の元勲のような顔をして妾宅に居る金語楼と、間もおかずにひっくり返るような笑いをふりまく金語楼と、二つの顔を想像してみた。それは芸人だから珍しいことではない。プロの力であろう。

私が感心したのは、酒が手に入った夜に必ず現れる、ということだ。

Yさんの所ばかりではなく、町内の誰彼のところにも現れるらしい。当時、酒は貴重品で、やたらに誰のところでもあるわけでなかった。あっても他人に呑ませるものではない。そこを、どういう鼻を利《き》かせるのか、すうっと現れて呑んでいくという。金語楼は同じ町内ということで、皆、親しみを持ってはいたが、すべてと個人的交際があったわけではあるまい。金語楼なら突然入ってきても歓待するということだったのだろう。

同級生からもこういう話をきいた。

「不思議なんだよ。今夜、二合あるとするだろ。誰も二合なんてしゃべらないのに、金語楼さんが来て、わァッと家じゅうをわかしてさ、二合が出たなッと思うと、すうっと元の顔に戻って、帰っていくんだ」

「呼んだわけでもないのに来るのかい」

「そうだよ。夕方、町をぶらついて気配を見てるんじゃないかい」

実にどうも、偉い。空襲でどこもかしこも焼けて、むろん自分の家も焼けて、日本が負けるかどうかというときにお酒一筋に気を凝らして、狙い定めてすうッと入っていく。

偉いともなんともいいようがない。兵隊落語や映画で感じていた俗な顔つきはあれは営業用のもので、本人は俗どころか、超俗的なものを持っている。

戦争末期のあの金語楼を眺めていてよかったと思う。私は金語楼の笑顔を二度と軽く眺めなかった。というより、芸人を含めた庶民の一人一人の恐ろしさを、立証する材料を一つ摑んだような気がしていた。私の父親は金語楼が好き、つまり部下を愛するように愛していて、晩年の〝ジェスチャー〟などテレビで欠かさず観ていたが、例の話をしたらどう思ったろうか。将校というものは、兵隊を、結局どう思っているのか。

それはともかく、金語楼は戦後も精力的に働いていた。多分、ギャラも手軽だったのだろう。たいがいは製作費の安い感じの映画だ。しかし、ひいき目でなく、どの映画でも彼だけはあまり手抜きをしていない。たとえば岡晴夫の〝啼《な》くな小鳩よ〟というB級歌謡映画でも、金語楼だけでまァ観ていられる。ギャグのひきだしがせまいから、マンネリだ低俗だといわれたが、それなりに安定があった。エノケンもロッパも老いたらば時世とずれて、劇中の邪魔物でしかなかったのに。

戦後の日劇のショーで、ジャズの連中と一緒に出て、ディキシーの演奏で奇妙なソロを踊ったことがある。

改めて眺めると、そこには働き者の必死の表情があった。もしも、トレードマークの金語楼以外の金語楼を活用する演出家が居たら、インテリたちが軽視できずに恐ろしがるような庶民像がうまれたかもしれない。

その点、伴淳三郎《ばんじゅんざぶろう》と一脈通じるところがある。伴は、初期には白ぬりの二枚目しか主役をとれない時代だったから、また中期には軽喜劇の舞台を職場にしていたから、三枚目であっただけで、現在のように主役のガラの広まった時代なら、むしろシリアスな方向で伸びたと思うし、気質的にも実際家だったようだ。

金語楼は役柄が古風なだけで、けっこう新しがり屋だった。金語楼ジャズバンドを結成したのは昭和三年だというし晩年の〝ジェスチャー〟で水の江瀧子と、おにィさま、おねェさま、と呼び合っていた呼吸にも、充分にリズミックなセンスを感じる。そういえば、私は知らないが、若いころの高座で、金語楼純情詩集という唄い口調のネタがあって、それが戦後の三遊亭歌笑にゆずられ、柳亭痴楽《りゅうていちらく》につながる系図があるのだそうだ。

新作落語（は古風な新作だったが）のネタが千篇余、それに発明マニアというのも新しもの好きにつながるか。坂道昇降用下駄というのは、前歯の高さがちがっていて、携帯してはきかえるというものだった。いかにも大正の平和な時代が息づいている。

いずれにしても、禿げ頭とくしゃくしゃになる表情と、頑固者のおかしさと、それだけのことで永いこと命脈を保っていたのは、新しもの好きと健康だったからだろう。根底には戦争末期に見せたような、恐ろしいばかりの強さがあったからだろうが。

晩年まで元気一杯で、トーク番組で、

「先日ドックに入りましたら、お医者さんに、君の身体《からだ》は三十代の若さだねえ、珍しいよ、とほめられました」

上機嫌で入院したが、半月もたたぬうちに病院で亡くなった。腰痛で検査のために入院していたのだというが、病名は胃ガンになっていた。

爾来《じらい》、私は人間ドックを信用しない。

本物の奇人――左卜全《ひだりぼくぜん》のこと

昭和初期の新宿という盛り場の中心部は、今の三越にコンパスの基点をおき、新宿駅までを半径にして、ぐるっと円を描いた部分だ。靖国通りも歌舞伎町も当時はまだなかった。

シュウマイの早川亭の角を曲がって武蔵野館の前をとおり甲州街道の下をくぐる通りを、馬糞《ばふん》横丁といって、馬方《うまかた》食堂なんて店もあり、私の子供時分には貨物駅に行く荷馬車をよく見かけた。ムーランルージュは今のコメディシアターのあたりだったと思う。パリに同名の劇場がある由《よし》で、それを模して屋根に大きな赤い風車があった。その名は知られていたけれど、実にどうも、ぼろっちい小さい小屋で、ウインドウの中の絵看板もくすんでおり、浅草あたりのとくらべて無愛想で華やぎがすこしもない。

私はマイナー好きだから、こんな貧相な小屋で、不幸な役者がどんな寒々しいことを演っているのかと思って、入ると案外混んでいる。もっとも私のような子供は一人も居なくて、学生や若い勤め人ばかりだった。そうしてときおり静かな笑声をたてる。

浅草とちがって、ギャグはおとなしく芝居も地味で子供にはどうも退屈だが、小ぢんまりとしているところがなんだか親類意識を駆りたてて、もう一度行って退屈してみようかという気にさせる。その時分、私はムーランの生活スケッチのような芝居が、学生層にあんなに人気があるとは知らなかった。

私が行きだしたのは戦前ムーランの後期で、藤尾純、森野鍛冶哉《かじや》、沢村い紀雄、大友壮之介、水町庸子、姫宮接子、望月美恵子（優子）などはすでに卒業し、有馬是馬《これま》、佐藤久雄、山口正太郎、外崎恵美子、池上喜代子、明日待子《あしたまつこ》、小柳ナナ子などで、太平洋戦争が始まりカタカナ名詞がいかんというので、ムーラン改め作文館と改称したころは、さらに顔ぶれが減っていた。

浅草で有名無名の珍優をたくさん観ていた私が、やっぱり眼をみはったのが左卜全。当時ムーランは芝居三本、ヴァラエティ一本の四本立てだったが、この四本のどこにも卜全の役がないらしく、通行人みたいな役で出てきたり、ヴァラエティの中のムー哲（ムーラン哲学）という一景にしか出ていなかったりする。かと思えば主演したり。

私は観ていないが、先輩の話だと小崎政房作〝吸殻往生〟という登場人物二人で対話するだけの、どこか〝ゴドーを待ちながら〟にも似た劇で、浮浪者の左卜全が秀抜で、以来、小崎政房にうまく使われて根強い卜全ファンというのが居るようだった。

ツボにはまったら秀抜だろうという感じはわかる。が、名優とか名演技とかいうのともちがう。後年有名になってからと同じだが、もっとブロークンで、セリフは忘れる、きっかけははずす、それでいてほかの役者のセリフ中に、突然眼を剝いて、ゲゲゲ、と笑ったりする。ではドタバタかというとそうではなくて、本人の気のままに、自然体で劇中に居り、それがなんだか奇妙だという感じ。

平凡に使えば老《ふ》け役なのだろうけど、けっしてそういうアンサンブルはとれないので、脇《わき》ではおさまりがわるい。使えば主役ということになる。

当時の座付作者の横倉辰次さんの文章では「端役《はやく》だと手抜きしてセリフもろくに覚えない。そのくせこれは受ける役だと思うと急に熱心になる。文句をいうとトボけて、私は頭が悪くてねえ、下手な役者ですね——でケロリとしている。変人だというが、いけ太い人間だ」ということになる。

卜全の奇行ぶりは楽屋だけでなく客席のほうでも有名で、箇条書きにすると、

①薬草をつんできて楽屋で干す。
②服装は着たきり雀で乞食に近い。
③いつも松葉杖をついているが、バスに乗りおくれそうになって、杖をかついで駈《か》けだした。
④楽屋で定時になると体操をはじめ、奇声をあげてお祈りをとなえる。
⑤女性の生神さまを信奉していて収入は全部捧げてしまう。不便に耐えかねて彼女と

結婚し、生神さまから毎日五十銭渡されて劇場に来る。

楽屋での奇行はともかく、女性の生神さまは実は男で、皇道なんとか教の教祖だったと未亡人の著書〝奇人でけっこう〟に記してある。著書を読んでももうひとつわかりにくいが、給料をすべて納めていたのは事実で、だから卜全は十年間も無収入同然だったという。結婚すると死ぬ、といわれて五十二歳まで独身。その老師が亡くなってはじめて現未亡人と世帯を持つ。それまでは老師の許《もと》に小僧のように仮寓していた。

未亡人が老師の悪口をいったとき、

「教えと人格は別だ。わきまえろッ」

といった。こういう所は左卜全の面目が溢れている。

松葉杖は突発性脱疽《だつそ》のためで、舞台でも片脚を曳きずるような歩き方をしていた。一説によると、片脚切断を拒否して医者に行かず、老師のお祈りで小康を得てからの関係だというが、老師なるもの実に見事な搾取ぶりで、卜全の弟が見かねて下着をくれたとき、

「品位のない真似をするな、返して来い」

と叱られたという。老師も卜全も似たような奇人でウマが合ったのかもしれない。

未亡人の記述によると、彼は若いころ、脳を病んだことがあるそうで（重症のノイローゼというところか）そのせいかどうか、なにか非常に高邁《こうまい》な精神生活に浸りこむ

面と、意志薄弱でだらしがない部分とが同居していたらしい。埼玉県の神官の家系の出で、父親は教育者だから異端児は理解されない。作男たちまで彼を狂人視していたらしいが、私も似たようなものでこういう話はすこしも驚かない。古い家系の衰えた血のせいで、非生産的なタイプがよく生まれてくる。

もっともケロッとしてチョロイ面もあって、ムーラン時代は比較的仲のよかった山口正太郎が細工して、昇給分を別封筒にして貰って、卜全の小遣用に渡していたらしいし、松竹に引き抜かれたときは、横尾泥海男《でかお》が、老師用に二百円、別に百円と二つの給料袋をこしらえて、二人で玉の井などに遊びに行ったらしい。

松竹傘下の〝笑の王国〟〝青春座〟と戦争中をすごす。卜全と浅草は水と油かと思ったが、そうでもなくて、宮本武蔵で沢庵和尚をやり、姿三四郎では志村喬の演った村井半助という落魄《らくはく》の柔道家をやる。神官、易者、学校の用務員、八十歳くらいの曾祖父なんていうのがお似合いで、マイペースだった。禿鬘《はげづら》などかぶると後年と同じ顔で、だから未亡人の著作で十代の彼の写真など見ると、どうしても噴きだしてしまう。

空襲期に入るすこし前から私は中学を無期停学になり、建前は家で謹慎だが、天下晴れたような恰好で浅草に入り浸っていた。当時、山茶花究が牛込柳町に、左卜全が牛込北町に、私の生家と眼と鼻の所に仮寓しており、都電を乗りついでよく一緒に帰ってきた。山茶花究はあの苛烈な時期にパピナール中毒で注射器を手離さないという偉い男で、誰かついてないと電車の中で眠ってしまう。卜全は松葉杖。坊や、一緒に帰ってやんな、と劇場の誰かにいわれて一緒に帰るが、両人ともに中学生などに関心はない。無言でただ一緒に帰るだけだ。卜全の如きは私など視野に入ってなかったろう。私はそういうことはたいして気にならない。

噂を信じて女教祖が居ると思っていたから、仮寓先には寄りつかなかったが、後年きくとそこは私の小学校の同級生の家で、卜全は離家で自炊していたという。

浅草が焼けて、松竹の移動演劇隊に参加したときいたが、同じころ、有楽町の邦楽座に端役でひょっこり出ていた。明治物の芝居で、卜全の刑事が犯人と格闘するところがあって、足がわるいのに気の毒だなァと思って観ていた。

なんといっても忘れられないのは、敗戦から一カ月目くらいのころ、進駐軍の放出物資の配給が近くの小学校であり、昼さがり、リュックを持って受け取りに行くと、背中のほうで朗々たる唄声がきこえる。卜全だな、とすぐにわかったが、話すこともないから、そのままゆっくり歩いた。卜全は足がわるいから歩行がおそい（松葉杖はこのときついてなかった）。都電も復活してないし人通りもない。切れた電線を避けながら、彼は声量のある声で（帝劇ローシーオペラ出身だ）ベアトリ姐ちゃんをくりかえし歌う。そのうち歌詞が同じなのにあきたらしく、アドリブで思いつきの歌詞になる。それが目茶苦茶で、おかしい。

小学校の校庭で缶詰類を受けとり、帰りもやっぱり私が十メートルほど先で、卜全の唄はブン大将になったり、快賊ディアボロになったりする。世相とは無関係の屈託のない声で、病苦、無一文、天涯孤独と三つ重なった卜全が陶然となっていた場面が忘れられない。

細君を得てから舞台の合間に、脱疽の治療にかかり、十年かけて断食と食餌《しょくじ》療法でなおした。

——足はやっと治った。これからは脳の病いを治すのだ。

とそのときの日記に記してある由。

電車の中で新聞や週刊誌をひろってきて、自分の関心のある部分だけ切り取って貯めておく。しかし、読まない。そうして、ああ、僕はものが読めない、といってなやむ。そういうなやみ方をする人で、だから何気ない人の一言に傷ついてそれを生涯恨む。多感多恨病というか、そこに意志薄弱が同居していて統率がとれないが、わかりにくいようでわかる気もする。

私は左卜全の、演技でなく自然体にも見える輻輳した持味が、終始好きだった。黒澤明の〃生きる〃における通夜の場面の、珍しくアンサンブルのいい演技が世評で高かったけれど、私の個人的な好みでいうと、役者っぽい卜全は、卜全の贋者のように思えてしまう。卜全はムーラン時代のブロークンな味がいちばんよかったのかもしれない。映画でも一場面《ワンシーン》だけの端役というようなものにかえって存在感を感じる。

まっとうな芸人、圓生

文楽、志ん生、圓生――、昔、寄席にかよいつめていた頃、私たちにとってこの三人が落語家の代名詞であった。金馬も底力があったし、三木助や現小さんも売出し中だったけれど、私どもにとって文楽、志ん生、圓生、がすべてだったといってもよい。私は、あまりにも個性のちがうこの三人をひとつの物指で比較する気はなかったけれど、どういうわけか、言葉にすると三人の順序はいつも定まっていて、文楽、志ん生、圓生、だったように思う。

文楽、志ん生にはそれぞれ明快な華があったが、圓生はいくらか陰な感じで、それが三本指には入っても、トップ一人を選ぶとなると、圓生とはいい難い理由だったろうか。

けれども、だからといって他の二人に毫も劣る落語家とは思わない。特に、昭和二十年代後半から三十年代にかけての圓生は、私にとって〝凄い落語家〟であった。

私は、芸というものに対して、点を辛くするのが礼儀だと思う。聴いている者の心底に深く重く残るような芸でなければ拍手をしない。そのくらいに〝芸〟というものを尊敬したい。だからこの一文も、亡き圓生の霊にヨイショをしているつもりはない。

私の母親は昭和十年代に圓生のファンであった。その第一の理由は、彼が男前であったからだ。同じ頃、幡瀬川という美男力士が居て、やはりお好みだったが、あるとき間近に見たら不精髭がはえていていっぺんに幻滅したらしい。圓生はいつもスッキリとしていて、地顔がいや味なく、笑うと愛嬌をうむ。もっとも話（も安定感はあったが）よりも男前が受けるという傾向が圓生の本意だったかどうか。

そのせいだろうと思うが、私のような子供は、圓生の実際の年齢よりもはるかに若く受けとっていた。

圓生が名実ともに大真打になっていったのは、やっぱり戦後、満州から帰ってきてからだと思う。前述したように昭和二十年代後半から三十年代にかけて、この時期、文楽が完熟期だった。圓生は文楽を追うようにして、しかし文楽とはちがう自分の話法を作りあげていった。

私にとって圓生のどこが凄かったか。

まず、第一に映画でいう屋外シーンの巧さである。たとえば『鰍沢』の、半分しびれたようになった旅人が、こけつまろびつ、雪の山中を逃げていくところ。あるいは『三十石』の淀川の夜気。それからまた『乳房榎』の落合の川辺に蛍飛びかう闇の深さ。例にあげればまだたくさんある。いかにも私たち自身がそこに居て、風の案配、空気の味まで存分に浸ることができる。

落語は、扇子と手拭いだけで、さまざまの人物を演じわけるという概念を、圓生はもうひとまわりワイドにしてくれた。私の知る範囲では、人物の喜怒哀楽の表現にとどまらず、あたふたする人間たちと対比させるように大きな自然までを描いて生彩を発揮した落語家を他に知らない。

講談の神田伯竜、この人は雰囲気描写が巧かったけれど、人物の情感の説明乃至強調であった。圓生のは、登場人物の思惑とは関係のない自然そのものが出てくる。そこが凄い。だからドラマが一段と大きくなる。

但し、余計なことかもしれないが、一度がっかりしたことがある。たしかもう二十年くらい前になると思うが、渋谷東横の先代圓生追善（それとも圓朝忌だったか）で圓生が『三十石』を演じた。この時、船頭の舟唄を、幕の蔭で弟子たちに唱和させた。特殊な会の特殊な趣向のつもりだったのだろう。私はがっかりし、母親が幻滅した幡瀬川の不精髭よりもなおいっそう幻滅を感じた。私が年来、眼をみはる思いで圓生の高座を聴き、深く尊敬していたのは、扇子と手拭いだけで、豪壮な自然までをも描き出す〝芸〟に対してであった。弟子たちを唱和させて、それで臨場感がかりに出たとて、なんの意味があろう。

それはともかくとして、第二に、これも大きなことだが、圓生の描く女の味わいである。圓生を聴くひとつの楽しみは、女の描出が深いことであった。

文楽も、志ん生も、個性はちがうが、男の演じ手であったと思う。主題はたとえ女の話であっても、文楽も、志ん生も、いつも我が身の命題みたいなものをひっさげていた。男の哀しさ、世間の主流からはずれた男たちの、奇態にしか生きられない哀しさ、そうしたものを落語の形を借りていつもむんむんと発散していた。それが気魄となり、濃厚な説得力をうんでも居たと思う。文楽の演ずる『厩火事』、あれすら、サゲのところの亭主のセリフに全体の重点がかかっているように受けとれないでもない。

「――怪我でもしてみねえ、明日っから遊んでて酒が呑めねえ」

文楽が演ずると、生活に汚れたふてぶてしさが軽味になり、その裏に、心ならずもの生き方になっている男の屈託、自嘲、口惜しさのようなものがむしろ重く匂ってくる。

当時の下層に生まれた男の自意識からくる感性が、どの話にも肉声になっている。志ん生は文字どおりそうであった。文楽は濃い化粧をつけていたけれど、自分の命題に沿って話を選び、造り直している点で、本質的には肉声の落語家だと思う。完璧な落語を演ずるのでなく、肉声を完璧な落語にするということのために、形にするまでの時間がかかるのである。

これに対して圓生は、彼等ほど自分の命題に執着していないように見受けられる。内心深く、叫びたいことはあったかもしれないが、落語に対する姿勢は微妙にちがう。圓生は、前二者よりもずっとまっとうに、話芸そのものに深く入りこもうとしたように思う。だから、ポイントは、何を演じるか、ではなかった。如何に演じるか、という人であった。

当然のことながら、眼の人、描写の人になる。万象をどう眺め、感じとった物をどう演じるか。

文楽や志ん生にとって、女は、話の中でも他人であった。いうならばオブジェで、主体は男の側にある。が、圓生にとっては、脇人物だからオブジェで片づけるというわけにはいかない。話全体が主人公なのである。だから人物のみならず、花鳥風月、樹立ちや闇や空気の揺れまでも等分に眼を配らなければならないことになる。

文楽も完熟した描写芸の持主であった。しかし文楽のそれは、ひとつにはあくまでも自分の命題を生かすためのこしらえであり、また命題を落語化するために必要なアングルをこしらえるための描写芸であった。

その意味では圓生は辛い。自分の方に話をひっぱることをしないで、無限に完璧化していかねばならない。

その辛い作業をよくやったと思う。圓生はよりよく演じるためにまず無限に近い気配りを持って万象を眺めなければならなかったろう。そうして掬いとったものは、それが真実であるという理由でどうしても削除するわけにはいかない。

　一方、落語という様式芸には、きちんとした美学があり、たとえ真実であろうと、くみこみにくいものもある。文楽や志ん生は肉声を楯にして、そこを大胆にデフォルメした。圓生の苦心は、くみこみにくいものをいかにしてカットしないで、様式美に仕立てていくか、というところにあったろうと思われる。

　圓生は、なんでもない落し話をも骨格正しく演じる人であった。また、どんな話でも、巾広く演じられる人でもあった。文楽や志ん生のように一生を投げうつような気魄をこめて命題に執着した人はべつだが、そこに至らず中途半端に個性によりかかっている演じ手が足もとにもおよばないような、まっとうな技術があったと思う。

が、そんなことは圓生にとっては、たやすいことだったかもしれない。圓生の切味は、様式美にくみこみがたい真実を逃がさず、厳格に、しかも淀みなく話芸にしてしまっている部分にもっともよく現われる。

　たとえば、『鰍沢』で、仕事を発心したお熊がチラと旅人を流し見る眼つき。そういう不逞な、形のわるい真実が、実になめらかに魅力的な様式になって組みこまれている。そういう例をあげればきりがない。

　数多い圓生の極めつけの中で一つ選ぶとすれば、私は『庖丁』をあげたいが、この不逞な男女の心情を美化など少しもせず、それでいて話芸の持つ美しさ快さに深くひきずりこまれること、おどろくばかりである。

その他、『お若伊之助』『乳房榎』『累ヶ淵』『火事息子』など描写の要素の濃い人情噺系がどうしても主になるが、『豊竹屋』だの『一人酒盛』だの軽いものにも好ましいものがたくさんある。

考えてみると、私は圓生と個人的面識はない。ただ寄席の隅で高座を眺めていただけで、それも烈しく聴いたのは人形町の独演の頃の前後十年ほどである。けれども子供の頃から、その声に親しみ、その所作、その話法が血肉化するほどになっていて、お新香や味噌汁と一緒に自分の一生に当然いつまでもついてまわるのだと思っていた落語家たちが、今はもう皆亡い。それが信じられない。

眼をつぶると、静々とした圓生の出の姿が浮かんでくる。文楽も静々としていたが、練り固めて身構えているような静けさだった。小腰を折って出てくる柳好は芸人というより幇間的だし、顎を突き出してくる志ん生、ズカズカッとくる金馬、現小さんのノソノソ歩き、とこう考えてくると、圓生の出はスッキリと、しかも柔かくあれが本当の芸人という感じがする。

圓生はまっとうな、という点でまちがいなしに巨きな芸人であった。

（雪渓書房『六代目三遊亭圓生写真集』一九八一年刊）

5 ジャズ・映画

流行歌手の鼻祖——二村定一《ふたむらていいち》のこと

二村定一という名前も、もう六十以上の人でないとご存じあるまい。が、私にとっては忘れがたきなつかしい名前だ。

私の子供のころ、彼は流行歌手の鼻祖といわれた。まことに適切ないいかたで、鼻が異様に大きい。愛称がベーちゃん。本人は「俺、ベートーベンに似てたんだよ」といっていたが、これはどう見てもシラノ・ド・ベルジュラックのベーであろう。

昭和四年吹込みの〽日が暮れてェ、あおぎ見ィるゥ、の「私の青空」はB面で、A面は藤原義江歌うところの〽磯の鵜のとゥりゃ、日暮れにゃ帰るゥ、だった。ところが意外にも、B面が大ヒットしてしまう。ダンスホールが盛んになりはじめて和風のジャズが歓迎されたのだ。

〽沙漠に陽《ひ》は落ちてェ、の「アラビヤの唄」、〽テナモンヤないかないか道頓堀よ、の「道頓堀行進曲」、〽宵闇ィせまればァ、の「君恋し」、〽俺は村じゅうで一番、モボだァといわれた男、の「シャレ男」、〽肩で風切る学生さんにィ、の「神田小唄」

とヒットが続いて、エログロナンセンスの寵児ともてはやされた。

それまでのオペラ式の、声をふるわせる唱法と反対に、二村のテノールは口を大きく開いて歌詞をはっきり歌う。そうして華やかさにつきもののペーソスがあった。ところがなぜか、数年で二村の時代は去り、二村に刺激されて流行歌を歌いだした藤山一郎の古賀メロディの天下になってしまう。藤山の唄は清潔感があったが、やはり歌詞をはっきり歌う人で、これは二村の影響だろうか。

私は子供のころ、叔父の家のレコードで二村の唄と顔を知った。実にどうも、白粉《おしろい》と口紅のみ濃いピエロの顔で、エログロナンセンスという言葉は知らなかったが、じだらくな人を想像した。このじだらくな人がどうやって生きて行くか、なんだかじだらくの罰が当たって転落してしまいそうで、感情移入をしたくなる。私は自分のことを棚にあげて、というより自分が劣等生なものだから、他の危なっかしい人物のことをおろおろ心配する癖がある。なにしろ当時すでに二村の新譜は出ておらず、過去の人みたいな感じだった。

やはり小学生のころ、父親に連れられて浅草松竹座のエノケン劇を観に行くと、なんと、そこに二村定一の実物が出演していた。こんなところに居たのか、と縁者にめぐりあったような気がしたから不思議だ。

しかし二村は浅草では人気があり、エノケンとのコンビでおおいに売っていたらしい。もっともこの前のプペダンサントでは、二村・エノケンという格づけであり、松竹に買われてエノケン・二村と格は逆転したが、二人座長の観を呈していた。それが東宝に移り、完全にエノケン一座となり、二村は単なる幹部俳優の一人ということになる。

たぶんその屈託が原因だろう。酒に溺れて売り物の声も精彩がなくなった。そうしてエノケンと衝突して劇団をやめて独立乃至《ないし》飛躍を試みる。

その当時映画でも成功し、全国の子供のアイドルになったエノケンは、もう立派な大看板、二村のほうはエノケンあっての二村だ。彼の流線型のレビューセンスや達者な芸も、漫才の受け役のように一人では半値以下になってしまう。ますます屈託し、大きな鼻を赤くさせてスゴスゴとまた戻ってくる。そのたびに一座内での格がさがる。

エノケン一座は全盛時百人をはるかに越す大所帯だったが、幹部は浅草時代からの仲間で占められていた。二村、柳田貞一、中村是好《ぜこう》、如月寛多《きさらぎかんた》。このうちエノケンの生家の小僧だった如月は終始忠実だったが、あとの三人はいずれも出たり入ったり、何度も自立を試みては失敗して復座している。

私の本能的な心配が現実になって、二村は最終的な喧嘩をし、エノケンの所を離れてしまう。そうして転々としながら急激に凋落《ちょうらく》して行った。昭和四年に一世を風靡《ふうび》し、十年後には旅廻りに毛の生えたような小林千代子一座という小劇団におちついていた。

そのころ、子供ながら学校に行かずに浅草をふらついていた私は、ひょんなことから彼と知り合うのである。私の浅草での経験の中でもこれは最大の事件だった。私は、落ち行く人というものをはじめて間近に見、あつい眼《まな》ざしを注いだ。

二村が私に言った言葉で今でも印象的なのは、

「学校なんかに行っちゃいけないよ」というお説教。「あんなところに行ったってろくなことおぼえねえ」

二村の伝説はたくさんある。大巨根伝説。荷馬車の馬がおじぎをした話。楽屋風呂で熱い湯を流したら、桶《おけ》に腰かけていた二村が、アチチ、と飛びあがったという話。作り話であろう。男色家として有名な二村が巨根だという点に、作ったコクがある。けれども、幕内の人からきいた次の話は、二村らしくてなんとなく好きだ。

朝帰りして直接楽屋に現れた二村が同室のエノケンに、吐息をつきながらいった。

「俺、つくづく堕落しちゃったよ。自分がもう嫌になった」

「どうしたんだい」

「朝、起きたらさ、女が隣に寝てやがるんだ——」

二村は生涯でたった一度、彼の母親の説得で、ファンだという女性といやいやながら所帯を持つが、結婚の翌日から一度も帰らないうちに女性があきらめてしまったという。こう記しても私は二村の稚児だったわけではない。私はまるで子供で、しかも二村もロリータ趣味はなかったのだろう。彼の相手はスマートな慶応ボーイたちで、後に彼の葬式も、かつての大学生たちがとりしきったという。

奇怪なところがなくはなかったが、その点をのぞけば、私がはじめ想像していたような頽廃の影はうすくて、むしろ実直な芸人というタイプだった。本人が語ったが、彼がいちばんやりたかったことはオペレッタで、流行歌手じゃなかったらしい。レコード業界というものがまだ不安定な時分だったにしろ、あれほどのヒットを惜しげもなく捨てて、浅草におちついてしまったのがそれでわかる。

たしかにエノケンとの出会いから、二人の人気が拮抗《きっこう》していたころは、二人ともモダンオペレッタを志向していたところがあった。大資本に買われるにつれて、エノケン流小男英雄劇になっていく。そのうえ戦時体制になってきて、二村のようなキャラクターはますます出番がなくなってきた。

けれども小劇場にはまだ戦争の余波がおよんでいなくて、小林千代子劇団には田谷《たや》力三《りきぞう》などオールドタイマーが集い、小規模ながらオペレッタ風のものをやっていた。二村はその後、新興演芸で自分の小一座を作ったりしていたが、戦争の激化とともに消息が知れなくなる。

そのころ、浅草の幕内でも二村は死んだという噂だった。今でも古い芸人は、戦争中に彼が死んだと思っている人が居るくらいだ。

が、実は満州に流れていた。古今亭志ん生《ここんていしんしょう》と同じ口で、満州なら酒が呑めると思ったらしい。敗戦で、命ひとつで引き揚げて来て、九州大牟田の収容所に一時入っていた。引揚文化人の会という怪しげなところで、小型トラックの上で歌ったり、喰うや喰わずで大阪に流れ、赤玉というカフェーで歌ったり。

このころ、酒を呑むとすぐヘロヘロに崩れ、道路で小便をたれ流す始末だったという。だいたい、深酒の影響で戦争中から老けこんでおり、声もかつての美声にほど遠かったから、ほとんどお情けの出演だったろう。

エノケンが二村の現状を発見して救いの手をさしのべた。二村にとっては屈辱だったろうが、久しぶりに座員として迎え入れ、有楽座で当たり狂言〝らくだの馬さん〟にかつての持ち役の大家で出た。

そのときに一度、私も遭遇している。二村は老人のような顔で、軍隊のオーバーを着ていたが、さかんに咳きこんだ。

「今度な、服部（良一）先生がレコードやれって、すすめてくれてるんだ。〝南のばら〟とか〝ルンバタンバ〟とか、戦前の曲を、俺のためにアレンジしてくれるって」

嬉しそうにそういった。レコードを捨てた男が、レコードに望みをかけている気配を、さして不思議でもなく、それはよかった、と私もいった。

もっともその夜、渋谷の百軒店《だな》の坂を私が背中を押さなければあがれなかったくらいに衰弱していた。舞台を務めるのも辛《つら》かったろうが、そんなことはいえない立場だったろうし、彼自身も、もう一度再起するつもりだったと思う。

家族が居ないので、上中里に住んでいた姉の亭主で、エノケン一座の老練な脇役者田島辰夫のアパートに同居させてもらっていた。

戦前、三軒茶屋に土地を買って、母親を住まわせていたが、自分はあんな淋しいところは嫌だ、といって行かなかったらしい。そこは焼け、山口県の徳山に買っておいた料亭は、艦砲射撃で、たった一軒だけ全壊したという。そういう点でも不運な男だった。

復帰の〝らくだの馬さん〟が終わらないうち、田島のアパートで、夜中に血を吐いた。入口の三和土《たたき》にしゃがんで、両手に吐いた血を、臆病そうに眺めていた。

「明日から、酒が呑めなくなるかなァ」

といったという。

病院に運んだら、医者が、ここまでなぜ放《ほ》っといた、と叱った。今日でいう肝硬変の動脈瘤出血で、二日後に亡くなった。四十九歳で、意外に若かった。

イエス・サー・ザッツ・マイ・ベビィ

私の子供の頃のレコードには、ジャズ小唄、なんて標題がついているのもあったが、いわゆる古いジャズ・ソング、アチラ式にいうとラヴ・ソングかな、には軽くて甘いいい唄がたくさんあった。

年がら年じゅう女のケツばかり追っかけているような、楽天的で内容《なかみ》のない唄ばかりで、当時のコワイおじさんは、ヤレ煽情的だ、頽廃だ、亡国的だ、とうるさくいったが、そんなことはちっともかまわない。唄なんてものは、内容《なかみ》で聴くものじゃないからね。私なんかは内容は単なる符丁だと思っている。その証拠に、日本の唄でも外国の唄でも、ちゃんと詩を覚えるのが面倒くさいから、軽く鼻唄を唄うときなんか、たいがい自己流の目茶苦茶な文句にしてしまう。うっかりするとメロディまで、そのときの気分で変えてしまうときがある。

かりに人が聴いているとすると、詩も曲も、原型とはまるでちがったものになっちゃうから、Aなる唄をハミングしているとは誰も思わない。けれども本人にとっては、あくまでもAなる唄に誘発されて出てきた曲なので、Aを愛し、唄っている気持なのである。

私、思うに、いい小唄というものは、せいぜい一九四〇年代ぐらいで後を絶ってしまったな。そういう小唄作者が居なくなった。モダン・ジャズの興隆で（モダン・ジャズは大好きだが、それとこれとは別の話だ）、リフ・ナンバー式のものや、もっと高級で難解な演奏が多くなったり、電気楽器が主流になって8ビートから16ビートの方に人材をとられていることもあろう。それ以上に時代の様相が反映して、映画も唄も、リアリズムが基調になってきた。つまり内容《なかみ》が問われるようになった。同じ愛の恋のと唄っても、いいかげんな符丁ではなくなって、愛や恋そのものが真っ向から唄われる。作者も聴衆も貪欲になってきて、あらゆる面で充実を求める。まるで、文明に貪欲になって進歩発達を要求し、その進歩発達が原因して末世になっていくのと似ている。

どうも私などは、古い唄がなつかしいな。大きな音を立てて、厚ぼったい工夫をこらして、熱っぽく押しつけてみても、たかがラヴ・ソングじゃないか。大体、あの戦争のあたりから、兵隊用ポップスがたくさん作られたあたりから、それまでの洗練された軽みを失ってきたような気がするな。

もっともね、兵隊たちが唄った唄でも、第一次世界大戦の頃、世界じゅうの兵隊に流行した「ティペラリィの唄」という行進曲などは、実に小ジャレていいかげんなものであった。〽イッア　ロング　ウェイ　トゥ　ティペラリィ　イッア　ロング　ウェイ　トゥ　ゴウ――というご存じのあの唄だが、ティペラリィというのはアイルランドにある娼家で有名な町のことだからね。日本でいうと、ヨシワラ、みたいなものだ。

ティペラリィへの道は遠くなっちゃったけど、俺ァきっといつかあの町に行きついてみせるぜ、そう唄いながら行進していって、それで戦死しちまう。同じ戦死するならこういう唄をハミングしながら死にたいな、という気分にさせるところが、シャレてるし、憎い。

古い唄は、だんだん忘れられていって、誰も唄わなくなる。スタンダードになって残っている唄もたくさんあるようには見えるけれど、いわゆる名曲が多いな。或いは名曲化してしまう。スタンダードとして演奏されるともうすでにピチッと形が定まってしまって、いいかげんに崩すことができなくなるような感じになる。それがちょっと、鼻白むのである。私などは、他人が造ったものを、そんなふうに硬直してありがたがるのは、あまり好きじゃない。いいかげんに、愛せればよろしい。お手本と対決するんじゃなくて、自分に同化させ、血となり肉となっている曲、そんなふうな古い唄を、少しずつとりあげていきたいと思う。

ところで、今思い出しているこの曲は、実に単純小味なもので、ラヴ・ソングともいえるのかどうか。

〽イエスサー　ザッツマイベビィ
ノー　サー　アロングマイベビィ
イエスサー　ザッツマイベビィ　ナウ

ガス・カーン詞、ウォルター・ドナルドスン曲、このチームは「メイキン・フーピー」とか「ラヴ・ミィ・オア・リーヴ・ミィ」などが有名だが、それより前の一九二五年頃ヒットした曲だ。

私は学校をサボって、子供の頃に、つまり昭和十年代に映画館に入り浸っていたが、いろんな映画で同じ曲をやるので耳に馴染んだ唄がいくつもできてくる。この「イエス・サー・ザッツ・マイ・ベビィ」もそのひとつで、当時は題名も詩も知らない。おぼえやすい唄だから、はじめの一小節などすぐハミングできる。サビのところも実に簡単で、ただヴァースがあったと思うが、私は正確にこだわらない方だから、ヴァースなどいらない。

それで道を歩きながら、その当時なんとなくハミングしていた曲のひとつである。特にとりわけて素敵なメロディとも思えないし、名曲などではけっしてないが、私好みのいいかげんな、軽っぽいよさが溢れているし、なによりヴォードヴィルの小舞台などにうってつけの曲だ。

しかし、何という映画で最初にぶつかり、或いは何という映画で印象的だったか、その頃の記憶がいっさいないのである。ミュージカルで、ちゃんとしたナンバーのひとつになって唄い踊られたという記憶もない。そういう映画があったかもしれないが、それは覚えていなくて、ただもうたくさんの映画で、バックに流れてきたりする、またあれやってる、と思い、自然に覚えてしまう。そういう曲があるものだ。

この曲などは、ギャング・エージ、禁酒法の頃にギャングの経営するもぐり酒場のショーで、踊り子数人がお尻をちょっと突きだしながら踊っている場面などが、すぐに頭に浮かんでくる。それから、ショー場面ではなくとも、揺れる二十年代の頃のお話だと、カフェーでこの曲のレコードがかかっていたり、単に伴奏音楽として流れてきたり。

カーンとドナルドスンのチームは、エディ・キャンターのミュージカルをよく書いていて、この唄も彼の持ち唄だから、或いはエディ・キャンターの映画では、一人前に使われていたかもしれないが、今、調べようがない。この小文は、毎回、あまり調べないで記憶で書くことにしている。調べるのが面倒くさいこともあるが、私は専門家ではないし、まちがいがあっても、記憶だけで記したほうが面白いような気がするからであるが。

それは戦前の話で、戦後になると記憶に残っていることもある。CMPE（セントラル・モーション・ピクチュア・エクスチェンジ）配給のアメリカ映画が戦後また封切られだした頃、前回にも二系統四、五回目までの題名を羅列したが、その中にコロンビア製作のコメディで『この虫十万ドル』という映画があった。

アレキサンダー・ホール監督（小味な喜劇がなかなかうまかった）、ケーリィ・グラント、ジャネット・ブレア主演。この顔ぶれから見ても、当時としては超大作でもなんでもない、どちらかといえばプログラム・ピクチュアに近いような作品だが、脇役にジェームス・グリースンやウィリアム・デマレストあたりが出ている。そうして、なかなか出色のお話だった。

ケーリィ・グラントは左前になったニューヨークの劇場主。借金で首が廻らず、くさっていると、街で、テッド・ドナルドスンという少年俳優扮するピンキーという少年に会う。ピンキーはボール箱の中に一匹の毛虫を飼っていて、ハーモニカで「イエス・サー・ザッツ・マイ・ベビィ」を彼が吹くと、毛虫が踊り出すのである。ケーリィ・グラントはこの毛虫を劇場の宣伝に使うことを思いつき、毛虫の見世物は当って、一匹の毛虫に十万ドルの値がつくけれども、少年は毛虫を手放すのを欲しない。あれやこれや、騒ぎがあるうちに、ボール箱に穴があいて、毛虫がどこかに行ってしまう。

ニューヨークじゅうが毛虫捜査で大騒ぎ。

すべてをあきらめたケーリィ・グラントがピアノの前に坐って、「イエス・サー・ザッツ・マイ・ベビィ」を弾くと、ピアノの中から、一匹の蝶に生まれ変った毛虫が、ゆらゆらと飛び出してきた。

お話も秀逸なのだが、それ以上に私は、「イエス・サー・ザッツ・マイ・ベビィ」が、一人前以上にあつかわれているのがなんだか嬉しかった。長い戦争があってアメリカ映画が見られず、その当時は飢えをとり戻すように新封切りの映画を見ていたが、この『この虫十万ドル』あたりで「イエス・サー・ザッツ・マイ・ベビィ」を耳にするにおよんで、やっとまたアメリカ映画にめぐりあえた、という気がしたものである。

アメリカの唄にくわしい大滝譲司さんにきくと、このすぐあと封切られた『ブロードウェイ』という音楽映画でもミュージカル・ナンバーのひとつになっていたそうだ。『ブロードウェイ』は、原題『ベイブス・オン・ブロードウェイ』。ミッキー・ルーニィとジュディ・ガーランドの主演で、私もたしかに見ているが、どうも記憶に残っていない。

ルーニィ＝ガーランド・チームのアンディ・ハーディ物は、戦争で輸入されなかった時期に当っており、戦後封切られた一、二作も、日本では子供だましの芸人お伽話とクサされたりしたが、今でも見たいシリーズ物である。何度もくりかえすように、私は内容(なかみ)などほとんど気にしない。むしろ内容(なかみ)がない方が唄や踊りの邪魔にならなくていいのである。ミッキー・ルーニィも悪達者だったが、ジュディ・ガーランドはこの時期から唄も踊りも同輩の中で群を抜いていた。むしろ後年大スターになってからよりも、若々しいこの時期の物を再見したい。

さて、「イエス・サー・ザッツ・マイ・ベビィ」であるが、戦後もあいかわらず、ちょこちょことバック・ミュージックに使われている。私が見ているものでもたくさんある筈であるが、今、調べるわけにいかない。ビリー・ワイルダー監督の『お熱いのがお好き』なんていう映画には使われてなかったろうか。あの手の映画には一番ぴったりする曲なのだ。

最近は映画を見ていないので、なんにもデータがないが、『ニューヨーク、ニューヨーク』とか『ブルース・ブラザーズ』とか、古い唄が出てきそうな映画には、どうだったろう。

しかし私は、アメリカ映画ばかりでなく、子供の時分に、別方向からもこの曲に馴染んでいた。というのは、日本の小劇場レヴューや、ヴォードヴィリアンが好んでこの唄を演じていたからである。

今、私の手元にあるビクター盤の『日本のジャズ・ポピュラー史戦前篇』という組みレコードの中にも、ヘレン隅田唄うところの「可愛い眼」と題したこの唄の日本版が入っている。

〽ネエネエ　見つめちゃ
　イヤンイヤン　まぶしい
　ネエネエ　可愛い眼よ――

というような訳詞（佐伯孝夫）で、なかなか私好みに唄っている。これは非常になつかしいので、私は戦時中にこのＳＰレコードを持っていた。子供の頃はレコードまでとても小遣いが廻らなかったが、もう中学生で、それに敵性音楽廃止の時代であり、古レコード屋でもジャズなどは二束三文で、隅っこの方の土間の上に山と積まれ、十銭均一ぐらいだったと思う。その山の中を一枚一枚探していって、ジャズのレコードを買い求めてくるのが楽しみだった。十銭だから中学生にも手が出る。そうした中の一枚だったと思う。

けれども私はヘレン隅田という混血歌手を実際には見たことがない。ピアノの弾き語りのレコードもあるし、タップもレコードの中で踊っている。なかなか当時としては達者な女の子だったようだが、活躍期は昭和十年前後である。

この頃は二世歌手というのがたくさん居た。日本の歌手はまだリズムに乗り切れないし、英語にヨワイ。だから、リキー宮川とか川畑イヴォンヌ（文子）とか、ヘレン隅田と似た名前で、ヘレン本田という人も居た。この方は戦争中も、本田ゆき子と名前を変えて居たから私もよく見ている。ディック・ミネが三根耕一、ベティ稲田が稲田文子、バッキー白片が、たしか白片明とかいっていた時代である。

太平洋戦争にならぬ前、日支事変の頃は、まだアメリカの唄は許されていて、この頃、フィルムが統制になったために、映画の本数が減り、手のあいた役者が映画館のアトラクションに出る。ちょっと唄える人は、楽団と一緒にアトラクションでいそがしい。

そうなると、「イエス・サー・ザッツ・マイ・ベビィ」などは唄うに簡単だから、至極便利なのである。メロディは簡単だけれども、やっぱりヴォードヴィルの修練をへた人がいい。

浅草というところは、その頃、モダンであった。うるさい大人にいわせると、頽廃的であった、ということにもなる。

映画がトーキーになって、アメリカで音楽映画が大受けした時分、日本映画ではまだトーキーを受け入れきっていなかった。したがって、アメリカのトーキー初期のミュージカルは日本映画には影響をあまり残していない。そのかわり、浅草に、オペラに代って勃興しはじめた小劇場レヴューや少女歌劇が、その雰囲気を真似て新しい客をつかんでいくことになるのである。

俗にいう軽演劇というもの、前半は外国映画のミュージカル・ショー乃至ミュージカル・コメディの模写であった。後半は、前述したとおり、戦争でフィルム統制のために映画の本数が減り、そのため映画会社も統合され、たくさんの映画館が映画では商売にならなくなって、実演劇場に転身した、それで栄えたように見えたのである。

小劇場レヴューは当時、芝居三本とヴァラエティ一本、という番組が普通だった。そのヴァラエティの一景に、非常に便利に使われる。踊り子二、三人と歌手一人のやりとりで、カーテン・コールで唄い踊る。適当にお色気があり、振付もやさしいものでいい。

歌詞は日本語で、歌手によってあの頃はちがった訳詞を使っていたようだが、ヘレン隅田のものと大同小異だったと思う。

杉狂児、岸井明と高峰秀子、リキー宮川、ジェリー栗栖、澄川久、有木三太、それから荒川おとめとヤンチャガールズ、水島早苗、中野忠晴、能勢妙子や高杉妙子、ずいぶんいろんな人たちで聴いたような気がする。

その中でも、もっともヴォードヴィルの味が濃かったのはデブの岸井明だったな。彼は巨漢が売り物のコメディアンだけれども、ジャズ好きで、自分で訳詞をこしらえて、いろんなジャズ小唄を唄っている。この訳詞が、なかなかいいのである。他のは妙に詩らしくこわばったものが多かったが、彼の訳詞は当時としてはとても小粋だ。

〽ダイナ　いつでもきれいな　誰よりトテシャンな——という「ダイナ」も今ディ

ック・ミネが唄う詩よりもいいし、〽お月さまいくつ、十三、七つ、あたしのあの娘《こ》も、十三、七つ――という「月光価千金」の詩もいい。唄は素人風でうまくはなかったが、当時のクルーナーを真似た甘い唱法で、肥った人は声の出方が余裕があって苦しそうでない。

岸井明の「イエス・サー・ザッツ・マイ・ベビィ」はたしか「素敵なあの子」といったと思ったが、今、レコードが残っているだろうか。

ひとり者のラヴ・レター

ファッツ・ウォーラーをはじめて見たのは何だったのだろう。もちろん子供のときで、昭和十年代のスクリーンで、である。

ファッツの映画主演で、戦前の日本で上映されたのは、劇映画としては（私の知る限りでは）『バーレスクの王様』一本きりのはずで、そうして私はこの映画をたしかに見ている。浅草の東京クラブというギャング物、B級西部劇、B級ショー映画専門の映画館で（この小屋は現在もあるが、当時は三本立て十五銭くらいで、トイレで小便をしながらスクリーンが眺められた）、ズダ切れのフィルムで筋もよくわからなかった。アリス・フェイの主演で、ウォーナー・バクスター、ジャック・オーキー、アーレン・ジャッジなどのショー・ビジネス物だったが、ファッツが何を唄ったかも印象にない（もっともこの時期、英語にヨワいから特別のことでもなければ曲名など知るすべがない）。なぜこの映画を記憶しているかというと、バーレスクという言葉に私は興味と期待を持っていたからだ。

だからファッツ・ウォーラーを印象づけたのは、同時期の短篇音楽映画だと思う。
中国での戦争がはじまってしばらくして、ニュース映画専門の小映画館が方々にできた。朝日、読売、毎日などの新聞社系のニュース映画、アメリカ映画会社のMGM、パラマウントなどの制作のニュース映画に交えて、漫画映画や短篇喜劇や文化映画などをやる。ニュース映画はどれもこれも同じようなニュースをあつかって、私には退屈だったが、ディズニィの短篇漫画や、モンティ・バンクス、ローレル・ハーディなどの短篇喜劇、そして短篇ショー映画などを楽しみによく通った。浅草の大勝館の地下、有楽町の毎日新聞社の地下、私の家のそばの江戸川松竹ニュース劇場などはおなじみだった。

今、私の家に、ファッツをフィーチュアした短篇が三曲ほど、ヴィデオであるが、このうちの『エイント・ミスビヘイヴン』はたしかに子供のときに見ている。記憶にもうひとつあいまいだが、『ハニーサクル・ローズ』も見ているような気がする。

しかし、このほかにも、たしかに見ているから、長篇の戦時中慰問映画『ストーミィ・ウェザー』以外に、まだ何本か、短篇があるのではあるまいか。

太平洋戦争がはじまったのは私の中学一年生のときだから、小学生のときに、この黒人異能タレントを充分に印象にとどめていたのであるが、レコードは一枚も持っていない。

ちょっと余談になるが、先夜、知人とジャズの話をしていて、空襲の晩に、ファッツ・ウォーラーのレコードを持って逃げたのでしょう、といわれた。たしかにそう受けとられるような短文を以前に記したことがあるので、その知人の誤読ではないのだが、ファッツに関する限りちょっとニュアンスがちがう。どうでもいいことだが、私としては奇妙にこだわりたいので、その短文をまたここに再録することをお許しください。

私はへそまがりで、ジャズを戦時中に覚えた。中学に入る前後だったろう。むろんコンサートもジャズ喫茶もない。敵性音楽として古レコード屋の隅に積んであるのを選ってくる。空襲期が近づくにつれ、タダのように安くなった。実際私も各所でB29にはひどい目にあったが、ドーシー兄弟、デューク・エリントン、ファッツ・ウォーラーやタップのビル・ロビンスンが、頭上のB29の中に居るかもしれないと思ったりした。彼等を愛することと、彼等から爆弾の洗礼を受けることは、私の場合、さして矛盾しなかった。これが戦争なのだと思っていた。あれから三十年、ジャズも変ったし、私自身も変貌したが、あいかわらずレコード屋の前が素通りできない。たくさんのこの世界の人を愛したことを後悔していない。

この短文はあるジャズのパーティーのプログラムに記したもので、スペースの都合もあって言葉を簡略化してあるために、古レコードの件だけにポイントを置いた。四人の名前は、私としては、スイング・バンドと正統派の御大と、ファッツ・ウォーラー とビル・ロビンスン（これはタップ・ダンサーだからレコードがなくて当然だが、唄ものも何枚かあったようだ）は一枚も見つけられなかった。したがって、彼ら二人に限らず、映画オンリーの馴染みもたくさんいたのである。

ファッツの短篇映画は、いつも黒人美女たちが信奉者のように取り巻いており、巨大な体軀で精一杯おどけて、しかし女郎屋の亭主然としたしたたかさで、弾き語りをする。白人レヴューとくらべればもちろんちゃちいが、単なる悪達者を超えた迫力があり、子供の眼にもこれはただ者ならずと思っていた。しかし、ピアノの凄さまで眼が届かなかったし、作曲をしていることも当時は知らない。

もっといえば、あんなに大タレントだとは思っていなかった。ユニークな格はあっても結局ゴマンといる芸人の一人であろうと思っていた。だから、よけいに肩入れしたい気持になる。日本の子供が一人、肩入れしているけれども、お前さんは夢にも知らないだろうな、と思っていたのである。

実際、この他にもたくさんの芸人を短篇映画で見ている。黒人のタッパー・チームやコーラスで捨て難かったのに、今日まで名前を忘れたきり思い出さない（つまり名前が残っていない）人たちもかなり居る。

ファッツは一度見たら忘れられないほど特徴がきついせいもあるが、成人してからレコードで本格的に馴染んだせいで、忘れるヒマがなかった。

ピアノ・ソロのレコードを聴いて、ガクンとまいった。これも悪達者で、アクを含んでいるが、どれもこれも圧倒される。

それから、オドケて崩し唄いをしているのでない方の曲、たとえば「ひとり者のラヴ・レター」とか、「眠そうな二人」とかを聴いて、ガクン、ガクン、とまいった。オドケているときにも底を流れていたペーソスが、ぐうんと前面に出てきて、まことに快い。第一、これ以上の名唱はなかろうと思うくらいに、唄がうまい。

ファッツ本人は、ピアノと作曲が本芸で、唄は余技だといっていたそうであるが、本音だとすると、自分に対する測定が必ずしも正確ではない例のひとつといえよう。

もっとも当時はまだ黒人蔑視の濃厚な時代で、表面上のマスである白人社会への対応としては、黒人芸人はまずピエロ的でなければならなかったのであろう。並みの人格を相当程度韜晦して、低い姿勢をしなければ白人から愛されなかった、その感じは、キャブ・キャロウェイにもルイ・アームストロングにも、この時期のほとんどの黒人スターに共通のものがうかがわれる。

そう思ってみると、ファッツ・ウォーラーのあの毒々しくさえあるピエロ的唱法も、やむをえぬ化粧なのであり、そうした化粧をする必要のないピアノや作曲に打ちこみ、唄は余技、といい捨てる気持がよくわかる。

ところがそうした屈折を縫って、実力というものが突出してしまうのだから、不思議なのである。

第二次大戦中の黒人兵慰問のために作られたというオール・ニグロのショー映画『ストーミィ・ウェザー』で、ズッティ・シングルトンやエイダ・ブラウンなどとにぎやかに弾き唄う彼は、気のせいか伸び伸びして見える。また、「ひとり者のラヴ・レター」など、ペーソスのある小唄をストレートに唄うときの名唱も、平素の不充足を爆発させているようにも見える。

一九五〇年頃までの黒人タレントは、白人社会の中でピエロの仮面をかぶりながら、いくらか屈辱的な人気を得ていったタイプと、その逆に黒人社会の方に姿勢を向けて、実はあさはかに白人風を気取り、白人的黒人としてアイドルになっていったタイプと二つにわけられるようである。そのことはテレビ初期のショー番組「アポロ・ショー」を見ているとよくわかる。

余談になるけれども、この「アポロ・ショー」はオール・ニグロのヴァラエティ・ショーで、まことに面白い。私は苦労して二時間物三巻のヴィデオ・テープを集めたが、実はまだまだ百六、七十曲もフィルムが残っているのだそうである。昔、ロブスターというバンドのリーダーで、人気テナー・サックスだった海老原啓一郎さんが、近頃パイオニアに企画を売りこんで、同レーベルでレーザーディスクを発売する由。ぜひ完遂を望みたい。

さて、現在はファッツ・ウォーラーのレコードは、二枚組や五枚組を含めてたくさん出廻っているが、戦後しばらくはあまり眼につかなかった。私はレコードのマニアではないので正確な叙述ではないかもしれないが、とにかく私にはそう感じられたし、マイナー・キーの日本人には、あまり受けていなかったと思う。

というのは、戦後すぐの、おくればせながらのスイング・ブームに続いて、モダン・サウンドが嵐のように上陸し、私だってそっちに眼を奪われていたのだ。

私は、黒人芸人がストレートに評価されるようになったのは、パーカーやガレスピーやロリンズやモンクの台頭によるモダン・ジャズによってだと思っている。むろん大きくいえば、黒人人口の増加や、意識変革により、白黒混合社会が抜きさしならぬ形になってきたことにあるだろうけれど、端的には、つまり私としては、ピエロ的でない黒人芸人を知ったのは彼等が最初だった。

ご多分に洩れず、私もハード・バップを、クールを、愛した。ばくちの明け暮れの合い間に彼等を聴いたが、だからといって、いや、だからこそ、その以前のキャブを、ファッツを、それからエリントンやベイシーなどを忘れられない。

エリントンやベイシーは、皆が忘れなかった。ところが、なぜか、キャブ・キャロウェイやファッツ・ウォーラー、それからエロール・ガーナーなんてところは、一時代前の旧人にされてかすんでしまったようだった。

あの頃、レコードをかけるジャズ喫茶で、満員の客の新陳代謝をはかる必要があると、ハリー・ジェームスだとか、黒人のブギー・ピアノのLPをかける。そうすると客がいずれも呆れ返って出ていってしまう。

ハリー・ジェームスやレイ・アンソニーなんてのがかかって、「エストレリータ」なんてのをやりだすと、私も出て来てしまうから、あんまり大きなこともいえないが、一度はそれこそ、ファッツ・ウォーラーがかかって、客がぞろぞろ立ち上ったことがあった。

パーカーやマイルスの話をしていて、急にテディ・ウィルスンやエロール・ガーナーの名前を出すと、きまって座がしらける。ひと頃はそういう時期があった。私は古い方に好みが偏しているわけではないけれど、やっぱり残念だった。

ところで、ファッツは雲が湧くようにどんどん作曲し、呑み代に代えて人に渡してしまったものがたくさんあるそうだから、他人名義のヒット曲にも彼の作があるのかもしれないが、周知のとおり、アンディ・ラザフとのコンビのものが特に有名だ。曰く「エイント・ミスビヘイヴン」「ハニーサクル・ローズ」「キーピング・アウト・オブ・ミスチーフ・ナウ」などだが、クラレンス・ウィリアムズと共作した「スクィーズ・ミィ」などスタンダード曲になっているものも多い。

けれども私は、私個人としては、以上の傑作を全部放ってしまって、（他人の曲だが）「ひとり者のラヴ・レター」（「手紙でも書こう」と訳されている場合もある）のペーソスにこだわりたいのである。

どうしても、ファッツ・ウォーラーというと、この曲を唄っている彼を抜きにしては考えられない。それほどに好きである。これは男性歌手の名唱の中でも五本の指に入ると思っている。

彼の唄でもうひとつあげるとすれば、「眠そうな二人」。これはホギー・カーマイケルの曲で、実はカーマイケルという名前が出てくると記述が終らなくなるおそれがあるので、さっきから警戒していたが、とうとう出てきてしまった。ホギー・カーマイケルが、自身でこの「眠そうな二人」や「ジョージア・オン・マイ・マインド」などを実にレイジーに、底抜けに好ましく唄っている『ホギー・シングス・カーマイケル』という名盤があり、「眠そうな二人」からこちらに話題が移りそうで気が気でない。ま、とにかく、カーマイケルについては、次回にゆずる。

さて、トーマス・〝ファッツ〟・ウォーラーであるが、むろん彼のピアノを、唄より下位におくことはできない。専門家は、〝アンド・ヒズ・リズム〟のスイング感を称讃する声が強いが、私はどちらかといえば、ピアノ・ソロを取りたい。ピアノ・ソロなら、なんでもよろしい。バンドをひきいているときは、全体とひとつになっていたスイング感が、ソロでは無人の野を行くがごとく、まことに自由闊達で、そうして、なんとなく厳しい表情がうかがわれる。

どうも私は、（エンタテイナーは大好きなのであるが）ファッツ・ウォーラーに関する限り、彼のサービスを高みから見下ろして受けるよりも、彼と等しい立場で、彼の素顔に接しながら、その鬼才ぶりを称えたい思いに駆られるのである。

やっぱり彼は、個人技の人だと思う。誰にも遠慮せず、気がねせず、思うままに弾き、唄ってほしい。もっともっと、そうして欲しかった。

もうひとつ、ピアノと並ぶくらい、彼のオルガンもすごい。ああ、もうこういう大物は現われなくなった。どの社会でも、人間たちは平均化し、小物になっている。喜ぶべきか、哀しむべきか。

暗黒街の顔役――これに惚れて映画に溺れた

私が子供の頃見た映画でもっともシビれたものの一つがこの『暗黒街の顔役』で、それが今、ビデオで見られるのだから嬉しい。もっともこの映画は製作者のハワード・ヒューズが大破産して、彼の作品をユニバーサルに売り渡すまで、再上映されず、海賊版しかなかった。

製作年度は'30年。エムパイアステートビルが世界一の高層ビルとしてニューヨークに建った年だ。以来、ニューヨークは世界を代表する近代都市になった。けれども内実は株価大暴落大恐慌で深刻に不景気だった。そうして'20年からの禁酒法を利して、ギャングがはびこる。この映画'30年に完成したが、封切は'32年である。丸二年近くも検閲当局ともめている。ギャングの行動が派手すぎて市民道徳を無視しているというのだ。

原題は『スカルフェイス』(向う傷)で、主人公のモデルといわれるシカゴの親分アル・カポネの仇名である。カポネが死んだのは'47年だから、この映画が作られた頃は全盛といってよい。私は'29年生まれだが、小学生の頃、カポネの名前は知っており、その行動が新聞に載っていた。カポネごっこなんという遊びをした覚えがある。日本でそのくらいだから、アメリカでは大スターで、生々しいのである。検閲側が神経をとがらすのもむりはない。

アメリカはもともと移民の国だが、この当時、移民の二世の時代だった。先住した英国系、フランス系が巾を利かせて社会を握っており、ユダヤ人、イタリア人、その他の小国の移民はこの国で利権を得るチャンスがもうなかった。母国でも恵まれなくて移民したのに、新大陸でも下層に甘んじていた。ギャングにもその色が反映しアングロサクソン系からユダヤギャングに、その後イタリアギャングが勃興してくる。そんなわけで、下層庶民たちが彼等の鬱憤のはけぐちとして、ギャングたちに無言の声援を送っているのだ。いかにギャングが凶悪でも、彼等だけでは永続しない。

で、検閲側も強硬だ。公開版は製作側の知らない場面が挿入されている。市長と市民代表がギャングの悪逆を語り合う場面がそれで、この部分の役者はキャストにのっていない。

ラストも、当局側によって、絞首台に歩む主人公の影を撮り、「奴こそ絞首刑だ——」といわせたりしている。現在のビデオは、世界は君の手にというネオンを眺めながら射殺されるラストだが、これが原型だ。アメリカでは州当局の判断によって、どちらを使うか定めたらしい。しかし他にもずいぶん手を入れられた。主人公兄妹の近親愛の場面もカット。兄が妹を殴った後、抱きしめてキスする場面もあったらしい。千ドルもするランプを女に買い与える場面もカット。ギャングがそんなに気前よく見られてはいけないということらしい。

同じように検閲並びに婦人団体ともめ続けて、一部撮り直しした映画が同年にあった。不具者たちを多数登場させた『怪物団』（フリークス）がそれで、トーキー初期の映画人たちは、持ち前のオッチョコチョイ気質で、世間のタブーにどんどん足を突っこもうとした。その勢いが牽制されなかったら、映画はどんな方向に発展したか、それを考えると血わき肉おどるような気分になる。

製作者のハワード・ヒューズも、監督のハワード・ホークスも、それぞれ金持の坊ちゃんで、このクラスにありがちな頽廃に対する感性を持っていた。そのうえに凝り性でもあった。後々まで問題ばかりおこすが、映画会社のシステムなど無視する。この映画も彼等の独立プロで、大会社の作品ならもっと弱腰になっていたろう。しかし何はともあれ、映画は凝り性が作らないと面白くない。

当時スターは大会社専属制で、だから有名俳優は使えない。ポール・ムニはニューヨークの舞台で老け役をやっていたのをひっぱられたらしい。ギャングスターというと、ジェイムズ・キャグニィやエドワード・G・ロビンスンの方が通りがいいけれど、私はこのポール・ムニが好きだった。移民の寒々しい面つきが、なんともいい。近年リメークされたアル・パチーノの『スカーフェイス』とくらべて、顔がちがう。この当時、まだアメリカは人種の混合があまりなされておらず、それぞれが種族をはっきり顔形に出していた。現今は、混合しすぎて、どれもこれも特長がうすらいでしまっている。

北地区の親分になるボリス・カーロフは、この映画の後フランケンシュタインに主演するわけだが、この映画でも怪物もどきののそのそ歩きをしている。殺されるロボ親分になるオズグッド・パーキンスは、サイコなどのアンソニー・パーキンスのお父さん。私の記憶では、この映画の後いくばくもなく白血病で世を去ったと思う。

他では二人の女優がいい。情婦のケアレン・モーレイは、あばずれの艶っぽさを柔かく出し、妹役のアン・ドヴォラックは、多感な移民少女をヴィヴィッドに演じて、共に色をそえている。彼女は以後、ギャングの情婦役の代表の観があった。

トップ・ハット――ダンス映画のベストワン

フレッド・アステアは一八九九年の生れだから、たった一《(ママ)》年だけれども前世紀の人なのである。そうして年齢が数えやすい。近頃のミュージカルファンにもおなじみの『イースター・パレード』が四十九歳、『バンドワゴン』が五十四歳、『絹の靴下』が五十八歳のときの作品だ。これらもそれぞれ面白い映画ではあったけれど、なんといっても烈しいタップダンスを踊るには、年齢的体力的に盛りを越えていた。彼の全盛期はその前のＲＫＯ時代、つまりジンジャー・ロジャースとコンビを組んでいた昭和十年代の頃なのである。

　ブロードウェイでコンビを組んでいた姉のアデールが結婚して、パートナーを失ったアステアがハリウッドに来たのが三十四歳の時、これから四十歳までの間に十一本のダンス映画に出て、そのうちの九本をＪ・ロジャースと共演している。その頃の人気というものは今のお方に説明がむずかしい。世界中をアステアのタップが席捲した。ちょうど戦争の暗雲が拡がりだしたときで、ダンスのような完璧なナンセンスが、その重苦しさを一瞬忘れさせてくれたのだ。この『トップ・ハット』は、彼等の映画の中でも最高作である。

二十年後に作られた『バンドワゴン』の開巻に、往年のスター、アステアが使用したシルクハット、スティック、ホワイトタイなどを競売にする場面があるが、あれはこの映画の楽屋落ちで、〃トップ・ハット・ホワイトタイ・アンド・テイルス〃というナンバーを踊って以来、アステアの商標になった。ダンシングボーイがからむ彼のソロがすばらしい。彼の抜群のダンス技術のために、彼がもっとも高度な芸を見せるのは、どうしてもソロになってしまう。

開巻まもなくのホテルの部屋でのソロも楽しい。〃ノウストリングス〃という曲で、独身を謳歌する。真下の部屋のジンジャーがうるさくて眠れずに抗議しに行く。ひと眼惚れしたアステアが、今度は子守歌代りに部屋に灰をまいて、ソフトシュウタップを踏む。導入部の役割を自然にはたしているいいアイディアだ。

公園で雨やどりしながらジンジャーに唄いかけるアステアの〃素敵な雨の《イズント・デイス・ア・ラヴリー・》日《ディ》〃、私は子供の頃、この映画を観たとき、こんないい唄で誘われたら、自分が女ならイチコロだなァと思ったものだ。以来、十回以上観ているがいつもそう思う。作曲はすべてアーヴィング・バーリン。古賀政男を明るくしたような流行歌ヒットメーカーだが、アステアとは特に相性がいいようだ。

ロマンチックなのは、二人が正式にドレスアップして踊る〝頬寄せて《チーク・トゥ・チーク》〟この曲もスタンダードとして今日もよく演奏されるが、アステアの曲はほとんどスタンダードになっているのではなかろうか。彼の歌はなんとなく素人風だが、よく聴くと洗練度があり、独特のうまさがあって捨て難い。それに対してジンジャーは、唄も踊りもうまいとはいいがたいが、特に踊りはジャジィなビートがあって、個性的だ。その点で歴代のパートナーの中でも、出色の存在だと思う。多くのパートナーは、ダンス場面ではアステアに負けまいとして、どうしても一生懸命になってしまうのである。

ストーリイはどうということはない。ダンス場面の感動を邪魔しないような軽い筋がよいのである。主人公二人をとりまくコメディリリーフが充実していて、マネジャー役のE・E・ホートンは例によって他人より三分ほどおくれて事態を呑みこむ癖があり、召使ベイツのエリック・ブロアは自分こそ英国の伝統を受けつぐ正統召使と思いこみ、色仇のエリック・ローズはイタリア式洒落男を戯画化している。いずれもアステア＝ロジャース映画の常連だ。ホートン夫人のヘレン・ブロウデリックは、『ハイウェイパトロール』などでおなじみのブロデリック・クロフォードの実のお母さんである。ついでにいえば、ロンドンのホテルの花屋の店員が、『アイ・ラブ・ルーシー』のルシール・ボールの駈け出しの頃の姿。

アメリカは第一次大戦を無傷で勝側に廻り、おおいに国力を伸ばしたが、それでもまだこの当時は、移民でできた新大陸、という印象が残っていた。住民もヨーロッパ志向と劣等感がないまぜになっており、したがって映画の中でも、何かというと主人公をヨーロッパに行かせる。ミュージカルのように夢を謳うものは特にそうで、この映画もその色が濃い。本場はロンドン、金持の歓楽場はパリかローマ、ヴェニスという頃で、映画館の客は讃嘆の眼でスクリーンを眺めて満足していた。

アステアとジーン・ケリーと、どちらが好きか、という設問がミュージカル映画ファンの間でよく話題になる。評価はお好みだから、どちらでもいいのだが、大体において中高年層はアステア、青年層はジーン・ケリーとなるらしい。典雅なアステア、躍動的なケリー。しかし先駆者の方が困難な道だったと思う。アステア以前のダンス場面といえば群舞が主で、ましてダンススタアなんて想像もできなかったのだ。天才アステアは、五十年後の今日見ても古びていない。

筒井康隆『不良少年の映画史』解説

忘れもしない、昭和五十三年二月号のオール読物が送られてきて、目次を眺めると、不良少年の映画史、筒井康隆、というタイトルが眼に入ったとたんに、うわァ、と頭をかかえた。先にやられちゃったァ——。私もこんなふうなことをいつかやろうと思って、まだそのときは題名など考えていなかったが、やるとするとこれに近いタイトルになったのであろう。しかも第一回にとりあげられた映画が、モンティ・バンクスの『無理矢理ロッキー破り』！

すっかりウレしくなって、筒井さんに手紙を書いた。筒井さん曰く、それではせめて、このシリーズが文庫になった時に、解説でも書いてくれませんか。それは喜んでやらして貰いましょう、と私はいった。

名古屋の森卓也さん、小林信彦さんもそうだったが、私もこのシリーズのシンパのような気分で、筒井さんが古い映画を再見するのにつきあったりし、映画談義を楽しんだりした。

その約束が今も生きていて、この小文を記すことになった。が、どうも、今、全体を再読してみると、少年から成人しかかる頃の作者の精神史と映画そのものへの愛着とが、まことにうまく混ざり合っており、この種の読物として完璧の出来栄えである。こういう本に解説など不要であるし、はじめ、おこがましくも作者の後衛に居て、洩れ飛んできた球をはじきかえそうというつもりだったのが、てんで球なんか洩れ飛んできやしないので、やることがなくて私は今困惑しているのである。

仕方がない。こうなれば、私は私。筒井さんの映画史にのっとりながら、私の勝手な一文を記すとしよう。

第一回目のモンティ・バンクスで、どうしてウレしくなったかというと、このコメディアン、けっして一流の人ではないのである。チャップリン、キートン、ロイド、マルクス兄弟、ローレル＝ハーディを一流とすると、二流、いや三流であろう。前記の人々のように傑出したパーソナリティを持っておらず、その場かぎりのお笑い芸だった。そのかわり、その場かぎりのサービスは満点で、スラプスティックの初等科のギャグが大量に詰まっていた。私が見たのは日中戦争の頃で、そのときの題名は『モンティの大陸横断』だった（多分それと同じ作品だと思う）。本文の記述にもあるようにモンティの主演作は他にも何本かあるが、いずれも三四十分のもので、当時のニュース映画館の添え物のあつかいで上映されていた。誰かが喜劇スターを列記したところで、まずモンティの名前はあがらなかったろう。作者も、喜劇の大物を知る前の体験として記しているが、私は作者より年齢が少し上だから、チャップリン以下もそのときすでに知っていた。私は逆に、マイナー趣味で、けっこう笑えるのにパッとした存在にならないモンティに感情移入していた。

それから五十年もたって（私自身が平素はモンティのことなど忘れている頃）まさか、彼の名をタイトルにして一文を草する人が出てくると思わなかった。その名前をタイトルにする人が出てこようとは、モンティもって瞑すべしである。そうしてまたそのかたわらで近親者のように感情移入した私も嬉しがっているのである。

しかし、連載されていたこの読物を毎月楽しみに読み進んでいくうちに、実にどうも、その作品選択のユニークさに半分呆れかえった。PART1、PART2を含めて、計四十本の映画のうち、東西の喜劇が十六本もある。うちエノケン物六本、エンタツ＝アチャコ物三本、ロイドが二本ある。そうして、キングコングやターザン、鳥人タルマッジや丹下左膳のような荒唐無稽の娯しさを主軸にしたものを加えると優に半数を越してしまう。いや、ほとんど全部が多かれ少なかれ筒井式美学に掬いとられた作品ばかりである。その系列からはずれているように思えるのは、チャンバラを期待して行った『鯉名の銀平』、ドタバタ喜劇かと思った『ドン・キホーテ』、学校から引率されて観た『にんじん』、二歳のとき観たという『隊長ブーリバ』、子役になりたいために、子役がどの程度のことをやっているか観るつもりで『軍使』『路傍の石』の二本。それぞれ理由がついている。阿部知二原作の『冬の宿』は大学生になってから観たそうで、これとても作品の人物に自身の投影をかすかに感じて気になったらしい。が、これが系列をはずれたたった一本といえよう。

誰にも個人的な映画体験の歴史のようなものがあるにちがいないが、ここまで徹底して特長的な作品群になるまい。私にしたところで、ナンセンス喜劇は人後に劣らず好きだけれど、私の映画史には、筒井氏嫌うところのしかつめらしい名作や、じめじめした悲劇がどうしても混じってきてしまうだろう。

だが、こうでなくてはいけない。すくなくとも小説書きの記す個人的映画史は、峻烈な個人の物尺だけで計られている必要がある。

計四十本のうち、日本映画が十八本。そのうち岡田敬の監督作品が五本ある。もしかりに大天災でもあって、映画や映画史の本がすべて失くなり、この本だけが残ったとしたら、岡田敬は日本を代表する名監督ということになってしまう。そう思うと実におかしく、また嬉しい。

実は私はこの岡田敬監督にも感情移入していて、私としては他人事でない気が今でもするのである。というのは、喜劇専門のB級監督というレッテルのついたこの人は、戦争中など、識者の評家連中には、日本を堕落させる大愚劣監督のようにいわれていたのである。先輩の斎藤寅次郎監督には昭和初期、松竹蒲田時代に喜劇の神様という尊称が奉られていて、まだ業界内での力があった。そのあとに出た岡田敬などはそういうキャッチフレーズがないので、戦時体制の渦に巻かれるとひとたまりもない。太平洋戦争初期の『エノケンの水滸伝』を最後に東宝を退社してしまう。私は中学生だったが、当時の映画旬報（キネマ旬報）の消息欄にたった一行、そう出ているのを哀しく眺めたものである。

岡田敬についてもう少し記すことをお許しください。彼は日活時代劇叩き上げの監督で、それから二流会社の大都に移り、腐っていたようだが、どういうわけか昭和十一年、ＰＣＬ（のちの東宝）に復活した。伏水修（ミュージカル志向のあった人で当時珍しいタイプだった）と共同監督だが、この本でもとりあげている『あきれた連中』が入社第一作。しかも彼にとって初のトーキーである。不思議な人で、喜劇でも作品の出来にムラがあり、エンタツ＝アチャコ物を作らせるとうまい。逆にエノケン物は総じて愚作になる。エノケンとは親交、というより取り巻きの一人だったらしくて、エノケン秘蔵の日本刀を拝み倒して拝領するなり、三円五十銭ぐらいで質屋に入れて流してしまったとか、逸話が残っているほどなのだが、なぜか水が合わない。

当時の評価パターンでは、喜劇の監督などは、ただそれだけで（半分マイナスの）

レッテルとなり、誰もそれ以上に穿鑿(せんさく)しない。ただムラで、投げやりな面などが目立つ。私は、この人は、英雄《ヒーロー》物語が体質に合わないのだとにらんでいた。エノケンは小男で美男とはほど遠いが、彼の映画は、それが逆転する英雄《ヒーロー》劇なのである（それゆえ庶民に受けた）。けれども会社は喜劇の監督ということで、何度もエノケンと岡田敬を組み合わせる。駄目だよ、それは双方にマイナスだよ、といってやりたくて、感情移入するという運びになる。エンタツ＝アチャコの映画は徹底的にノーヒーローの映画なのである。金語楼の映画も然り。岡田敬は彼等を使って、ナンセンス劇を作ると妙に颯爽としてくる（この本にはまだ記載されていないが、『金語楼の大番頭』という小品だが金語楼最良の傑作がある）。『ロッパのがらまさどん』もノーヒーローの喜劇だった。

〝喜劇の神様〟斎藤寅次郎の方が、東宝入社後はお笑いスターシステムに乗った人情喜劇のパターンのくりかえしで、実に低劣な仕事のくりかえしだったたと思う。そこにいくと、岡田敬は、くっきりと自己の特長を出していた。ただB級監督だったから仕事の選択ができず、作品のムラでそのことを証していたにすぎない。彼は英雄劇ばかりでなく人情物も駄目だった。ただ無性にナンセンスに徹した。駄作を作ることで自己を現わすという存在は珍しいし、それが彼に許されたわずかな強い姿勢だとすればまことに哀しい。

こういう監督が戦時体制に合うわけはないので、最後の『エノケンの水滸伝』も予想にたがわず無惨な出来。東宝をやめて消息をきかなくなって以来（直後に大映でB級を一本とったかと思うが）、岡田敬はどうしてしのいでいるだろうか、と私はずっと案じていた。中学生のくせに。

あんのじょう、というか、その後の彼の消息は、後年になって芸界の人に訊いてもはっきりしない。未亡人が、上野の寄席に勤めていたという噂もあったが。

それで、五十年近くもたって、筒井さんがここに大きくとりあげてくれたということが、私には感無量なのである。

まだウレしくなるところは数々ある。エノケンの歌唱力が評価されている。なぜウレしいかというと、以前はエノケンの唄は悪声と粗雑の見本として物真似などであつかわれていたのだ。まァ自身でジャズも奏する筒井さんだから当然の評価ではあるが。

なにしろ日本では連綿として喜劇及びナンセンスなものに対する蔑視があるから、したがって、この分野の優劣を見定める眼も発達しなかった。現今は逆に、ナンセンス過剰でいささか世紀末ふうになっている気もするけれど、こういう本で昔を思い出すと、いささか感慨がある。そうしてこの時期の喜劇にたずさわる人は気の毒だったと思う反面、そこにあぐらをかいてしまえば、チョロイものだったかな、という気もする。

エノケン一座でも、柳田貞一（この老役者を著者が好いてくれているようなのも嬉しい。彼の端正で張りのある江戸弁はもう今では失われてしまった）と、如月寛多輩とを一緒くたに考えられては困るのである。初期のエンタツの動き、アチャコの受けの芸を、凡百の漫才芸と一緒にされても困る。困るといったって、それで世の中が変るというほどのものではないが。

ジーン・アーサーの木綿の手ざわりのようなよさが、盛りの頃、都会劇に生かされるとまことに独特の洗練を感じさせ、大仰にいうと当時のアメリカというものを肌で実感させることになる。ジョーン・ベネットの、桃の実のように柔かい美しさ、それが後年、悪女を演じると、いいがたい不思議な迫力を感じる。理屈でもなんでもなく、作品の価値と無関係のように見えるけれども、映画というものは不思議にそういうことが大きい。この二女優に限ったことではないけれども、しかしそういうことを感じさせない凡百の女優さんが多い。

ところで、そういいながら、私はその凡百の方にも感情移入をしてしまうので、実に手広くいそがしいことになる。この本でさかんにあつかわれている荒唐無稽ふうの映画は、本来、第一級のキャストが組まれるわけはない。落ち目のオールドタイマー、売り出しそこねた新人、あまり戦力にならない脇役者、洋の東西を問わず、これが常識である。喜劇もこの例に洩れない。『ロイドの巨人征服』の色敵がジェイムス・メイスンだとこの本で教わって、えッ、と驚いたが、彼、察するにアメリカで芽が出ず、イギリスに帰ってから成功したのであろう。

で、かつての私は、ほぼ不成功者に近い凡百の諸優の哀しさを観に、それらの映画を観に行ったのでもあった。『キング・コング』のフェイ・レイ、ブルース・キャボット、ロバート・アームストロング、然りである。いずれも映画歴は長いが、ずっと二線級の道を歩いている。R・アームストロングなど、渋い人だが、ともすればキワ物あつかいで、戦時中は東條英機に扮したりもしていた。

こういう存在はいくらでもある。セシル・B・デミルの入婿で出世街道必至と思われたヘンリイ・ウィルコクスンや、英国出身の重厚な二枚目アイアン・ハンターが、ターザン映画の脇に出てきたりすると、ああ、と私もうなだれるのである。B級西部劇の老優ランドルフ・スコットも、新人の頃はA級映画に出ていたのであるが、天才子役テンプル映画の二枚目を演ずるにおよんで、本線をはずれたと察しがついて、これが甘ずっぱく哀しい。それでなんとなくそういう役者に親近感を抱く。私の場合、映画を観まくっていた十代の頃は、そういう感傷に浸ることが別趣の興味になっていた。

それとは少しちがうが、著者がムチャクチャな話だといっている（まことにもっともだ）『歴史は夜作られる』の嫉妬に狂う大金持を演じるコーリン・クライブ。彼はA級作品のパリパリの色敵役者だったが、この映画完成直後、妻との三角関係で嫉妬に狂って、拳銃自殺をしたと記憶する。この半狂乱の人物をちゃんと演じきったとすれば大変な演技力だ、と著者は記しているが、演技力だけではなかったのかも。この映画、ディスクで発売されているので今も観れる。そのつもりで御覧になると鬼気を感じるかもしれない。

同様、ヴィデオが出ているので、エノケン映画についてもう少し記す。『ちゃっきり金太』の娘役山県直代について、著者はその起用に首をひねっているが、彼女、PCLでは新人として売っていたが、松竹蒲田、日活、マキノ、新興など転々としたわりに古い女優さんだ。私も著者とほぼ同意見なのだが、なにか内部の事情があったのかもしれない。著者がその代りと推している宏川光子は、エノケン一座の娘役（『法界坊』では舞台の持役そのままヒロイン役でエノケンとデュエットしている）。デコミツという通称で、私なども子供の頃からごひいきだった。

ちょうどこの『法界坊』映画化の時期だったと思うが、エノケンは宏川光子にほれていて、さかんに厚遇したという。ところが宏川光子には一座の若手の水島道太郎という恋人があり、エノケンになびかない。ついにバレて、エノケン座長怒った。水島道太郎はそれで一座をドロンして、大都映画に入社する。その大都が日活と合併して大映となり、五所平之助監督の『新雪』で月丘夢路の相手役に起用され、これが大ヒットしてスタアへの道が開けるという、波乱万丈の幕内話がある。

ついでにもう一つ、著者が、どうして彼がさかんに起用されるのかわからない、と首を傾げている市川朝太郎という白塗り役者について。お説のとおりの大根だが、彼はたった一つ、映画史上に残る仕事をしている。トーキー初期に、新人で、伊丹万作監督の傑作といわれる『忠次売出す』に主演しているのである。おそらく、トーキー初期で舞台出だから、大過なくセリフをこなしたというところなのであろう。私はそれを見ていないが、彼の名前はいっとき、センセーショナルであった。その後鳴かず飛ばず、PCLに移って、喜劇物の二枚目などやっているようでは、つまり下降線だったということになる。たしか戦後すぐに病死したと思う。

以上、フォローにもならないことを書き連ねたが、私はこのシリーズのPART3、4とずっと続くものと思っていた。きくところによると、ヴィデオテープが出廻る時代になって、その必要なしと著者が判断したからだとか。

筒井さんは、ただの映画案内に堕することを快しとしなかったのであろう。けれども、ヴィデオで古い映画が出廻っていればこそ、古老だけでなく現代の若い人たちにも、面白く読めるものになってきたともいえる。このままでは、なんとなく惜しい気がするのは私だけだろうか。

（〝文春文庫〟昭和六十年十月刊）

6　交遊

有馬さんの青春

西荻窪の駅のそばに、こけし屋という喫茶店があって、有馬さんは戦後まもない頃からずっと後年まで、ここでコーヒーを呑むのが日課のようになっていた。毎日、それも歩いて十分ほどの自宅から、午前と午後、二度もやってくることがある。そうして濃いブラックコーヒーを二杯ずつ呑む。

その店でなければ、というほどの強い理由もなかったはずだが、なにしろどこにでも雑に出かけていく人ではなかった。コーヒーはこけし屋、というのが有馬さんの日常の中で定着し、そうしてその店に居る三十分ほどが、楽しい静謐な時間になっていた。

有馬さんは酒をたしなまなかった。このことはその生涯を通じてとても大きなことだったように思われる。酒呑みのように軽い気散じができない。一見、趣味人に見えたが、何事にも、いささか奇嬌なほど、正気で、まともに対していた。そうして、酒の代りに、睡眠薬をその位置に据えた。

有馬さんは、元久留米藩主という大仰な自分の生家に対する葛藤を絶えず内包させていた。元貴族にただ甘んじていられない。父上頼寧氏も人道主義を標榜した人だったが、有馬さんもある時期は蕩児をきめこみ、ある時期は志願して戦場に行った。それらはいずれも一種の家出だったと思われる。そうして戦後の動乱の時期は、プロ野球の選手になったり、アコーディオン弾きとして新国劇に参加したりした。なんとか庶民のように軽妙に生きようとして、どこかやっぱり観念が先走っている恰好だった。戦犯に擬せられて父上は隠居していたが、有馬さんは、後継の当主としても、家柄を打消す仕掛人としても、なかなか形が定まらなかった。

　そもそもは友人に紹介されたのだが、私の母親がこけし屋の向かいで葉茶屋をやっていて、そんなことで私はこけし屋の有馬さんと頻々と会っていた。私はもっぱら巷の無頼談をしゃべって相手を笑わせ、有馬さんは、徳田秋声、丹羽文雄、あるいはフローベルなど信奉する人たちを例に出しながら自分の小説概念を語った。年少無頼の私などを相手にしても、熱っぽい文学青年だった。ひょっとしたら、巷の埃りのような私の、有馬さんとはちがう奇矯さ、動きの軽さを、うらやましく眺めていたのかもしれない。

　その時分、有馬さんは父上の隠居所の隣りの離れのようになった家に、若殿風の恋の結果、外から連れこんだ夫人とその娘の三人暮しをしていた。夫人はまだ有馬家から正式の待遇を受けていなかった頃だと思う。有馬さんは自分の勲章をあつかうように夫人を愛し、自分の家族を橋頭堡のようにして有馬家の中でがんばっているふうだった。そうして同時に、内心では、家を出て文学の世界に移り住もうとしているように思えた。

有馬さんのひきで私も〝文学生活〟という同人誌の末席に加えてもらったが、その雑誌に発表した短篇を集めた〝終身未決囚〟という一冊の本で、有馬さんは直木賞を受け、文壇の人になった。表題の一篇は自身のことを記したものではないが、なにか象徴的で、終身決着しないものに対する関心がいつもその底にあった。有馬さんの文学は、身分とか特権とかいうものに対する義心から発し、新世界を築こうと指向するふうのものでありながら、何をやっても貴族の異端児ふうになってしまって、肩書抜きの人間の動きになりきらないうらみがあったように思う。それをもっとも痛切に感じていたのは他ならぬご当人であったろう。私なども、この時期の有馬さんに、先輩後輩の域をこえて心を寄せていながら、その苦衷が観念的にしかわからず、先輩の小説は概念的だなァ、と思ったりしたこともある。

しかし、有馬さんは表面まだ若々しく、小説造りに熱中していた。有馬家の中では、ただの若殿でなく、新進作家という立場を得たのだった。なによりそれが気持をなごめたろう。けれどもその一方で、気楽になることがますますできず、薬が異常に増えた。直木賞受賞後二三年のあたりで、すでに、薬のための言語障害や歩行不全におちいった夜がある。そのたび病院にかつぎこまれ、睡眠療法などで軽度の中毒段階まで戻し、数ヶ月かかっていささかの生色をとりもどす。しかし、徐々にまた薬の量が増えていって元の木阿弥になる。

私も偶然訪問した夜、主が病院に連れ去られたあと、書斎の座卓の上の大皿に盛られた白い錠剤の山を見て、息を呑んだおぼえがある。生色をとりもどした有馬さんは、照れたように笑うばかりでとりあおうとしない。

薬は熟練工だから大丈夫、という。しかしこの二十年ほど、明るい積極的な時期をはさみながら、何度か極限の状態に沈んだ。そうして結局のところ、年ごとに痛々しく、次第に生色を失っていった。

直接の後輩として長いつながりだったから、思い出は数限りなくある。しかし私としては若々しかった時期の有馬さんのことがひとしおなつかしい。その晩年、特にこけし屋に現われなくなってからの最晩年のことは書き記したくない。記すにしのびがたい。

直木賞受賞の翌年だったかと思うが、当時小雑誌の編集部に居た私が、小説を依頼した。期日になって、書いては見たが、駄目だ、発表できない、という返事が来た。

「何故、発表できないんですか」

「材料に負けた。どうしても料理できないんだ」

「とにかく読ましてください」

「いや、こりゃァ小説じゃない。生すぎる」

と有馬さんはいった。とにかくもうひと晩おいて考える、ということだったが、翌日、夫人から電話で、昨日から戻らない、という。夫人の声がややうろたえていた。薬のことでデスペレートになっている場合があるので、私も早速飛んでいった。あんのじょう、薬が持ちだされている。

〝空白の青春〟と題した原稿が机の上においてあった。一読して、凄い、と思った。南方戦線で餓死線上を徘徊した男が、やっと復員し、やはり職もなく巷の底をうろついた末、膵臓の大発作で苦悶して死ぬ。その束の間の期間に行きずりの女とおこなった性交渉の日記をもとにした短篇である。日記自体は簡単で、性行為の種目がFとかCとか暗号で羅列されている。

三日ほどして蹌踉《そうろう》として帰宅した有馬さんをつかまえて、傑作だ、とくりかえした。かっこなしの現実、かっこなしの男の生命のようなものがここにあり、これが生で小説でないというなら、それこそ――、というふうに、私は昂奮してとてつもなく生意気なことをいった。多量の言葉になったが、先輩の心を傷つけずに意を伝えにくかった。そうして私は涙を流した。

有馬さんは、つと立ちあがって、戸棚からウィスキーの瓶を持ってきた。

「――おや、酒がこの家にあるなんて」

「なんとか酒をおぼえようと思ったが、駄目なんだ。全部呑んでいいよ」

私はストレートで二三杯、続けてあおった。

「――おい、しかし、本当に、そう思うかね」

「ぼくは直接、胸にひびきましたよ。全幅の読者になりました。はじめて」

有馬さんは私を眺めていた視線をはずして、長いことだまっていた。

あれは傑作だったと思う。有馬さんの作品というと、今でもまっさきにあの短篇を思いだす。


（「早稲田文学」昭和五十五年九月号）

藤原審爾さん※

藤原さん。

とうとう、お別れのときがきてしまいましたね。

本当に、死というやつは理不尽で納得のいかないもので、これが自分の死だったらなんとかあきらめがつくのですけれど、まさかあの藤原さんが死ぬなんて、ただ茫然と立ちすくむばかりでまだその現実に慣れません。

なにしろ病気の問屋のようで、肝、腎、膵、胆囊、肺、糖尿、ジフテリアだの腸チフスにまでかかり、身体じゅう手術のための傷だらけ、そのたびに不死鳥のように蘇生してきた貴方だから、

「細く長く、結局は藤原さんが一番長生きしそうですねえ。我々はみんなくたばっても、藤原さんだけ、ちゃァんと生きてて死水《しにみず》をとってくれたりして」

なんて、なかば本気でいっていたのに。

だから今度だって、

「なァに、あの人は肝臓なんかとっちゃったって生きてる人だから」

そう皆にいって笑ってたんですよ。

肝硬変だって、数年前に医者にいわれて、掌なんか梅干色になっているのに、ちょうどその頃、石川県鶴来《つるぎ》の名酒〝菊姫〟にほれこんで、二十年来やめていた酒をまた呑みだしてしまったりして。入院してからだって医者のいいつけはほとんど守らず、煙草はスパスパ吸うし、病院の食事は喰わないし。

昔から、そうなんですよね。三十年ほど前、阿佐ヶ谷の河北病院に入院していて、面会謝絶で、そこを押してぼくが入っていくと、看護婦が部屋から出て行ったすきに、

「色ちゃん、ちょっと行こう――」

って、ゴム草履をつっかけて、部屋の窓から二人で植込みに飛びおりて、パジャマのまんま新宿に呑みに行っちゃったことがありましたよね。

そのまた数年前は、国立の病院で一か八か、片肺と肋骨をとる手術をして、心臓が丈夫なおかげでなんとか手術室から生還し、その二、三日後からベッドで寝たまま原稿を書きだし（経済的理由で）、痛みをこらえるためにヒロポンを打って、とうとうポン中毒になっちゃったという無茶をやったり。

病弱の人は摂生するから長生きするというけれど、藤原さんのは病気のうえに不摂生で、それで人一倍の仕事をしてね。

うんと昔、君は寝てばかりいるから駄目だ、って叱られたことがありましたっけ。
「寝るのは一日おきぐらいでいいんだよ」
藤原さんの、ちょっとお出《いで》よ、というのは有名で、また寧日なく誘いがくるんだから。ぼくのところは電話をおいてなかったので、電報で、
急用アリ、スグ来ラレタシ、
行くと、すぐに麻雀。それであとで話があるかと思ってると、
「色ちゃん、どうかね、勉強してますか」
「駄目です、あいかわらずで」
「まァいい。なかなか思うようにはいかないものね」
それだけ。
麻雀で徹夜して、どろどろになって自分の巣に帰ってきて、三、四時間、うとうとしていると、電報が来て、
顔ヲ洗ッタラ、スグ来ラレタシ、
藤原さんは一日おきに寝るという人だから、その間に新聞小説を二、三回書いて、麻雀卓の前にもう坐っていて、
「さァ、やりましょう――」
ぼくの方は勉強するヒマがないですよ。

こちらもズボラだから、電報ぐらいじゃ行かなかったりすると、タクシーでぼくの家まで迎えに来るんだもの。

藤原さんはとても照れ屋で、他人の家を訪問するなんてまずしない。それが、ぼくの父親が元軍人で怖い顔をして、

「うちの息子は、どこに行ったかわかりません」

なんていうものだから、大の苦手でしたよね。あるとき、ぼくが父親の居間の方から玄関に出て行くと、藤原さんが、父親かと思って、半身の姿勢ですぐ引き返せるように身がまえていましたっけ。

ぼくが後楽園の競輪場に居たら、藤原さんが不意に背後に現われて、

「ほうら、みつけた。勘がいいだろ」

それで拉致されたり。

よく遊びましたね。藤原さんも、肉親の縁にうすい人に特有の淋しがり屋で、ぼくが編集小僧の頃、藤原さんを旅館に缶詰にすると、その隣の部屋をもう一つ、自費でとってくれて、

「色ちゃん、ここで勉強しなさい」

なんて。それで当時、盛り場にビンゴという遊びが流行《はや》っていて、朝飯を喰うと、

「ちょっと、散歩してこようか」

ビンゴゲームの店に行って、凝り性だから、夜まで居続けて、へとへとになって旅館に戻って、また朝になると、散歩。まるで原稿ができず、それでぼくは会社にも帰れずに、やっぱり藤原さんと遊んでるのが楽しくて、ズブズブに一緒に居ちゃって。

思えばあの頃は、宿痾《しゆくあ》だった結核が奇蹟的によくなって、ひさしぶりにふっくらとした日常を満喫していた頃なのですね。病気の頃の凄いような美男ぶりが、肉がついて温顔になって来ていた頃で。

藤原さんは人集めが好きだから、以前からの友人もたくさん居たのだけれど、ぼくみたいな妙ちくりんな遊び人は珍しかったのでしょう。他の人はいずれもインテリだったから。藤原さん自体が、十代の頃からの早熟な不良少年で、やくざの親分の代打ちをしていたというから、共通の地肌もあったのですね。それで気易かったのだろうし、ぼくの方も、遊び人でありながらその世界を突き抜けている世にも珍しい人をみつけたという気で、うわッととりついて、いっとき、笑い方から日常のしぐさまで藤原さんに似てきちゃったり。

でも、ぼくはゲラゲラ遊んでいるばかりだったけれど、藤原さんは、病気の恢復《かいふく》とともに、生命の危機感を軸にした感性で書く私小説ふうの作風から転換するためのいろいろな勉強も同時にしていましたね。なにしろ精力的だし、努力家でもあるんです。あんなに遊びながら、一方で左傾し、情感小説と啓蒙小説を同時に書きこなしていったんで、人によってはそこを矛盾といったりしたけれど、ぼくはそばに居て、やっぱり大きな器だと思ったし、その矛盾が面白かったんです。

そもそも知り合ったのが、藤原邸で毎週日曜の午前中にやっていた社会主義リアリズムの勉強会のメンバーになってからで、そういうときの藤原さんの情熱的な、厚ぼったい魅力にひきこまれていったのですから。

ぼくも矛盾だらけの男だけれども、藤原さんは岡山の旧家の一人息子で、体質的には自分の身体の中側に神をおいていて、自分の感性に正直に生きようとしていた人だと思いますね。そういう人が、意志的に、自分の外側に神をおいて、社会的に生きようと努めているので、現実の行動にはいろいろチグハグなところが出てきますけれども、ぼくなんかには、首尾一貫したマルキストよりも、人間らしい生き方に思えるんです。

それで、そういうところにも魅かれて、藤原さんに、遊ぼうよ、といわれると、どうしてもことわれない、蜘蛛の巣にからまったようになってしまうんですよ。これは藤原さんのまわりの他の人もそうだったと思います。

ぼくが新人賞を貰ったとき、ぽっつり、静かな声で、

「——よかったねえ、色ちゃん」

「ええ、おかげさまで」

ぼくも照れずに素直な返事ができましたね。それだけの会話がまだ耳に残っているんですよ。

直木賞のときは、くっくっと笑って、

「まァ、貰うものは手早く貰った方がいいよね」

川端賞のとき、はじめて、真顔で、そばの知人に話す恰好で、

「〝百〟って小説はいいよ。色ちゃんはときどき深い仕事をするね。これで勉強好きだったらねえ」

それまでは、賞《ほ》められるのは麻雀のことばかり。はじめて小説書きとしての待遇をしてくれましたね。

でも、藤原さんは、きっと、ご自分の志向する大衆啓蒙小説に、ぼくを誘いたかったのではないでしょうか。貴方は切口上にそんなことをいわない人だし、ぼくの体質を見ていて、精一杯のことをやっているようだからしようがないと思っていたんでしょうけれど。

後年までやっていた藤原邸での文学塾に、ぼくも助手でよく呼ばれたけれど、そこで若い人たちに話す藤原さんの小説観、人間観は、むしろぼくに向かって語られているような気がすることが再々ありました。

現在のところ、ぼくはまだ自分のことで精一杯なのですけれど、この怠け者のぼく

が珍しく、今度ばかりは、藤原さんを失った大衆小説の世界で、もっとがんばらなくちゃいけないなァ、と思ったりするんです。

近年はもう昔のように、ちょっとお出《いで》よ、ということもなく、そのかわりたまに伺うと特にまた人なつこく話しこんで、なかなか帰しませんでしたね。

日毎に藤原さんの身体が病気に蝕まれていく気配がなんとなくわかって、心中おろおろしながら、それでも超人だから、地を這うようにしてでもなんとか生きていくんだろうと思って、それが腹水が溜ってきたという話でびっくりして飛んで行って、医者ぎらいの藤原さんに入院を説得しに行ったとき、別れしなに、

「色ちゃん、お互い長生きしようよなァ」

「ええ、そうしましょう」

「酒をやめろよ。無茶しちゃいかんぜ」

勉強してるかい、じゃなくて、健康のことばかりになった会話を、哀しく不吉にききながら、荻窪までトボトボ歩いたんです。

入院して、肝硬変じゃなく肝臓癌とわかって、感度の鋭い藤原さんにさとらせまいとして、皆が気を遣ったのですが、藤原さんはある程度、予知していたようですね。

病院のベッドで、

「チビに後援会ができてね。――よろしく頼むよ」

チビというのは末娘の真理ちゃん、つまり藤真利子さんの愛称で、女優さんの後援会に畑ちがいのぼくに何ができるんだろうか、と思ったり、あとのことを、とそれとなく言ってるのかな、と思ったり。

それで、ラークしか吸わない藤原さんが、ぼくのチェリーをすっと一本抜きとって、吸ったり。そのときはうっかりしていたのだけれど、あとで安岡章太郎さんが見舞いに来たときも、

「安岡の煙草が吸いたい」

といって一本吸ったそうだから、お別れの煙草というわけだったのですかね。

亡くなったとき、肋骨が何本かない藤原さんの肩幅が、玩具のように小さくて、この傷だらけの身体で、あんなに仕事をやりつめた藤原さんが痛々しくて。

ぼくだって、不摂生で身体はめちゃくちゃで、五十歩百歩、すぐにそちらに追いかけていくような気もしますが、こうなったら、なんとか一日でも長くがんばって、藤原さんの代役を、およばずながらこの世で果たしたいと思います。ぼくは藤原さんが手塩にかけて育ててくれた第一号ですからね。

藤原審爾さん。

さようなら。

山田風太郎さん

もはや三十年近い年月がたっているのであるが、昭和二十六、七年頃、私は小さな娯楽雑誌の編集小僧であった。

編集のことも出版界のこともほとんどよくわからない。なにしろ私の前歴が、警察の見方では、常習ばくちの巨魁というのだから、不思議な編集小僧である。前歴はすごいけれど、私は人見知りがはげしくておどおどしていたから、多分そうは見えなかったろう。

私は小学校の頃から常習のサボリ屋で、徹底的な不良とレッテルを張られていた。事実、またそうであったけれど、いわゆる不良少年のようにカッコよくも、意気がりもしていなかった。ただ学校へ行かないで、盛り場の隅っこに一人でしゃがんでいる。不良少年というより、ものぐさ太郎といった方がよいような按配だった。

中学を途中でやめて、ばくちの世界に入ってからも、その気配は色濃く残っていた。だから、ばくち三昧だが、東映のやくざ映画のように刃物沙汰に及んだり、仁義を切ったりしない。しごくおとなしい。もっとも、だから普通の不良少年より、ずっと悪質な面もあって、なにかの拍子に前非を悔いて正道に立ち戻るということもない。編集小僧の時期、外見は一応かたぎの風を装っていたが、まだ夜は暗黒街に足を入れていた。

その頃、山田風太郎さんのお宅にも、ちょくちょく原稿をとりにかよっていた。山田さんがまだ独身時代で、もう当時、新進気鋭の作家としてユニークな地位を築きあげていたが、まだ三十前だったと思う。

私はこの山田さんを眺めていて、はじめて、人の才能というものを具体的に眼にした思いだった。それまで、夏目漱石とか芥川龍之介、近くは太宰治とか坂口安吾とか、書物の世界で知っていた才能というものに、ごく身近で接したのである。

ファン、というと軽っぽい。尊敬、にはちがいないが、もっと特殊な気持である。私は、それほど年齢のちがわないこの作家を仰ぎ見るような思いでいつも眺めていた。すぐれた人、というものは、まるで私などとはちがうのだ、というふうにも思っていたし、そのすぐれた人が、私と同じように、酔っぱらい、たわいもないことに笑い転げたり、ただの人のように見えるところがなんだか嬉しい。

その両方の気持が入りまじって、私は、へんに固くなり、人見知りがとけず、口をつぐんで坐っているようなことが多かったように思う。

あるとき、一緒に行った先輩の女編集者が、山田さんを含めた推理作家のコンクールを誌上で企画し、競作をさせようという件を依頼に行った。編集者がわりに好んで考える種類の企画である。

話をきいて山田さんは怒りだした。

「人を競馬ウマのように使って、一、二着をきめようなんて、俺はそんな話はごめんだね。おことわりするよ」

私は直接口をはさんだわけではないが、女編集者のそばに並んで、うなだれた。礼を失するということがどんなことか、このとき肝に銘じたような気がする。

その頃だったと思うけれども、山田さんが麻雀をおぼえて、面白がりだした。メンバーが足りないと、私にもつきあえという。

麻雀というのは、実は私の前歴の中で、中心の位置を占めて居て、二十二、三歳のその頃で、いっぱしの修羅場をくぐっていた。それだけに心の傷にもなっていて、その当時、麻雀のまの字も、私は口にしなかった。夜の暗黒街ではともかく、昼間のかたぎの世界では、牌にも触れたことはない。

メンバーが足りないといわれて、仕方なく牌を握ったが、慣れた手つきで前歴をうたうようなことはしたくない。

それに、仰ぎ見るような山田さんよりも、私などがうまい手つきで牌をあやつるのは、山田さんの才能に対する冒瀆のような気がする。麻雀に関する限り、おぼえたての山田さんよりは私の方が能力があるにちがいないが、私はそんなふうにふるまいたくなかった。

私は、おぼえたての人の手つきで、のろのろとツモり、モーパイなどせず、手牌をメンツ単位に間をあけたりして、調子を合わせていた。

今考えると、これも相当に礼を失した行為だったと赤面せざるをえない。とにかく、たいがいの手はあがらない。あがってもあがらないのである。だからだんだん大きな手になってくる。よほど大きな手になったときのみ、ときどきあがる。

「へんだなァ、あんたはちっともうまくない。だけど、あがるとすごい手がついている。面妖な雰囲気があるね」

と山田さんがいったが、タネをあかすとこうなのである。もっともこのことは今まで口外したことはない。

山田さんは、今もそう量産型ではないが、その頃は特に寡作だった。作品数はすくないが、はずれがない。そのかわり時間がかかる。予定した月号にまにあわず、次号おくれ、そのまた次号おくれになることも珍しくない。

私個人としては、それでも少しもかまわない。山田さんの一番いいペースで、傑作を頂戴したい。しかし、雑誌の方寸があって、予定した期日に頂戴できるに越したことはない。私は、三軒茶屋のお宅まで連日かよい、いつも原稿を貰えなくて、むなしく帰るのだが、山田さんに限って、できていなくても無駄足を悔いる気持はなかった。

山田さんは選ばれた人間、私はただの男、そう思っていたのである。

それでも、たとえただの男でも、私は私で会社のために努力しなければいけない。山田さんに関係のない形で、なにか努めてみたい。

私は変なことを考えた。電車に乗って、ただ漫然と楽チンにお宅へ伺って原稿を貰うというのでは、私の努めるところがない。そんなことだから原稿が貰えないのだ。

私は出版社を出ると、走って、山田さんの家まで行った。神田から、三軒茶屋の先まで、汗みどろで走ったのである。

息も絶え絶えで、山田邸にたどりついて、それでもできていないと、まだ走り足りなかったか、と思う。原稿ができていると、山田さんのご苦労にいくらかでも参加できたという喜びのようなものが湧いてくる。

私は毎月、山田さんの原稿を貰う時期になると、一日じゅう走り廻っていて、他の仕事は何もできなかった。

あるとき、走っていって、そのせいか、原稿ができているといわれた。喜色満面で、とんぼがえりに帰路についたが、帰り道も、やっぱり楽に電車に乗るのがためらわれて、走って神田まで帰った。

死ぬ思いで社に帰りつくと、かんじんの原稿がない。嬉しさのあまり、山田邸に原稿をおき忘れたまま、走り帰ってきてしまったのである。

そして十年……

世の中に、不思議に思うことはいろいろあるけれど、これもその不思議の一つである。

どうして、山田風太郎さんが、小説の賞を貰わないのだろう。

山田さんの小説をつまらないという人に、私はまだ出会ったことがない。

面白いつまらないというい方でなく、いい、わるい、という物尺《ものさし》で計っても、皆、いい作家だという。小説雑誌を買う人は、百人が百人、文句なしに信用している作家なのではあるまいか。

山田さんはまだ学生の頃、推理小説の新人賞に当選した。それはもう四十年も昔のことだ。

当時、天才作家といわれた。以後、いつの時代にも傑作を書き、編集者からもてはやされてきた。山田さんに限って中だるみの時期はない。それなのに、賞の対象として、ぽっかり盲点のようになってしまう。

吉川英治賞、というのがある。今まで、この賞を山田さんが受けていないのが不思議でならない。

私は、明治以後の大作家を五人あげよ、といわれたら、その中に長谷川伸を入れる。するると相手は、ちょっと不思議そうな顔をするのである。

「夏目漱石と長谷川伸は、同じ範疇に入らないいんじゃないですか――」

比較できないというなら、漱石と鷗外も、露伴も、同じ尺度で計りがたい。小説はひとつひとつちがうので、厳密に比較などできるわけがない。そのへんを大ざっぱにして質問応答をしているので、範疇がちがうなどとこだわりだしたらきりがない。

話を戻すが、山田風太郎さんは、すごい作家だと思う。

そうしてまた、これまでのお仕事も舌をまくほどすごいが、山田さんは、まだまだ奥行きの深い人で、埋蔵する能力を寝かせたきりの部分があるような気がしてならない。

主として、編集者が、その発掘をおこたっている。

推理小説、忍者小説、あるいは近頃でいえば明治を材料にした小説の異能作家、という受けとり方でとまっているようだ。

山田さんは、諸事象を、ワイドな広がりの中で、しかも叙事的に捕まえられる人である。

そうしてまた、人間のかぐろい部分を、鑑賞的に捕まえられる人でもある。凸と凹と自在に眺められる人である。悲劇と喜劇と、両方、書ける人である。私が編集者なら、こういうすごい人を、小説雑誌の小説だけで放ってはおかない。この人専属になる気で、もっともっと多様な仕事をして貰うように努める。

私はある意味で、ずっと以前から山田さんの小説を、はるかな目標のようにしてきた。能力がちがうからどうにもならないけれども、はるか後方をおくればせながらくっついていこうと思う。

けれども、現在までのところ、山田さんにとって傍系の仕事の観があるエッセイの類は、完全に愛読者であって、真似しようにも真似のできない面白さである。

（「最敬礼の人たち」より）

川上宗薫さん※

五十年生きて、ずいぶんたくさんの友人ができた。私のように学校へ行かず、さりとて自分流の勉強にもはげまなかった男には、良い友達が一番の宝物である。

私は友達に恵まれた。チンピラ時代から現在まで、いつも、私よりも力や才能や、或いは人格や個性がすぐれた人がそばにいてくれて、広い意味での稽古相手になってくれた。まァ、私は大変に運がよかったのである。

と、ここまで書いたとき、川上宗薫さんから電話がかかって来て、飯を喰いに来ないか――と誘われた。

宗薫さんは友達というより先輩である。妙なことにずっと昔から先輩としてのつながりがあって、三十年近い前、故庄司總一さんや伊藤桂一さんたちの同人雑誌「新表現」の末座に加えてもらったとき、宗薫さんがそこに先輩として居た。

その雑誌は同人の数も多く、私も人見知りであまり同人会にも出なかったので宗薫さんとお目にかかった記憶はないが、私のはずかしい習作がのった号に宗薫さんの小説も並んでいた。芥川賞候補の常連でいろいろの人からすでにその才を高く評価されていた宗薫さんと目次で並んだのを誇らしく思った記憶がある。

その後年月がたって、酒場などでときおりぶつかることがあったが、ずいぶんと長いこと交流のきっかけがなかった。宗薫さんはいつのまにかポルノ風小説の大家になっており、私の方はばくち専科である。打つと買うとでは商売ちがいだ、といった趣が自然にできていたようだ。

念力でスプーンをまげるという外国人が話題になっていた頃、ある酒場で、突然声をかけられたことがある。

「君は、すごい念力があるんだって?」

「えッ——」と私は面喰《くら》った。

「いや、全然ないですよ。念力みたいなことはなさすぎるのが特徴なんです」

あとで考えると、宗薫さんは、私がよく出ッ喰わす幻視幻覚、お化けの類《たぐい》の噂を耳にして、念力という言葉を発したのかもしれない。けれども私の見る幻は、ただなんの意味もなく現われてくるだけで、それでスプーンが曲がるとか、何かを予知するとか、そういう能力的な要素はまるで無いのである。

それより以前に、私の方も宗薫さんに関して、おや、と思ったことがあった。宗薫家名物のピンポン野球である。実は私もずっと以前、自分流のピンポン野球に凝って中毒症状を呈したことがあった。私のは一人ゲームで、誰も居ない部屋でピンポン球を天井にぶつけ、落ちてくるやつをはたきの柄で打つ。壁の要所要所にライナーでぶつければヒットになる。実に退屈でひきたたない遊びだけれども、これが妙にやめられない。

風来坊だった頃、母親の店にときおり寄って飯を喰わして貰う。飯ができるまで、二階の小部屋でピンポン球を買ってきて遊んでいる。とうとうその部屋の壁をボロボロにしてしまったことがある。

宗薫家のは十五、六畳の球場にしている部屋があり、相手投手もいて、私のよりはるかにゲームとしての体裁がととのっている。しかし、たとえどうでもピンポン野球ではないか。これを週に五日はやっているのである。

おかしな人だな、と思った。そうして同時に、これはちょっと気になる人だぞ、とも思った。女体蒐集《しゅうしゅう》とピンポン野球との間にどういう関連があるのかわからない。わからないところが実にいいので、女体蒐集家としてもピンポン野球家としても本物に見える。

この前、銀座の「菊寿司」で落ち合って、じっくり話しこんでみると、ますます容易ならぬ人物であることがわかった。

宗薫さんは少年時代、ピンポン野球のかわりに紙相撲に熱中した。厚紙を力士の形に切り抜いて、小型の土俵の上で取り組ませ、まわりの畳をぽんぽん叩いて勝負をきめる。ちゃんと番付があり本場所が挙行され、力士名を名乗った無数の紙型が造られていて、その一人一人の性格や得意手まで宗薫さんの胸の中にたたみこまれているから感情がのりうつって本物とそっくりの昂奮を呼ぶ。

現在でも東京のどこかに紙相撲協会というのがあって、マニアが集まり、本場所が挙行される由であるが、私はこの種のゲームはあくまでも一人で遊ぶのが正式な遊び方だと思う。自分一人で、力士自身や観客やアナウンサーに次々に感情移入していくのが、えもいわれぬ楽しさなのである。

私は同じ頃、単語のカードで力士をたくさん造り、やはり番付があって、サイコロを振って勝負をきめ、その一人一人の出世や転落を眺めて一喜一憂した。細部はちがうが大筋は同じ遊びである。結果は勝ちと負けしかないけれど、この遊びになれてくると、そこに一人一人の全生活が集約されて見えてくる。そうなればこのゲームに中毒してきてとてもやめられない。私はこのゲームを推進させるのに時間を奪われて、寝食を忘れた。

当時、大戦争の最中であったけれど、宗薫さんも私も、こちらの方には乗り気でないだけでなく進んでサボタージュをきめるようなところがあった。当時、教練やその他の授業をサボるということは、その重たさにおいて、現今の同じ行為の比ではないのである。いや、戦争に狂喜乱舞していない人はたくさんいたであろうけれども、宗薫さんや私の場合、ちょっとちがう特徴があるのである。

私たちのは、選手と観客、それにアナウンサー、この三役を兼ねそなえられないものには興味を示さないのである。その中でも特に観客、観察者の立場が重要で、この三役を兼ねそなえた、つまり神の立場のようなものに固執するのである。

オリンピックは参加することに意義がある、というけれど、この言葉は私たちにとって何の意味もない。戦争は、選手になるしかないので、勝とうが負けようが、関心を呼ばない。

まことに身のほど知らぬ贅沢さなのであるが、その点に関して命まで賭《と》してしまうのだ。だから私たちの関心はおおむね、小さなスケールのものか、観念的に伸びひろがるものにしか向かない。ピンポン野球や紙相撲だけでなく、宗薫さんの女体蒐集も、私のばくちも、似た動機から出発した三役兼備の行為で、こういう種類のものにはひどくのめりこむ。

呑む打つ買うのうち、打つと買うに典型的に別れながら、体質が同じだというところが面白い。宗薫さんの女体蒐集は自分参加のオブジェなのであるが、こういう面から描いた宗薫さんのポルノ風趣味小説をぜひ読んでみたいものだ。

そして十年……

今、私は川上宗薫さんが住んでいた家に住み、宗薫さんが昇天した十畳の寝室で寝ている。未亡人の由美子さんの、未知の人に貸すのはいやだから、という言葉に甘えて移り住んだのだが、まことに宿縁を感じる。

宗薫さんが亡くなって、もう丸二年になる。世間の評価はポルノ小説の家元、という感じであろうが、そうしてまたそのとおりでもあるのだが（かりにポルノ作家だとしても類のない人で、宗薫さん亡き後、その穴を埋める人が居ない）、しかし偉い人であった。亡くなってみると、ひとしおその思いが強い。

私はいわゆる偉い人というものをあまり好きではないが、宗薫さんはちっとも偉い顔つきをしない偉い人だった。この点は田中小実昌さんと好一対で、この二人がとても仲がよかったというのも面白い。

そういえば田中さんも宗薫さんも、にぎやかなところが好きなようでいて、存外に交遊の幅がせまい。宗薫さんが一番尊敬し、私淑していたのが吉行淳之介さん、一番仲のよかったのが佐藤愛子さん、愛憎こもごもの長い交際だったのが水上勉さん、どこへ行くにも一緒だったのが菊村到さんと画家の浜野彰親さん、あと結城昌治さんと中山あい子さん、編集者時代からの村松友視さん、それに田中小実昌さんと私。文壇関係ではこのくらいではなかろうか。

この顔ぶれを見ても、宗薫さんの審美眼を感じるが、これだけの人々がいずれも宗薫さんの稟質《ひんしつ》を見抜いて交際していたのだから、友人に囲まれていたともいえるのである。

これも宿縁を感じるのだけれど、三年前のある日、まっ昼間に出歩くことなどめったにない私が、新宿の裏通りから明治通りに出たところで、渋滞している車の中に宗薫夫妻が居るのを発見して、

「おや——」

「今から検査に行くんだよ」

「何の検査——？」

「癌かもしれねえんだ。俺、きっと癌だよ」

私はドキッとした。そのまた二年ほど前に食道潰瘍の手術をしてからひどく痩せてしまい、わるい病気じゃなければいいな、と内心で思っていたからだ。

そうしたら二、三日後、

「色川さん——？」

といつもの声音で電話がかかってきて、

「俺、やっぱり癌だったよ」

「えッ——！」

「首筋に近い肩のところに、あるらしいんだ。早期発見ということなんだがね」

宗薫さんの小説そっくりの率直ないい廻しで、此方《こっち》の方がとっさにうまく対応できない。なんでもマッサージの人に指摘されて、すぐに検査に行ったのだそうで、早期という言葉に一縷《いちる》の望みをつなぐばかりだ。それにしても、リンパ腺の癌だということで、場所がわるいなァ、と思っていた。

まもなく入院、それからの癌患者としての宗薫さんは、見事というか、まことに彼らしい病気との闘いぶりだった。あんな癌患者は世界に類例がないだろうと思う。まず、〝俺ァガンだ、文句あっか〟という開き直ったような闘病記を書く。そうして病院内での奇行の数々。

私が見舞いに行ったときも、その計画の最中で、女子大生を病院のベッドで抱きたいという。点滴の針を腕に刺したままである。その筋に手配して女の子を呼び、その間、病室は内鍵をかけて、由美子夫人が医者を撃退するために廊下で見張るという形。そのことを雑誌に書いたりするから、病院の方でも心穏やかではなかったろうと思う。けれども、死に瀕した病人に、世間の規律などいっても無意味で、普通、病人はいろいろなことを我慢してあきらめてしまうが、宗薫さんはそこを凜として自分を通してしまう。死に際してまで馬鹿げたことをしていると思う人は、いずれ誰でもが死への道をたどるということを忘れている人だ。

佐藤愛子さんはこう書いている。

「川上宗薫の最後の九ヶ月は、死と闘った九ヶ月というより、死支度をした九ヶ月だったと私は思う。彼は死ぬために残ったエネルギーを使い果たさねばならなかった。エネルギーを使い果たすために、最後まで仕事を続けなければならなかった。その間の宗薫の苦闘を私は思う。――」

宗薫さんは死の二日前まで、原稿を書き続けていた。内容が混乱しはじめたことを指摘されて、

「明日からは書かんぞ」

といったという。

愛子さんもそうだったらしいが、私も病床の宗薫さんを見舞いにはなかなか行かれなかった。特に終末に近づいてからは一度も行ってない。冷たい奴だと怒っていたかもしれない。また同時に宗薫さんならこの気持はわかってくれるとも思う。

つかこうへいさんと一緒に韓国に行っていて、つかさんの母上の家で、宗薫さんの訃報をきいた。強烈なショックだった。その夜早速、宗薫さんの夢を見た。

二人で連れだって、銀座らしい盛り場の裏道を歩いている。向こうから、宗薫さん好みの小柄でぽっちゃりした女性が歩いてくる。

「あ、あれ、好みのタイプでしょう」

「ちがう――」

と宗薫さんがいう。

また反対側から、同じタイプの女性が来る。

「あれの方が、タイプかな」

「ちがう――」

とまた宗薫さんがいうのである。

するとまた、女性が歩いてきて、

「あれは、いいでしょう」

「ちがう――」

どうしてだか、三度、同じ言葉を吐いて、消えてしまった。

深沢さんと自然の理

深沢さんが、まさか亡くなるとは思わなかった。いや、心臓という爆弾を抱えて、ここ数年は特に良い状態ではなかったことは知っていたし、今年の暑さは烈しかったから、そういう意味では案じていたけれど、深沢さんという人は、いつも老樹のようになんとなく離れたところに存在していて、お亡くなりになるということのないお方のような気がしていた。

どうも凄い人が皆さん居なくなってしまう。箸にも棒にもかからない私をかわいがってくれた先輩も、おおかたこの世に居ない。私は自分がチンピラの位置に居ないとどうもおちつかない男で、彼岸の方がなじみが濃くなった今、この世の未練がだんだん失せてくる。あの世というものが、布団の中のぬくもりのようにほのあたたかいものに感じられる。

もっとも深沢さんは、頓着のない人だから、亡くなっても、こちらの世界とを往復されるかもしれない。それでなのかどうか、もうお目にかかれないという実感がうすい。

大勢の人に混って、菊の花をお棺の中にそえた。深沢さんは媼《おうな》のようなお顔になっておられた。亡くなられた日、桶川あたりは強い雷雨があって、気圧がひどく不安定だったという。その夜、養子の八木君が足をもんだが、棒のように冷めたく固かったという。

早起きの深沢さんは、その暁方、いつものとおり、お気に入りの床屋の椅子に坐られたまま逝かれた。まさに自然そのもので、亡くなりかたとしてはとても良かったと思う。重たい石を抱かされているようでねえ、といっておられた日常の病苦が消えただけでもよかった。向う岸で元気になられて、ひらりひらりと折り折りにこちらに飛んでこられればよろしい。

深沢七郎さんは、私にとって、なんというのか、小説家というものを身近に思えた最初の人だった。こういう書き方があるのならば、私だって虚仮《こけ》の一念に徹すれば何か書けるかもしれないと思えた。同時にまた限りなく遠い存在でもあって、どうあがいたってこの人に近づき追い越すのは無理だとも思えた。『楢山節考』という作品はそれほどまばゆく見えた。深沢さんと同じ新人賞がとりたくて、それから何年か後に、はじめてその懸賞に応募した。それが幸運に恵まれて受賞しなかったら、つまり深沢さんの存在がなかったら、私はまだ他のことをあれこれやっていただろう。

多分、いかがわしいような経歴に似たところがあったからだろうが、第三者が深沢七郎の弟分みたいのが出てきたといってくれたりして、それだけでも端的に嬉しかったのに、当のご本人が同じようなことをいわれていると伝えきいて、冥利につきる思いだった。その新人賞の受賞者の同窓会みたいなものがあって、はじめて深沢さんにお目にかかったが、小説の印象とちがって、強く大きな声音で雄弁をふるわれるので、圧倒されたおぼえがある。あのときは自分もすこし昂奮していてね、と後日いわれていたが、やっぱり自分のように愚鈍じゃ駄目だなと思い知らされた。『東北の神武たち』も『東京のプリンスたち』も、『笛吹川』も『風流夢譚』も、一つ残らずすばらしくて、足下にも寄れない感じだった。なかんずく『笛吹川』という小説は、あれに近いものを書こうとしても、どうしてもああいう姿にならない。それから『みちのくの人形たち』、『楢山節考』と対をなすような『極楽まくらおとし図』。深沢さんと同時代に生きて、親しく言葉をかけてもらえて、本当に分にすぎる幸せを味わったと思う。

深沢七郎さんという作家は、一言でいうと、自然、乃至は自然の理《ことわり》とそれに伴う曼陀羅を書こうとした人ではなかったかと思う。そこに逃げこんで抱かれてしまうような自然ではなくて、人間の都合や思い入れとは無関係な自然、その理を、これほど厳然と書いた人を、日本人では他に知らない。そうして人間は自然の理に合一するときに至福に達する。

『楢山節考』のおりん婆さんの行動を、悲劇とか、残酷劇のように見る見方に、いつも不満を表明しておられた。映画とか、他人が手を加えるとすぐにそうなるから、自分で戯曲にして、小屋がけ芝居をやるのだといっておられたことがある。題名が〝小屋がけ 寿《ことぶき》 楢山節考〟。おりん婆さんは本当にそうしたいと思って山に行くので、そこに雪が降ってくる。お婆さんもまもなく死ぬだろう、雪が降っておめでとう、と村の人たちが言い交す、そういう至福の劇にするのだといっておられた。

実際に旅役者をスカウトするために東京の劇場をのぞかれたらしいが、深沢さんのイメージの旅役者と、現在の大衆演劇とでは、かなりのへだたりがあったらしい。それで立ち消えになったようだが、そのとき、おりん婆さんは深沢さんがお演りになるといい、と進言したことがある。まんざらでもなさそうな気配を感じたが、ああいう飄飄としたお方だから旅芝居が実現していたらどうだったか。

お棺の中のお顔を拝見したときも、翁というよりは嫗という連想が湧いたが、もともとお顔がお婆さんのお顔だった。お婆さんの平安と沈黙と強さ烈しさを含んでいた。お母さん子で、母上を看取るまで生地を離れなかったということと関連があるだろうか。そういえば、祖母にあたるお方がおりんという名前だったそうで、深沢さんは否定しておられたが、家の人人はお祖母さんのことを書いたな、と噂していたという。深沢さんの独特に見えた理というものも、自然の（大地の）理であると同時に、女性が備えている理でもあったような気がする。

数年前に雑誌の対談でお目にかかった折りに、『極楽まくらおとし図』の話になって、〝まくらおとし〟って言葉は実際にあるんですか、という私の質問に対するお答えが、印象的だった。今その一節を写しとってみる。

深沢　ええ。場所言っちゃ悪いけど、山梨にね、中学生の頃かな、「死にやした、まくらおとしでごえすよ」っておふくろがいうからね、「まくらおとしって何でえ」って聞いたら、「なかなか息を引き取らないときに、枕を外せば息を引き取る」っておっかさんが言うの。だけどそれをしてくれた人が、垣根なんか結ってくれる人でね、「そんなこんじゃ死にやせんよ」って言うから、「じゃ、枕をポーンと蹴とばすんですか」って聞いたら、「いや、そんなことで死ぬもんですか」それでその人が垣根んとこで、「七郎さん、まくらおとしっていうのはね、こうだよ」って教えてくれてね。

垣根のところで教えてくれるというのが、深沢さんの世界らしくて実にいい。

はじめてお目にかかった頃の磊落《らいらく》な調子が、心臓脚気やら狭心症の進展とともに、気むずかしくなってこられて、訪れる者はいずれもぴりぴりしていたらしい。

ある若い編集者は、何かのことでお怒りに触れて、しばらく間をおいてから伺候した。

「ごぶさたしてしまったので、また叱られに伺いました」

と冗談めかしていったら、

「君、ぼくはなんでもなく、怒りやしないよ。へええ、そんなことを思ってたの」

また大叱られに叱られたらしい。

ここ数年は人に会うのもほとんど拒んでおられたとか。

私は、それこそたまにしか伺候しなかったので、気むずかしい場面にぶつかっていない。たまの客と思ってサービスしていただいたのか。

いつだったか、草加のだんご屋で、

「へええ、これは大先生がいらした」

とかおどけられて土間に膝をついてお辞儀をされた。私も土間に坐ってお辞儀をしつづけたことがある。

けれども、ちょっと何か思いついて品物をお送りしても、

「ああ、この前はどうもありがとう――」

と電話がかかってきて、

「あの類はすべて嫌いでね、ぼくはまだ喰べたことがない――」

とか、

「わたしは喰べなかったけど、くれてやった者が喜んでいた――」

とか、一度も成功した例がなかった。

深沢さんは心臓がおわるいのに塩辛い物が大好物で、お手作りの味噌もすごく辛い。すぐきをラブミー農園で栽培しようと工夫されていたり、それは承知しているが塩辛い物をお送りするわけにもいかない。

「辛子とか山葵とかは塩分がないからわるくないんですよ。良くもないけどね――」

佃煮は浅草の鮒佐のに限るとかで、これはご自身で買いに行って常備してある。あとはお手打ちのうどん、それにギョーザ、かな。ふだん喰べないものはいっさいお喰べにならないのだからむずかしい。

肉も好物だったらしいが、途中でお身体が受けつけなくなった。いつか深沢家の忘年会というのに参加させていただいた折り、牛肉の大きな塊りがどんとおかれ、ご自

身が厚切りにして炭火で焼き、最低一人一キロ喰えといわれて、皆が眼を白黒して呑みこむのを愉快そうに眺めておられた。

このときは皆メーキャップをし、歌い踊り、それからプレスリーの部屋に入って、ボリュームを最高にあげた音に浸って気絶寸前になった。

ほんとにたまにしかお眼にかからなかったが、その度に印象的だった。

私が川端賞をいただいたときに、その前に同じ賞を辞退された深沢さんに、なんといおうかと苦慮していたが、深沢さんの方が、

「それじゃァ貰っとけばよかった。貴方と並べたのにね」

といわれて、本当に新潮社に、今度いい短編を書いたら、わたしにもまたくれるかしら、と電話をかけたそうだ。実に頓着がなくて深沢さんらしい。

出棺を見送った後、武田百合子さんと一緒に、矢崎泰久さんの車に便乗させて貰って帰った。百合子さんはこの葬式のために、前日富士の山荘を出発し、東京に泊って朝発ちで菖蒲町に見えた由。

武田泰淳さんのお通夜のとき、客の帰った深夜に、病院を脱けて一人でやってこられたという。点滴の瓶をさげておられたとか。その頃から深沢さんの脚は、ずん胴の

ようにむくんでいた。

「あの人、ご自分も結婚なさらなかったようだけど、他人が結婚するのもお嫌いでねえ。うちの花（令嬢）が離婚したときに、電話で大喜びで、それはよかった、まァとにかくよかったって、そればっかりいってくださるの——」

深沢さんは、武田泰淳さんと正宗白鳥さんを深く尊敬しておられた。この選択も実に深沢さんらしい。それからもう一人、谷崎潤一郎さん。谷崎さんのお宅を訪ねて、恐れ多くて中に入れず、塀からのぞいていて巡査にひっぱられたという。

深沢さんのことを記すときに、どうしても避けて通れないのは『風流夢譚』であろう。巨きな画家がひと筆でさっと画いたような魅力的な作品だったが、無辜《むこ》の人が殺される騒ぎが起きて、深沢さんは七転八倒された。

あの事件が起きなかったら、あの後どんな作品がうまれていたか。私などが想像するのは僭越だが、深沢さんは自然の理の方角から禁忌《タブー》を眺めて曼陀羅の一景として書いたので、より政治的にはならなかったのではあるまいか。但し、あの後、頓着のない視線を四方に送ることを遠慮されるようになった気配があり、眼を伏せてご自分の足もとだけを眺める傾向になった。ご本人はもっとたくさんの物を見ておられたであろうに、そこが惜しい。

ともあれ、深沢さんのような眼の性のいい作家が亡くなって、もうその新作に接しられないのが残念だ。生き残っている者ががんばらねばといっても、深沢さんの抜けた穴は、多分、埋まらないだろう。本物の作家を得ることは本当にむずかしい。この世がだんだん淋しくなり、荒れ果てて行く。

あたたかく深い品格――武田百合子『犬が星見た』解説

文は人なり、という言葉がある。特に日本語の文章は、字という記号を使って正確な伝達を旨とするばかりでなく、感性を凝らして勘でひらりと字句を掬いとっていくような趣きがあるから、なおのことパースナルになる。

文は人なり。もうその見本がこの一冊の本であろう。こういう本に解説は無用で、一読魅了されつくした気持にとどめを与えるように、ただ、文は人なり、と大書して終りたい。私のこの気持は、本書（『犬が星見た』）をお読みくださった方方ならわかってくださるかと思う。

が、与えられた紙数があるから、蛇足を書く。武田百合子さんというお方、実にどうも、伸びやかで、寛やかで、しかもまっすぐで、ヴァイタルで、優しくて、美しくて、聡明で、そしてそれ等のすべてが合わさって、あたたかく深い品格を形成している。こういうひとを生涯の伴侶にすることができたら、というのが男の夢であろう。だけれども、それは武田泰淳氏のような巨きな人でなければ果たしえないのである。

天の配剤というべきか。泰淳氏はまことに神のごとき透徹した眼で、街の中から彼女を発見し、その資質をすこしも損わず、すくすくと育てあげた。すごい人だなあ、と思う。

「やい、ポチ。わかるか。神妙な顔だなあ」などという泰淳氏もすごいが、それを受けて、犬が星見た、とタイトルをつける百合子さんもすごい。

「百合子、面白いか、嬉しいか」

「面白くも嬉しくもまだない。だんだん嬉しくなると思う」

この返答がすごい。人はなかなか自分の心に即した簡略な返答を返せないものである。そうしてその有様をすらっと文章に掬いとってしまうところがすごい。すごがってばかりいるようだけれど、だって仕方がないのである。この本にはページごとに、すごいところがある。

固い便所の扉を開閉のたびに手伝ってくれたアルマ・アタの少女二人。手を洗う百合子さんをよくよく観察している少女たちに、

「ああーあ、何だかとてもおかしかったね」

そういうロシア語を知らないから日本語でいう場面。平易なようでいて、こんなふうにヴィヴィッドには、とても私には記せない。

レニングラードのロシア青年から踊りを申しこまれる。（あたしのことを美人だな

あと思ったからやってきたのだ。いい気持だ）

それで踊っているると、ベトナム人だろう、としつこく訊かれる。

――ベトナム人でも中国人でも、私はかまわないのだ。うん、ベトナム人だよ、といってやりたい。でも「ベトナム？」と寄ってくる人たちの顔つきは特別なのだ。尊敬しているというか、いたわるというか、そういう眼差しなのだ。うん、そうだよ。などと言っては、まるでサギではないか。――

そのうちにどうやら日本人らしいとわかって、ロシア青年は踊り終ると、つまらなそうにいってしまう。

それから、ドッカーン、と音がした自動車事故のところ。「ドッカーン」「ドッカーン」と発声して、はっと驚く仕草をしたり、心をつくし手をつくした末に、「ニエ、パニマーヨ（わからない）」と首を振ったりする場面。

「ハバロフスク、ハラショー。オーチン、ハラショー」といって老人を喜ばせる場面。骨董屋に入っていって、禁煙の標示板を欲しいといいだし、結局、ねじまわしではずさせて貰ってしまう。お礼に鶴の折紙を差しだす。その場面の店主や作業員の表情。

微笑ましく、ヴィヴィッドなスケッチは数限りないが、それとともに、親善、などという文字が空空しくなるほど、人人と直に融合してしまうすばらしさ。これはもう天使のおこないである。しかもこれが異国初体験の女性の行為なのである。

そういえば、これは百合子さんにとっての処女文集である『富士日記』で省かれていたロシア旅行の日日を一冊にしたものである。文は人なり、であるにしても、どうしてこんな文章が書けるのか、私は絶望する。

津軽海峡の描写、――行き交う船影もない。海上はうす白く煙って油を流したように凪いでいる。切り裂いてゆくように、大きくめくれた波を作って、この船だけが走っている。

まことに明晰で、贅肉がない。かっきりと情景が浮かぶ。しかも、情感に溢れている。

天山山脈の遠景も、ただの遠景としてばかりでなく、大きな自然として、眼に浮かぶ。

砂漠の風景。生まれる前に、ここにいたのではないか、と彼女に思わせるたくさんの事象。少女の鼻汁、骨組だけの自転車、犬、猫、かぶと虫、チラッ、チラッ、と白い閃光になって走るとかげ。

限りなく明晰で、限りなく情感的な名文がここにある。風景だけではない。チャカチャンチャカチャカチャカチャカチャカチャアアアア、ヒララァピラララァア、ピラピンピラピラピラララララアアアア。

擬音を記して、こんなリアルなものも珍しい。見知らぬ音楽が、ちゃんと私の耳の中に蘇生してくる。

モスクワでの最後の夜の大合唱も圧巻だ。この三ページほどに、さまざまな感性、内容が明晰に盛りこまれている。それとともに、昂揚し、喰べ酔うさまが見事に伝わってくる。平易に見えるがユニークな技法で、私などには逆立ちしてもできない。品格の相違、眼の性の相違とはいえ、自分が長いこと文章を売ってすごしているのがはずかしくなるのである。


これも蛇足であるが、私は武田泰淳氏、竹内好氏をほんの遠くから存じあげている。特に武田さんは、巨きな作家、巨きな人、と思うだけでなく、私をはじめて物書きの世界に手招いてくださった方のうちのお一人である。尊敬と恩義の念を抱きながら、人見知りの私は一度も、拍手をくださったお礼にも伺わなかった。新人賞をいただいたくらいで人並みな顔つきで押しかけていくなど、心の貧しさを見破られそうな気がする。当時の私はほんの未分化の猿のような状態で、武田さんの眼の玉に私の姿が映るさえ恐縮に思っていた。

ところが、何度か、不意に街角などでばったりぶつかってしまうのである。武田さんはあんなにえらい作家であるにもかかわらず、そういうときに、どぎまぎちぐはぐされる方で、そこが巨きさを感じさせるところであるが、一度などは、私の生家のそばで、私が浴衣がけで銭湯に行く途中で、角を曲がったとたんに、車に乗りこまれる武田さんと不意に顔が合ってしまった。武田さんはいったん乗りこまれた車の中からもそもそとおりてこられて、非常に慌てた表情で丁寧におじぎをされると、恐縮している私をおいて、また身をかがめながら車の中へ——。

「飛行機の中で似顔絵を持たされてしまって、「百合子。ほら。はやく。何かないか。お礼。お礼——」などといっている武田さんのお姿が、私の中の印象とだぶって笑いがこみあげてくるのである。そればかりでなく、活写されているひとつひとつの情景が、もう今は亡い方にまたお目通りしているようななつかしさが湧いてくる。私などはこの本で、長年の意がかなって、武田さんと親しくさせていただいた。

しかし百合子さんとすれば、本書の存在がまた悲しみのアルバムでもあろう。武田さんも、その終生の友竹内さんも、この旅を了《お》えられてまもなく、それぞれ病いに伏された。篇中の折り折りに、あとにして思えば、というその気配が蟠まっている。そうして百合子さんが、まことに優しいのが哀しみを誘う。

武田さんが亡くなって、何年かしたある夜、新宿の小さな酒場のカウンターで、偶然、百合子さんと隣り合って、私は愕然とした。それ以来、親しくおつきあいをさせていただいて折り折りにお酒を呑んだりしている。何度も、「退《さが》りおろう——!」という私自身の声がきこえて、そのたび私は飛びあがり、土間に平伏して、師ともいえる人の夫人と肩を並べて酒を呑んでいる慢心を恥じる気分になるのであるが、百合子さんの方はおおらかで他意なくつきあってくださる。

本篇が読売文学賞を得たお祝いの夜、埴谷雄高、中村真一郎、島尾敏雄などの先輩諸氏が他人事でない喜びようで、心のこもった二次会、三次会があったが、その宴のあと、百合子さんを送りがてら、はじめて赤坂のお宅にお邪魔した。

百合子さんのお宅の茶の間には、まるでお通夜が何年もそのまま続いているかのように、祭壇が大きく中心に据えられ、武田さんのお写真が笑っていた。

へんな交遊

私たちはへんな関係で、お互い小説の世界に属しながら、文学を語ったことなどほとんどない。二人でさしで呑んだこともないし、連れだって女を買いに行ったこともない。お互いの配偶者は存じているが、住み家を来訪したりはしない。おそらく電話で話したことも一度もないのではないか。

では、どういうことでつながっているかというと、麻雀である。知り合った当初は麻雀友ではなく、もっとありきたりの小説仲間という感じだったが、特にここ数年は麻雀を抜きにしては成立しない。

会えば、すぐ麻雀である。そういう関係の常として、半年も会わないかと思えば、三日とあけず行きあうときもある。会うと、お互いなんとなく照れて、えへへ、と笑って、それでもう言葉はいらない。

五木寛之と畑正憲の関係がやはりそうで、五木がいつかこういったことがある。

「仕事や実生活の関係一切抜き、遊びの場でしか会わない間柄って、不思議にさわやかな関係だな。僕、こういうの好きですよ。願わくば、最後までこのさわやかさを保ちたいですな」

　もっとも麻雀しているからといって、一心不乱に修羅場を演じているわけではない。我々のはサロン麻雀で、牌をいじっているのは、駄べりに行くのが目的である喫茶店でのコーヒーに当る。

　仕事でのストレス、個人作業からくる人恋しさ、そういうものの一方を退治し、一方を満たすために出かけてくる。あとはナンセンスな気分に浸っていればいいので、勝負ごとそのものがほぼ完全なナンセンスといえる。完全なナンセンスほど憂さを払うに適切なものはない。

　五木寛之の麻雀は特にその気分が濃い。おそらく激烈な日常なのであろう。そこでへとへとになって、ようやく麻雀の場に泳ぎつく感じだから、勝負ごとの中にも含まれる人生的な要素などまっぴらということになる。

　したがって彼の麻雀は、勘打ちである。勘以外のものを使わない。セオリーなどという科学的なものはわざと無視する。

　両面の待ちで、当り牌が七枚も場に捨てられており、隠れているのは一枚のみ、というようなところでリーチをかける。しかもその一枚を一発でツモったりするのである。

配牌にあるメンツをあくまで変えずに最後までそれで待つ、という決心をしたために、ポンカスの上に場にもう一枚出ているカンチャン待ちでカラテンリーチをかけたことすらある。

しかし、それでいてけっして弱くない。通称を裏ドラ流といって、

「あ、ツモった。三アンコ、トイトイ、リーチ、ツモ、——おやァ、裏ドラが三丁、これ何飜《はん》ですか」

「四アンコじゃないの」

「そうか、四アンコだ。しかし四アンコはつまらないなァ、裏ドラが算えられない」

こういう騒ぎは毎度のことで、彼がアガると、裏ドラがきっとかたまってある。強運の持主なのであろう。

だから、四人でやってはいるけれど、彼のは本質的には一人遊びの麻雀である。一人で自分の生命力の強さをたしかめて悦に入っているところがある。

知り合ったのは彼が〝モスクワ愚連隊〟で小説現代の新人賞をとる前後あたりだから、本名の松延寛之でなく五木寛之になってからの友人としては古い方の一人であろう。

その頃、高井有一や佃実夫、武田文章などと月一回サロン風の集まりを持っていた。

会場が有馬頼義さんの邸で、有馬さんが新人賞の銓衡委員だったところから、我々も、受賞前すでに内部では話題になっていた〝モスクワ——〟をゲラで読んでいた。そうして有馬さんが彼をそのサロンに呼んで仲間に加えたのだと思う。

あまり冴えない顔色で、疲れたときのように眼を細め、ややおずおずした足どりで彼ははじめて我々の前に現われた。けれどもしゃべりだすとあらゆる事象を追い、あらゆる心象をカリカチュアライズし、一人で場をさらって我々を瞠目させた。

まったくその日は五木の独演会のようだった。そうしてそれは豊かな才気や感受性の自然な発露であると同時に、一種のサービス精神でもあるらしかった。

その辺は第一印象から現在まで少しも変っていないが、まったく彼は与えることの好きな男で、座談の場でも仕事の場でも、そのために瞬時とも休まない。

その頃、五木は金沢に住んでいたが、当時の若手作家が団体を組んで押しかけたことがあった。彼の仕事量はもうかなり増えていて、締切りぎりぎりの原稿を飛行便で送るという話をきいていた。

列車が金沢について、駅まできちんと出迎えに出てくれた彼に、

「雪が、ないんですね——」

私は何気なくいった。

「すいません。一週間ぐらい前まではあったんですがねえ。ほんとに雪があると汚な

い部分がみんな隠れてしまうんだけど」

彼は淀みなく、雪が降らないことにまで謝罪の意を表した。その淀みなさが何かひやりとしたものに触れたようで、あ、悪いことをいってしまったかな、と彼の顔を見たが、いつもの表情ですぐ次の誰かのセリフに受けこたえしていた。

その数日間、夫妻ともども実にまめまめしくサービスしてくれた。おそらく公用私用の来客が多くてうんざりしていたところだろうに、彼流に選んだ金沢周辺の要所をきっちりと案内してくれ、夜の酒宴、深夜喫茶の文学談までつきあって、そのあいまに自宅に駈け戻って徹夜で原稿を書くということだった。その心づかいのひとつひとつが、彼の一個の人間としての建前以上に心がこもっており、充分にホットで、ひやりとしたものなど二度と感じさせなかった。

その感じは今日まで年を追って深まってきている。流行作家としてもてはやされるようになってから、量的質的に烈しい生産をするだけでなく、八方に関心を抱き、それをすべて心をこめてやるのであるから時間がいくらあっても足りないのである。

一方私の方は、自分流の小説のしんどさに業を煮やしてもうやめちゃおうと思い、事実やめた気になって十年以上も本名を使わなかった。そして韜晦して売文生活を送っていた。そのことは小説の仲間には私の口からは語らなかったから、多分皆知らなかったろう。しかしそういうわけで、私は正体不明の男になっており、次第に仲間とも会わなくなった。

　ある週刊誌のための席上で、吉行淳之介さんから、はじめて「阿佐田さん――」と芸名の方で呼ばれたときは、私もとうとうこれが本職化したのだな、と思った。

　吉行さんはあの人流の配慮でいくぶん口ごもりながらそう呼び、そのあとで私の反応をうかがっているような感じがあったが、五木はもっとなめらかに、阿佐田さん、といってくれた。そして同時にやはりひどく気を使ってくれていたようだ。もっとあけすけにいえば、彼より少し年上で、ほんのわずかばかり早く小説を書きだしていた男に対する扱いに苦慮していたと思う。そういう彼の気遣いを私は素直に受けいれることができた。

　そうなると、私は売文もまた一種の地のつもりだったし、彼の方も私の正体を知ったことでまた気易さも出てきたのだろうと思う。

　遊びの場でしか会わず、文学の話も政治の話もしないへんな関係ながら、私たちの間に深い交際のようなものがうまれたのはそれからだったといえる。

　とにかくこの期間、彼が遠慮がちに示してくれた数々の心遣いを、私は忘れることができない。

　数年前のことだが、北海道厚岸郡の大原野に住むムツゴロウ畑正憲氏のところで五木と遇会したことがあった。例によって夜を徹して麻雀などやったりしたのだが、その帰途、釧路の飛行場まで長い道のりをタクシーで飛ばした。二人ともしばらくだまって窓外の原野を眺めていた。

　私も疲れていたけれど、彼の方も超過密の間にぽっかりあいた空白の一瞬をうつろに嚙みしめていたのだろうと思う。

「結局どんなふうに生きたいか、と設問されたら、なんて答える?」

　と彼が不意に設問してきた。

「――僕はね、どこか辺鄙な田舎で、郵便配達でもやっていたいな」

「ふうん――」

　短い沈黙があった。

「でも、そんなシンプルにいかないよ。郵便局にだって組合はあるだろうし、組合大会にも出なくちゃならないでしょう。やれ派閥だなんだかんだ、田舎も都会もそう変らないでしょう」

「そうか、そうでしょうね」

　私は自分のロマネスクな鈍さを指摘されて苦笑した。しかし存外本気で、単純な生き方、単純に社会に役立っているような生き方に救いを求めていたのである。五木もそれはすばやく了解したはずだが、そのとき彼が求めていたのは自分たちの疲労感を鼓舞激励する類の会話だったのではなかろうか。逆に私が同じ設問をしたとすれば、金沢で雪が降らない責任まで負ったごとき淀みのなさで、五木流のフィクショナルな回答がスラスラと返ってきたと思う。

札幌にちょっと立ち寄ってみたくなった私を飛行場に残して、彼は一刻を惜しむように、坩堝のような東京の生活に、ひらひらと舞い戻っていった。

（「別冊ポエム」昭和五十二年十一月号）

唐十郎さま　まいる――唐十郎『戯曲　ねじの回転』

　唐十郎は、まず、こだわる人だ。ある種のこだわりから彼の芝居はいつも出発する。何にこだわるか、といっても、それは一言で説明できない。なにしろ彼は、彼がこれまで生きてきたことのすべて、肌に染みた日常の微細な一粒一粒に至る何もかもを、忘れようとしない。多くの人たちが便利に生きるためにいろいろのことを忘れながら日をすごしているのに。一度有ったことは永久に無くならないし、まとまりもつかない、ということを、何度でも私たちに叫びかけてくる。

　たとえば、竹早町だ。或いは、万年町だ。単なる東京の地名にすぎないこれらの名詞が唐十郎の口にのせられるとき、そのたびに、ドキッとするのはなぜだろう。今、その町名が残っているかどうか知らないが、竹早町は、いやでたまらぬ中学に通っていた頃の、通学路の一点だった。万年町も、私にとっては、グレていた時分に縁浅からぬ町だ。けれども、私の私的体験に重ねて感応しているわけではないし、唐十郎の体験的情緒に尺度を合わせているわけでもない。私と唐十郎は、ほぼ一廻りほど年齢もちがうはずだ。

私をドキッとさせるのは、それらの町からいつか遠のいてしまった私自身に気付くからだ。町名にかぎらない。唐十郎がまなじりをけっしてこだわり続けているのに、こちらはきわめて便利に過去のいろいろな物を無意識の領分の方に追いやってしまっている。そうして彼の芝居に触発されて、こちらも自分の過去に、胸の中の故郷へのこだわりをとり戻そうと思う。そういう彼我の関係の中で、竹早町や万年町や、唐の私的体験が、普遍的な意味合いをおびてくるという具合なのだ。

世間にはいつまでたっても成人しきらない人間も居ることだから、そういう幼児性と混同されがちだが、唐のはまるでちがう。無数の過去にこだわりを持続し続けるのは大変なエネルギーが要る。

それで、唐の芝居は、まず、沈む。こだわりの壺の中に限りなく深く。多分もう今は、作物がそれ自体の論理で人を説得することは不可能になっているだろう。作物にできることは、人それぞれの胸の中のこだわりにひき戻すきっかけになることだと思う。その意味でこれだけでも彼は一つの正当な仕事をしたことになるが、無限の底に沈んで行くと同時に、彼の芝居は、無限の上空に浮上しようとしはじめるのだ。

たとえば、歓喜と絶望。或いは、命題と運命。そういった背反するものが、それぞれ無限の幅を持って同居し、ある場合には支離滅裂なほどに張り合っている。何事によらず事物というものは二律背反で成り立っているものだから、この背反が濃くなるほどに、現実味を帯びてくるという仕かけになっている。過去へのこだわりにのみ発揮されているかに思えたエネルギーが、いつのまにか未来への飛翔に要するエネルギーにとってかわっている。これほど運動量の烈しい劇を作る人を、私は他に知らない。

唐十郎はまた、ロマンチストだし、彼の芝居は常に、質のいいリリシズムで飾られている。たとえば、〝二都物語〟で、朝鮮海峡を渡ってくる李礼仙の、存在それ自体が光芒の尾を曳くような深い詩情だ。彼の詩情は、いつも風景でなく、人間そのものの、哀しくて誇り高い姿となって現われる。いいかえれば、過去へのこだわりをあくまで捨てず、同時に未来へ飛翔していくものとして捕えられる。そのときに彼は酔う。彼は熱血漢だから、核心をつかんだときに大酔する。劇の中でのその姿勢もまた快よい。但し、それは背反が濃くなる方向に向かって発揮されるので、論理の網にすくいとれない。彼はその意味でのロマンチストだ。美しいものと、正反対の不浄なものを混在させて、深く沈みこみ、深く飛翔する。

唐十郎はまた、非常に好ましいことに、情念の人だ。それゆえ、存在劇が書ける、といいきると大胆にすぎるかもしれないが、すくなくとも私は、自分の仕事の理想として、情念を主題にして存在小説を記していこうと思っているので、どうも彼の仕事ぶりは、うらやましく、ねたましい。

いずれにしろ、彼は言葉というものを、全的には信頼していないようだ。そこで、そのために結局百万の言葉を使わざるをえない、といった恰好で彼の芝居は成り立っている。背反を濃くすることが認識の要点であるからには、当然の帰結といえよう。情念は、さまざまの矛盾を内包して成り立っているから、矛盾が理解のまたげにならない。唐十郎の資質は、あの美しい眼そのものにあるともいえよう。同じく酷薄そうで意志的な唇、小ぢんまりとふくよかな体形、それらがすべて資質になっていよう。

すでに世間が周知のとおり、唐十郎は喧嘩好きだ。彼を成立させてきたエネルギーがそれであるかのように、一直線にたぎりたって荒れる。

彼はそれを、いつもうらやましく眺めている。私はなかなか喧嘩ができない。唐はいつも勃起しているようだし、私はインポテンツだ。自分は自分の持ち物しか武器にできないと思いつつ、一度、唐十郎になれたら、と私は夢想する。そうしてそれは私の劣等感になっていて、それればかりでなく、この一廻り年下の友人の存在それ自体にひけ目を感じていて、私は彼に出会っても、一度も、唐十郎論を披瀝したことがない。それどころか芝居の話もあまりしない。

唐に対する親愛の情で、うっかりこの原稿をひきうけたが、拙速でまとめるには難題すぎるし、記し出せば、いくら記しても記しきれない思いもする。そうしてまた、むずかしさだけのことでなく、なんともうまく説明がつかないが、唐十郎に関して、今しばらく、じっと口をつぐんで、身体の中でかみしめていたい気持が切にするのだ。今しばらく、いや、彼と拮抗する力が私に湧いてくるまで、半端に口外したくなかった。

が、とにかく、この五六十年の日本で、唐十郎が、もっとも烈しい才能の持主であることを私は確信している。

7
食

駄喰い三昧

昨年の十月末、松茸と鱧《はも》と京菜に似た関西の菜の三種だけを大鍋に充満させた豪華な松茸鍋に舌鼓を打った。

十一月は上海蟹《シャンハイがに》のシーズンで、仲間と香港《ホンコン》まで喰べに行ってきた。

十二月はフグを喰う機会にたんとめぐまれて、暮から寒中にかけての白子《しらこ》も思う存分堪能した。

この原稿を書いている今は一月。フグばかりでなく魚がおいしい季節である。この雑誌「饗宴」は季刊だから、前回の原稿を渡して以後、ざっとかくのとおりの口福を授かっている。書く材料はありあまっているようであるが、考えてみると、この雑誌が街の書店におかれるのはすでに春が迫っている頃であろう。それでは、季節感がずれてしまう。

日本という国は四季のうつろいに敏感なところで、喰べ物もおおむね季節感を濃く盛ってあるから、活字にして季がずれてしまうのは非常に困る。私の体験や実感を季に合わせて活字にしていこうとすれば、一年ずつずらして、その間寝かしておかなければならない。

はたして実感の保存が小一年もの間、そこなわれずに利くものだろうか。食味に関する随筆を書く方は、この点をどう工夫されているのだろう。

上海蟹の場合は出かけるときから、季節があまりに限定されていて、この小文の材料にはならないと思っていた。老酒に漬けた奴は日本でも年がら年じゅう喰べられるが、生きた上海蟹を蒸して喰うとなると、晩秋の一時期をはずすわけにいかない。この蟹のうまさは無類で、以前はこの蟹の味を知ったために上海に定住する外国人が多かったという。私も奮発して十一月になったら今年も香港に喰いに出かけようと思っている。

で、十一月を待って香港に行って、そのときこの蟹のことを書こうと思うと、やっぱり手おくれで、どうも実に始末がわるい。

蟹に限らず、冬の魚については記したいことがたくさんあるが、この雑誌が出る頃はみんな終ってしまう。たとえば、産地で珍重される鱈《たら》などは魚ヘンに雪と書くくらいで、寒中がお値打ちである。

東京の魚屋の店先にはクスリで加工した塩鱈が年がら年じゅうあるが、産地の方へ行くと、鰤《ぶり》や平目と並んで魚のお職《しょく》である。そうして、シラミ（おそらくプランクトンの一種であろう）湧くといって、寒明けから一日でもすぎると値がさがりはじめる。それほど厳密にすることもあるまいと思うが、実際、寒中の味と二月に入ってからでは味がちがうそうである。

漁場にも差があって、根室以北か、逆の日本海方面のものがよく、三陸ものはぐんと値がさがる。黒潮のプランクトンのせいかもしれない。新潟あたりに行くと、佐渡の沖でとれた鱈が最高だという。どういうわけかしらないが、鱈子《たらこ》は、日高あたりの沖でとれたものが最高らしい。

そういう本格の鱈は東京に運ばれてきても、ほとんど高級料理店に行ってしまう。我々庶民の手が出ないというほど高いものではないが、都会では湯豆腐のダシぐらいにしか思われていないから、普通の魚屋さんではイメージのわりに高値で、さばきにくいらしい。

東京荻窪のはずれの宮前というところで、ひっそりと魚を売っている坂本さんという御仁が居る。看板もあげていないし、市場で気に入ったものしか仕入れないから、あつかう魚は一日に一種類か二種類。

毎年、冬になると、坂本さんに頼んでおいて本格の鱈を手に入れる。産地なら刺身にするような奴である。鱈のフライも甘くて絶品だというが、まだ一度も試したことがない。まっ先に鍋に入れて喰いつくしてしまう。

この坂本さんは、一匹の鱈を手にすると、完全な身のところだけ切りとって、一日中、冷水でごしごし洗い続けるのである。物を売るということも、ちゃんとすると大変なことだと思う。

この冬も数回、舌鼓を打った。それでやがて、岩内《いわない》（北海道）で一昨日とれた奴、なんて鱈を持って坂本さんが現われて、

「これで鱈は終りですよ。もうこのあと、鱈は買っちゃいけません――」

カミさんはたまにマーケットで塩鱈を買ってきたりするが、男の約束だから私は喰わない。

まアこんなことを記してもすでに手おくれで、冬の魚、冬野菜、いずれもしばらくお別れである。原稿を記すなら今年の秋口だが、それまで私が、生きているかな。

今年の一月一日は、大晦日の夜にジャズの人たちやコメディアンとはしゃぎ騒いで朝まで呑み廻ったので、なんにも食欲のない一日だった。

どうもつくづく老いたものだと思う。私は酒がなければ居られないというほどではないけれど、呑めば量はいける方で、人前で酔い痴れた覚えはあまりない。若いときは丸二日くらい呑み続けないと呑んだ気がしなかった。

それが、ひと晩呑みあかしたくらいで、翌日はくたくたに疲れたままになる。

もっとも私のところは、正月だって、松飾りもしないし、屠蘇《とそ》も雑煮も喰べない。

おせち料理というものもつくらない。儀式風のことはすべて嫌いで、見境なくただぐうたらしていればよい。

そういえば近頃の祝日というものは、祝日の意味などには無関心で、ただぐうたらするために設けられているようで、我意に添っている。

今年の元旦はほとんど何も喰えなかったが、昨年の元旦は、ヨーロッパのカジノで年越しも何も関係なしに徹夜作業中だった。

一昨年の元旦はというと、眼がさめたとたんにカレーライスが喰いたくなって、とるものもとりあえず、ありあわせの材料でカレーを作り、大皿に三杯喰って腹が突っ張り、夜まであまり口が利けなかった。

その前の年の元旦は、突然、稲荷鮨《いなりずし》が喰いたくなったことを思いだす。

しかし油揚げの用意がない。元日の朝まだきで豆腐屋があいているわけはない。

「缶詰の稲荷鮨というのも売ってるわよ」

「なんだ、それは——」

「知らない。油揚げの煮たのが入ってるんでしょ」

もしそうなら駄目である。なにしろ街で売っている稲荷鮨というものは、皆、飴煮したように甘ったるくて喰べられた代物じゃない。稲荷鮨に限らず、売っている煮物はすべて甘すぎる。それもサッカリンだか何かを使っているような甘さである。ぜひそうしなければならないほど、経費がちがうのだろうか。それとも、そんなところで出来合いの食品を買って帰る主婦は、あんな妙ちきりんに甘い煮物がお好みなのだろうか。

とにかく稲荷鮨は、ぜひ自家で造らなければならない。

私の知る限りでは、昔、九段の三業地の市ヶ谷寄りの裏道に甘くない稲荷鮨を売る店があった。大分以前に店がなくなり、近所の人にきくと市谷田町の方に越したとかで、苦心惨憺して探し当てたが、仕出しの弁当屋に転業していて、鮨はこしらえていなかった。

どこも店はやってないわよ、とカミさんはいったが、じっとしていられないから近所を探索に出かけた。一軒のおかず屋さんで、ここもカーテンをおろしていたが、そのお内儀《かみ》が戸をあけて外へ出てきた瞬間に中へ押し入り、店内を一瞥すると売れ残った奴が四、五枚あった。

急場を救ってもらって感謝しながらその油揚げを買ったけれど、売れ残りを無神経においてあることもわかったから、二度とその店にはいかない。

それはともかく、眼ざめとともに喰べ物を発心《ほっしん》するのは、元旦だからなにか新鮮な思いつきのように感じられてあくまでこだわるが、平常だって珍しくはない。

壮年の頃は、前の晩の食事をしながら、明日の朝の食事を思い描いて、夕食を喰べおわるまでに内心でまとめてしまう。近頃はすぐ満腹になってしまって、その満腹がまたひどく重苦しくて、食事中に次の食事のことなどとても考えられない。

何かを喰い終ったときほど不愉快なものはないので、腹は突っ張らかり、涙と鼻汁があふれだし、喉が渇き、胸がやけ、そのうえもう喰えないという絶望感が重なる。腹を空かしていたときがなつかしい。腹を減らして、何かが喰いたいと思っているときが天国である。

だから強い胃薬をガポスポ呑み、この不愉快さを逃れようとする。で、二時間もするとなんとか人心地がついてくる。そうして何かが喰いたくなってくる。腹が空いて喰い物のことを考えるときが一番幸福なことは重々承知しているが、その幸福ははかないもので、腹が減れば何かを喰ってしまうから、すぐまた胃薬が必要になってくる。錠剤あり、顆粒あり、粉あり、発泡剤あり、なんでもよろしい。混ぜこぜにして呑む。飯を二膳喰って、胃薬を一膳呑むという感じである。先日トイレに行ったとき、排泄の最中に、ポロリンという音がした。よく検《あらた》めはしなかったが、あれはおそらく、胃薬がよくこなれないで出てきたのであろう。

私の胃袋は、胃薬をこなしきれないほどおとろえてしまったのか、と思う。

このところ、何を喰っているかというと、象徴的にいえば、御飯である。

あいかわらず胸がもたれて、食欲は本格的ではないけれど、食欲不振の折りですら、米の御飯を見ると生き返る。私の喰い物の核は米飯で、その他の食品はすべて御飯のために存在する。だから私は喰いしんぼうではあるが、おかずッ喰いではない。うどんやソバも御飯と一緒に喰べたい。パンですら、御飯につけて喰ってみたい。

実は、かねてから体重オーバーで、その御飯を一再ならずやめようとした。現に、御飯を喰べている以上、その決心はいつも半端な形で終ったので、はずかしいからくわしくは記さないが、私の意志の弱さのみならず、それにはいつも不運がつきまとうのである。

今日から米断ち、と宣言して、一週間ほどの間に、どういうわけか、方々の知友から頂戴物をする。頂戴物をして嬉しくないわけがないが、まるで私をからかうかのように、米飯がなければどうにもならんような喰べ物をいっせいに送りつけてくるのである。

昨年の十二月のはじめに、何度目かの米断ちをした。すると待っていたように、京都の千枚漬をいただいた。魚河岸の知合いから、鱈子、筋子、数の子の入った樽をいただく。奈良漬をいただく。鳴海屋の明太子をいただく。ちょうど、お歳暮という厄介な季節だったことに気がついたときはおそい。他にも、私をこれ以上肥えさせて毒殺しようとして、川越産のさつま芋のかりんとう、ロバートスンの苺ジャムなど甘味も送りつけてくる。

私の大親友で、彼だけは平生、食事制限をうるさく注意してくれるE君まで、

「なににしようかと迷ったのですが、阿佐田さん、お好きだから――」

津軽漬をドサッと持って来た。

これで米飯を喰わない方がどうかしている。私は不承不承に米の飯をためらいつつ、喰べていたが、今年になってもうヤケで、馬鹿喰いするようになった。老いた母親が、正月に息子のところを訪ねてきて、土産にアレを持ってきたからである。アレが息子の大好物と知り抜いている母親が、あろうことか、デパートに立ち寄って、さまざまなアレを十袋ばかりも買ってしまったのである。

アレとはつまり、あの食品のことで、べつに名前を忘れているわけではないが、おそろしくてなかなかいえない。つまり〝ふりかけ〟である。どこのなんという名品ではない。ありきたりの〝ふりかけ〟であるが、ありきたりでいいというところに病膏《こう》肓《こう》に入《い》っていることがわかる。

これが我が家ではずっとタブーにされている喰い物で、私が肥り出して以来、食卓の上に絶対これをおかない。

かりに、私の好きな副食物の中から、とりわけ好きなものを三品えらべ、といわれたら、

①　海苔《のり》
②　胡麻
③　鰹節

ということになるので、ありきたりの〝ふりかけ〟の中にはたいがいこの三種類が入っているから、そう思っただけでも昂奮してくる。

そのうえ瓶詰の海苔の佃煮でもあろうものなら、食事が終ったあと、ふりかけで一杯（小ドンブリに）、海苔の佃煮を浮かして茶漬を一杯、さらに興が乗って、ふりかけで一杯、と、とめどがなくなる。

私が街に買出しに行って食品ストアに入ったとしても、ふりかけ類が並べてある通路は避けてとおる。それが眼の前の食卓に並んだのだからたまらない。四、五年ぶりで、私は御飯を口いっぱいに含む味を味わった。

それまでは、二粒三粒、薬粒のように、何かを喰った合の手に口の中に入れて、ああ俺は米の飯を喰ってるんだぞ、と慰めていたのである。

昔の江戸ッ子ではないが、（ああ、死ぬまでに一度でいいから、米の飯をほおばってみてえ――）と思っていたのである。

ほおばりだした結果、また二キロばかり増量になった。

ではお前は、ふりかけの小袋以上に、愛する喰べ物はないのか、と問われれば、私も男だから、とっておきのアレのことを記さねばならない。

葱《ねぎ》をみじんに切り、鰹節と海苔を混ぜ、化学調味料と醬油であえる。

ただそれだけのものだが、もうこれが食卓の上に出ると、ハアハアと肩で息をし、舌がダラリと伸びる。そのくらいうまくて、あきない。

ふりかけにしろ、この名称をつけがたい喰べ物にしろ、実にいいのは他の喰い物の味を損わないことである。

私の家でもカミさんが、他の料理の皿を膳の上に並べるし、つきあいでそれに箸を出さないでもないが、私にとって〝ふりかけ〟が主たる味であるといっても、同時に伴奏のようなものでもあり、他のどんな皿ともアンサンブルがとれる。

たとえば肉の生姜焼きがあるとしよう。あるいは蟹の三杯酢があるとしよう。それらは独立したそれぞれの味であり、喰べて、その味が口の中で消えるまで、次の箸が他の皿に伸びない。

今夜は肉を、或いは蟹を、喰べようというときはよろしい。しかし、ふりかけを喰べようというときに、それらはふりかけの味と風味を阻害する。

だから、巣に居るときは毎夜、ふりかけ御飯である。試みにヴェランダへ出て縄飛びすると、尻の穴から、ぱっぱっと、ふりかけが散り落ちるかもしれない。

しかし、ふりかけが手元にある間は、他の皿にはなるべく手を出さないようになる。

思い出の喰べ物ワースト3※

一

つれづれなるままに、我が生涯の最悪の喰べ物について考えてみると、これはあの敗戦前後の数年間がピークになっているのは、諸般の状勢上やむをえない。

もはや三十年に近くなんなんとする昔のことといっても、あの思い出は強烈で、いまだにそのひとつひとつが口の中にこびりついているようだ。

カボチャの粉というのが配給になったが、これなどはワーストスリーのトップを飾るものであったな。カーキ色の（つまり南瓜《カボチャ》色の）ジメジメした粉で、練ってダンゴ状のものにして蒸して喰う。うす甘くて、ちょうど蒸し羊羹《ようかん》をうんと淡白にしてそれに植物性のアクをつけ加えたようなしろもので、こう書くと、なに、それほどヒドそうでもなかろうが、という声がありそうだが、どっこい、そうはいかない。

配給されたとき、すでに眼をこらしてみると、なにかモゾモゾ動いている気配だったが、新聞紙の上にぶちまけて風通しのよいところへおいておいたにもかかわらず、日ならずしてモゾモゾが烈しくなり、全体にびっしりと白い蛆《うじ》が湧いているのである。ピンセットでとりのけるという段階じゃない。丹念に除いていったら粉は半分以下に減ってしまっただろう。なにしろ喰う物がないから、そいつをそのまま丸めて蒸すよりは仕方がなかった。

黄色い粉に白ゴマをどっさり撒き散らしたような按配で、口に入れるとプツプツ音を立てる。おそらく粉というよりは、旺盛に繁殖した蛆と、その蛆が旺盛にひねりだした糞のかたまりを食していたのであろう。

当時、私たちは例外なく虱《しらみ》の大群に襲われており、シャツや寝巻の縫い目のところなど列をなしている奴を、動物園の猿よろしく指で駆除したものだ。シャツにも虫、喰い物にも虫、ムシ風呂の中にいるようだとはこんなときのことでもあろうか。

カボチャの粉の次に配給になったのは、大豆の豆粕が固い板状になったものだった。これはもう、どうやって喰うのか見当もつかない。カボチャに寄生する蛆はまるまる肥えていたが、豆粕には細い糸のような虫がうごめいていた。

私の父親は退役の職業軍人で、与えられる喰べ物に絶対不満をいわない男だったが、この豆粕は、えいッと口に放りこんだまま、呑みこみもならず、眼を白黒していたことを覚えている。

私は空襲さかんなりし頃に、自分たちの同人雑誌が摘発されて、中学を無期停学になっており、（無期停学は退学より重くて他の学校に転校もできなかった）非国民の烙印を押されて家の中に謹慎していなければならなかった。周辺の者はむろん、親兄弟からも穀《ごく》つぶしという眼を向けられていた。

進学もできない。工場街に足を踏み入れてもいけないことになっているので、徴用にもとられない。徴兵の年令になってもおそらく苛酷な扱いを受けるだろう。友だちとは断絶、この世に誰も、優しい眼を向けてくれる者はない。こうなると十四、五才の子供はもうどうしていいかわからない。

とりわけ辛かったのは、家の者と一緒に乏しい食卓の前に坐るときだった。そんなわけで、ぜいたくをいえる身分ではない。カボチャの粉も、豆粕のカチンカチンも、とにかく口に入れてしまわなければならない。

私の家の近所に山岡さんという中気《ちゆうき》の女気狂いがいた。えらい学者の妻だったらしいが変ににたにた笑いながら一日中近隣をほっつき歩く。決して暴れるわけではないが、なんとなく気味が悪い。山岡さんが来たぞォ、などというとむずかっていた幼な子が泣きやむというような具合である。

その山岡さんが、ある日、魚の配給所の前の道に干してあったとろ箱（魚を運んでくる長四角の箱）にこびりついていた魚の鱗《うろこ》を一枚一枚はがして喰べていた。

よっぽど餓えていたのであろう。ひどく汚ない行為なのだが、そのときふと山岡のおばさんを、かわいいな、と思った。なんとなくにこにこして眺めちゃった。おそらく当時の私の境遇が、狂人と同じくらい社会から弾きだされていたからであろう。

二

そういう私にとって、敗戦というやつは意外な感じはしたが、とにかくホッとした。ホッとはしたが食糧事情はかくべつよくならなかった。基本的な食事は依然としてトウモロコシの粉のパンであり、高粱《コーリヤン》を入れた飯であったりする。しかし戦争中とちがって、いくらかヴァラエティがある。たとえば進駐軍のチョコレートであり、コンビーフの缶詰である。

私の家は焼け残ったので、さまざまな知人が身を寄せてくる。多いときには八世帯ぐらい入っていたと思う。中には景気のいい人がいて、その人の部屋はいつもいい匂いをたてている。で、留守のときに忍びこんで飴玉を盗み喰ったりした。しばらくしてヤミ市に、とにかく喰い物らしいものが並ぶようになった。けれども軍人恩給は廃止になって、私の家には金がない。進学のことなどその頃は考えなかった。どうやって、いろんなものを喰ってやろうか、とそのことで頭がいっぱいだった。

喰うために働くというのはあのことであろう。かつぎ屋、靴みがき、叩き売り、炭屋の小僧、いろんなことをやったが大半はヤミ市で買い喰いしちまった。また喰っても喰ってもよく腹が空いたな、あの頃は。

芋のきんとん、さつま芋を潰して煮つめ、サッカリンなどの甘味を加えたもので、ところによるとこのきんとん屋ばかりずらりと並んでいる。

「甘いよ、甘いよ、さァこてこての大盛りだよ」

大鍋で煮つまらして湯気の出ているやつをドンブリに盛りつけて、十円だったかな。ちっともうまそうじゃないが、喰いだすとクセになってやめられない。

このきんとんを人工着色して紫色にしたのが〝アンコ〟。芋饅頭だの芋飴だの、さつま芋が全盛のころで、おかげで芋はきらいになったという人が多い。

私はちょっと変わっていて、太白《たいはく》だの農林一号だのはなるほど気がいかないが、さつま芋の最上種、黄色くホカホカした金時芋だけはかえって好きになった。

金時はさして太くもならず、目方でいくと損なのでお百姓があまり作りたがらない。だから芋全盛の頃も、金時は貴重品であった。あの頃の癖で、金時ときくとたんに有難いような気分になってくる。

この金時は普通の芋よりちょっとおくれて十月末頃から市場に出廻ってくるが、ひと冬越して翌年の二、三月頃がもっとも旨い。この頃になると私は街へ買出しに行くたんびに、上質の金時を探して必ず籠に入れて戻る。

そういえば京都の新京極に年がら年じゅうそれ専門に売っている焼芋屋さんがある。よほどの時候はずれ以外は必ずうまい金時を使用しており、焼芋の袋を抱えて宿へ帰り、夜食に喰うというのがかなりの楽しみになっている。

話を元に戻して、芋類以外の当時のヤミ市の代表的喰べ物といえば〝シチュー〟である。

これは進駐軍の残飯を、ごった煮にして煮こんだやつで、ハンバーグの切れ端あり、トマトあり、サラダ菜が浮いているかと思えば鶏あり魚あり、ギタギタに油が浮いてなんとも複雑な味がする。そのギタギタが魅力的で飛ぶように売れたのだから、お互いよほど栄養失調だったんだなァ。

その頃の新聞だか雑誌に、誰やらの戯文がのっていて、このシチューを喰っているとまっ白な肉片が出てきた。イカだな、と思って噛めども噛めども喰い切れない。ようく見たら、なんと例のサックであった。

これなどはおおいにリアリティのある話で、現に私などもドンブリの中から煙草の吸いがらが出てきたのが二度や三度ではない。残飯とはいってもゴミ捨てみたいなもので、売ってる兄さんになんかいうと、

「おじさん、気の弱いことといっちゃいけねえよ、大丈夫だったら、うんと煮こんであ

るんだから、完全消毒だい――」

そりゃそうだが――。

米の飯もないことはなかった。石油缶に、のり巻きや握り飯など入れて、埃だらけの道ばたで売っている。今日この頃でも競輪場の帰り道などで売っている、あのスタイルである。ただ値段が猛烈に高かった。

そのうえ私たちのほうにも、米の飯を喰うのはなんとなく犯罪意識があった。新橋のヤミ市ができたての頃、小さなバラックが一軒あって、いつも雨戸がしまってる。中でこっそり白米の（当時は銀シャリと称した）お握りを売っている。

私は何日も何日も逡巡したのち、勇を鼓して雨戸をあけた。木の椅子に腰かけて、ゆっくり銀シャリを喰うとどのくらいの値段になるのかわからない。今日でいえば、素寒貧《すっかんぴん》が第一級の割烹《かっぽう》に入っていくようなものである。

文字どおり銀シャリのお握りが二ツ。葱と豆腐の味噌汁にタクアンが三切ればかりついて、八十円だったと思う。（それから小一年ほどして某商事会社といってもヤミ屋だが、チョコッと勤めたときの私の給料が二百何十円だったかと思う）

このときばかりは満腹してそのバラックを出た。腹がもたれてかなわなかった。そうしてそれが、私一人だけ銀シャリを喰った罰であるかのような気がした。

三

しかし、敗戦後のヤミ市で喰ったこうしたものは、不衛生であろうと、高かろうと、それなりにうまがって喰っていた。だからワーストスリーに入れようとは思わない。

私の場合、その後がある。一般には徐々に食糧事情が好転して、食生活もおちつきをとり戻していたようだが、私は博打ばかり打って着のみ着のままで諸方を押し歩いていた時期があるので、市民的な食膳につくどころの騒ぎではなかった。

まァ若かったからできたのであろう。ルンペンとギャングの混血児のような暮し方で、勝ってむしりとった金はパッといっぺんに使ってしまう。負けが重なると呑まず喰わずになる。

勝ったときの金を貯めといたらよかろう、といわれても、そんなケチ暮しをしているようではこの生活のダイゴ味はないので、そのくらいなら足を洗って堅気になってしまったほうがずっとよろしい。だから遊び人が行き倒れてもべつに助けの手を伸ばすことはないのである。本人がその覚悟で遊んでいるのだから。

ある時期、私の周辺に、家出少年やら麻雀ボーイ崩れやら、やくざにはなりきれないがといって一般社会からは落ちこぼれているような男の子たちが集まって梁山泊のようになったことがある。

私自身まだ二十才前の頃だ。私たちは衆をたのんで、誰の土地か知らないが焼跡の片隅に小さな小屋を押したて、そこに寝っ転がって暮した。まだ警察力の弱かった時分である。

私をはじめ二、三人は外へせっせと稼ぎに行ったが、なにしろ街中の乞食博打で、皆が喰えるほどにうるおわない。

夜中になると大挙して、商店街のほうに出かけて、パン屋の裏口に行く。パン屋は翌日売るパンを焼いている真っ最中で、皆いそがしく働いている。その日売れ残った固くなりかけたパンがあり、そいつにバターかジャムをつけて貰って、ほとんど只同然に売ってくれる。

店員に頼むと、店のほうに行ってサンドイッチを作ってくれる。そのすきを見て、全員が裏口から入り、できかけのラスクだの、豆菓子だの、石油缶に入ってる奴を猛然とポケットに突っこむ。今日はあちらのパン屋、次にはこちらのパン屋と狙い打ちにしてまわった。

それからソバ屋だ。これはカケソバ一杯分の代金を払わなければならない。

皆でカケソバを一杯ずつ註文する。できあがってくると、卓上においてあるトウガラシの容器の蓋をあけて、中の粉をそっくりソバの中にいれる。そうして箸でもって力いっぱいかきまわす。するとまッ赤なドロドロした液状のものができあがる。そいつを、眼をつぶり、鼻をつまんで、一息に呑み干すのである。

代金をおくなり、一散に小屋まで駈けだす。涙は出る、鼻はたれる、それよりも口の中から胃袋にかけてカーッとしてしまってなにがなんだかわからない。

小屋にきてぶっ倒れる。それでもう二、三日は食欲まるでなし。喰うどころじゃない。カケソバ一杯でとにかく二、三日は生きていられる。

こいつをずいぶんくりかえした。おかしなもので、三カ月ぐらいくりかえしているうちに、なんとなくこいつをやらないと身がひきしまらないような気分になってきた。そのときはもうおそかったのである。ある日ふざけ半分に、七味トウガラシの袋を買って一袋全部を水にまぜて呑んだ。こんなものはまるできかない。七味でなく一味でやった。

キューン、とノーテンが張り裂ける思いですこぶるよろしい。酒を呑むときも、酒に混ぜる。お茶の中にも混ぜる。

一番ひどいときは、二時間ほどのうちに一袋ずつ、口の中に流しこまないと、ぼんやりしてしまう状態になった。いわゆるトウガラシ中毒というやつで、切れるとぼんやりするが、粉を呑んだとてはっきりするわけではない。廃人一歩手前という状態から、すっかり回復するのにずいぶん手間どった。

そんな因縁があるので、戦時中の蛆カボチャ、蛆豆粕に加えて、戦後のトウガラシソバ、この三つを私のワーストスリーに選びたい。

あのとき、トウガラシで頭をやられなかったら、今もう少しいい原稿を書いているような気もするし、逆にまだ博打渡世で威勢よく日をすごしていたかもしれない。

出典・初出一覧

（色川武大＝無印　阿佐田哲也＝※）

『色川武大・阿佐田哲也エッセイズ』第1巻「放浪」（ちくま文庫　二〇〇三年刊）は、『エッセイズ』1　と略。
『色川武大・阿佐田哲也エッセイズ』第2巻「芸能」（ちくま文庫）は、『エッセイズ』2
『色川武大・阿佐田哲也エッセイズ』第3巻「交遊」（ちくま文庫）は、『エッセイズ』3

1　時代

戦後史グラフィティ

出典『エッセイズ』2
初出『戦後史グラフィティ』色川武大、長部日出雄、村松友視、話の特集編集室　一九八九年刊

2　博打

九勝六敗を狙え――の章

出典『エッセイズ』1
初出『うらおもて人生録』毎日新聞社　一九八四年刊

一病息災――の章　同右

相手を恐怖させろ（上記タイトルはこの文庫のために付けたもの）
（「基本的な十章」より「第四章」）　出典『エッセイズ』1
初出『Aクラス麻雀』※（当初のタイトルは『麻雀の推理』）双葉社　一九六九年

オリる場合は一度押せ（「基本的な十章」より「第六章」）　同右

ツカない人を作れ（「基本的な十章」より「第十章」）　同右

梅が桜に変わったコイコイ　出典『エッセイズ』1
初出『麻雀師渡世』※　日本文芸社　一九七一年刊

知らぬ男とダイスをやるな　同右

負ける博打には手を出すな　同右

南郷元准尉・雀荘に戦死す　同右

相手の手がすべてまる見え　出典『エッセイズ』1
初出『阿佐田哲也の麻雀秘伝帳』※（当初のタイトルは『阿佐田哲也のマージャン秘密教室』）一九七一年刊

100マイナス98のカベ　出典『エッセイズ』1
初出『ああ!!　勝負師』※日本文芸社　一九七三年刊

鶴の遠征　同右

3　文学

『離婚』と直木賞　出典『エッセイズ』1
初出『ばれてもともと』文藝春秋　一九八九年刊
『生家へ』について　『戦争育ちの放埓病』幻戯書房　二〇一七年刊
文体についてかどうかわからない　出典『エッセイズ』1
初出『色川武大阿佐田哲也全集十六巻』「雑纂3」福武書店　一九九二年刊
他者とのキャッチボールを　『戦争育ちの放埓病』

4　芸能

可楽の一瞬の精気　出典『エッセイズ』2
初出『寄席放浪記』廣済堂出版　一九八六年刊
林家三平の苦渋　同右
名人文楽　同右
志ん生と安全地帯　同右
浅草の文化財的芸人　同右
ロッパ・森繁・タモリ　出典『エッセイズ』2

渥美清への熱き想い　初出『なつかしい芸人たち』新潮社　一九八九年刊
金さまの思い出　同右
本物の奇人　同右
まっとうな芸人、圓生　同右
出典『エッセイズ』2
初出『色川武大阿佐田哲也全集』十六巻

5　ジャズ・映画

流行歌手の鼻祖　出典『エッセイズ』2
初出『なつかしい芸人たち』
イエス・サー・ザッツ・マイ・ベビィ　出典『エッセイズ』2
初出『唄えば天国ジャズソング』「ミュージック・マガジン」一九八七年刊
ひとり者のラヴ・レター　同右
暗黒街の顔役　出典『エッセイズ』2
初出『色川武大の御家庭映画館』双葉社　一九八九年刊
トップ・ハット　同右
筒井康隆『不良少年の映画史』解説　出典『エッセイズ』2

初出『色川武大阿佐田哲也全集』十六巻

6 交遊

有馬さんの青春
出典『エッセイズ』3
初出『色川武大阿佐田哲也全集十三巻』一九九二年刊

藤原審爾さん
出典『エッセイズ』3
初出『阿佐田哲也の怪しい交遊録』※実業之日本社 一九八八年刊

山田風太郎さん
『色川武大阿佐田哲也全集十三巻』一九九二年刊

川上宗薫さん
出典『エッセイズ』3
初出『阿佐田哲也の怪しい交遊録』※

深沢さんと自然の理
出典『エッセイズ』3
初出『ばれてもともと』文藝春秋 一九八九年刊

あたたかく深い品格
出典『エッセイズ』3
初出『色川武大阿佐田哲也全集十三巻』一九九二年刊

へんな交遊
同右

唐十郎さま まいる
『戦争育ちの放埓病』

7　食

駄喰い三昧
出典『エッセイズ』3
初出『喰いたい放題』潮出版　一九八四年刊
思い出の喰べ物ワースト3　『三博四食五眠』※　幻戯書房　二〇一七年刊

解説　負けゆく人への「あつい眼ざし」

木村紅美

二十代の後半、日本橋にある商社の経理課に勤めていた頃、上下関係になじめなくて滅入っていた。当時、本、特に小説は、手に取っても内容がまるで頭に入らないことが多かった。少しでも絵空事めいて感じられると、ばかにされている気がして放り出してしまう。毎日、遅刻寸前に飛び起きては満員電車に揺られ出勤し、何とか仕事をこなし帰ってくるだけで、疲れ果てていた。

それでも、自分の悩みなどちっぽけなものだと吹き飛ばしてくれそうな作家をあきらめないで探すうち、色川武大、田中小実昌、深沢七郎、といった人たちと巡り会った。彼らの文章は、不思議なことに、栄養がしみこむように私の心の奥まで入ってきて、立て続けに読んだ。組織にがんじがらめになっていても内面では飄々《ひょうひょう》としていればいいと、教えてくれた。おかげで二十代を生きのびられたと、ずっと感謝している。

この新たに編集されたベスト・エッセイに他の二人がたびたび出てくるのを、心底嬉しく思うのは私だけではないはずだ。めいめいが、人生の裏を知り尽くした親方、みたいなイメージのする三人には、互いに響きあうものがあった。深く納得がゆく。

　色川親方の特徴は、まず、ばくち打ちであること。そして、いろんな事情や不運が重なり、本来抱いていた志から外れた道を歩むことになった人たち——芸人でも、市井の人でも、陽の当たる場所から隅へ追いやられた、または、自分から隅へ吸い寄せられたかのような人たちに、なにか光るものを見出す癖があることだ。そのおおらかさに、浮かない作家志望者だったOLの私は救われてきた。

　本書には、沈んだ声でとぎれとぎれにしゃべるという陰気くさそうな落語家や、駄作ばかり撮り続けたB級映画監督などへの、おもわず「そんなに?!」と問いかけたくなるほどの、尋常でなく強い愛着が書かれている。昭和の初めに人気絶頂だった二村定一というスター歌手の落ちぶれてゆくさまについては、小学生のころから気にして、浅草へ公演を追っかけては「あつい眼ざし」をそそいだりしていたという。彼が負けゆく人を好きなのは、天性であり、筋金入りだ。身近にいたら絶対に迷惑に決まっている存在の観察の仕方も、ちょっと変わっている。元軍人でケチでしつこくて自分勝手で、だれもが毛嫌いしていたという麻雀仲間の死についてのエピソードは、その徹底したイヤな奴っぷりをむしろ面白がり、敬意さえ払っているのに驚く。

　負ける、といえば、会社での印象深い上司に、五十すぎのNさんという部長代理がいた。東大卒だけれど仕事ができなくて本社から子会社へ出向してきて、部下の女性たちとも、上の管理職たちとも不仲で、つねに板挟みに遭い、精気を削り取られたような人だった。その彼が、いっぺん、社のパーティー会場で、居場所がなく壁ぎわにじっと佇んでいた私の腕を突然引っ張り、挨拶回りに連れ出したことがある。

「こういうときは、こうしなきゃ駄目だ、木村さん！　俺のようになる！」

と、異様な迫力で叱咤してきたNさんの真顔は、会社を辞め十二年経っても鮮やかにおぼえている。何だか、色川の文章に出てきそうな人だった、と思うのは、本書にちらりと登場する芸人、マルセ太郎の長年のファンだと聞いたせいもある。

私が、人望厚い上司より、ついには孫会社をたらい回しになる羽目に陥ったNさんのような、出世コースから突き放された人を妙に忘れられずにいるのは、色川の影響なのだろうか。あるいは、もともと、彼に「俺のようになる！」などと叫ばれてしまう面のある人間だからこそ、色川に惹かれるようになったのか。一体、どちらだろう。

月から金まで、毎日、昼休みになると給湯室に集まり『笑っていいとも！』を観ながら楽しげに談笑し、ランチを食べる女性たちの輪に、私はどうにも溶け込めなかった。しだいに、一人で外食に出かけたり、どこかで買ったお弁当を公園で食べることが多くなった。私の眼には、スムーズに輪になじめているように見えていた人のなかにも、急に姿を見なくなった、と思ったら、心の病が原因で退職したのだ、とあとでうわさになる人もいた。私は極度な社交下手でも、伝票を計算し、取引先への支払いデータを期日に合わせ銀行へ送る、といった業務は、黙々と手抜きせずやっていた。それは私の、ぎりぎりの真摯さだった。

息詰まると、しょっちゅう、トイレへうたた寝しに逃げ込んでいたあの頃の私は、色川武大にならば見捨てられないだろう、と存在全体を受け止められているように思っていた。本を読むことを通じ、かけがえのない安心感を与えられていた。いま、こんな器の大きなセーフティネットといえる作家はいるだろうかと、考え込んでしまう。助けを求め引き寄せられる読者は、このさき、ますます増えるのではないだろうか。

本書のなかには今日の人権意識に照らして不当・不適切な語句や表現がありますが、時代的背景と作品の価値にかんがみ、また、著者が故人であるためそのままとしました。

本書は文庫オリジナルです。

新版 思考の整理学　外山滋比古

「東大・京大で1番読まれた本」で知られる〈知のバイブル〉の増補改訂版。2009年の東京大学での講義を新収録し読みやすい活字になりました。

質問力　齋藤孝

コミュニケーション上達の秘訣は質問力にあり！これさえ磨けば、初対面の人からも深い話が引き出せる。話題の本の、待望の文庫化。（斎藤兆史）

整体入門　野口晴哉

日本の東洋医学を代表する著者による初心者向け野口整体のポイント。体の偏りを正す基本の「活元運動」から目的別の運動まで。（伊藤桂一）

命売ります　三島由紀夫

自殺に失敗し、「命売ります。お好きな目的にお使い下さい」という突飛な広告を出した男のもとに、現われたのは？（種村季弘）

こちらあみ子　今村夏子

あみ子の純粋な行動が周囲の人々を否応なく変えていく。第26回太宰治賞、第24回三島由紀夫賞受賞作。書き下ろし「チズさん」収録。（町田康／穂村弘）

ベルリンは晴れているか　深緑野分

終戦直後のベルリンで恩人の不審死を知ったアウグステは彼の甥に訃報を届けに陽気な泥棒と旅立つ。歴史ミステリの傑作が遂に文庫化！（酒寄進一）

向田邦子ベスト・エッセイ　向田邦子　向田和子編

いまも人々に読み継がれている向田邦子。その随筆の中から、家族、食、生き物、こだわりの品、旅、仕事、私……、といったテーマで選ぶ。（角田光代）

倚りかからず　茨木のり子

もはや／いかなる権威にも倚りかかりたくはない……話題の単行本に3篇の詩を加え、高瀬省三氏の絵を添えて贈る決定版詩集。（山根基世）

るきさん　高野文子

のんびりしていてマイペース、だけどどっかヘンテコな、るきさんの日常生活って？　独特な色使いが光るオールカラー。ポケットに一冊どうぞ。

劇画 ヒットラー　水木しげる

ドイツ民衆を熱狂させた独裁者アドルフ・ヒットラーとはどんな人間だったのか。ヒットラー誕生からその死まで、骨太な筆致で描く伝記漫画。

ねにもつタイプ　岸本佐知子

何となく気になることにこだわる、ねにもつ。思索、奇想、妄想はばたく脳内ワールドをリズミカルな名短文でつづる。第23回講談社エッセイ賞受賞。

TOKYO STYLE　都築響一

小さい部屋が、わが宇宙。ごちゃごちゃと、しかし快適に暮らす、僕らの本当のトウキョウ・スタイルはこんなものだ！　話題の写真集文庫化！

自分の仕事をつくる　西村佳哲

仕事をすることは会社に勤めること、ではない。仕事を「自分の仕事」にできた人たちに学ぶ、働き方のデザインの仕方とは。（稲本喜則）

世界がわかる宗教社会学入門　橋爪大三郎

宗教なんてうさんくさい!?　でも宗教は文化や価値観の骨格であり、それゆえ紛争のタネにもなる。世界宗教のエッセンスがわかる充実の入門書。

ハーメルンの笛吹き男　阿部謹也

「笛吹き男」伝説の裏に隠された謎はなにか？　十三世紀ヨーロッパの小さな村で起きた事件を手がかりに中世における「差別」を解明。（石牟礼道子）

増補　日本語が亡びるとき　水村美苗

明治以来豊かな近代文学を生み出してきた日本語が、いま、大きな岐路に立っている。我々にとって言語とは何なのか。第8回小林秀雄賞受賞作に大幅増補。

子は親を救うために「心の病」になる　高橋和巳

子は親が好きだからこそ「心の病」になり、親を救おうとしている。精神科医である著者が説く、親子という「生きづらさ」の原点とその解決法。

クマにあったらどうするか　姉崎等　片山龍峯

「クマは師匠」と語り遺した狩人が、アイヌ民族の知恵と自身の経験から導き出した超実践クマ対処法。クマと人間の共存する形が見えてくる。（遠藤ケイ）

脳はなぜ「心」を作ったのか　前野隆司

「意識」とは何か。どこまでが「私」なのか。死んだら「心」はどうなるのか。――「意識」と「心」の謎に挑んだ話題の本の文庫化。（夢枕獏）

しかもフタが無い　ヨシタケシンスケ

「絵本の種」となるアイデアスケッチがそのまま本に。くすっと笑えて、なぜかほっとするイラスト集です。ヨシタケさんの「頭の中」に読者をご招待！

品切れの際はご容赦ください

太宰治全集（全10巻）
太宰治

第一創作集『晩年』から太宰文学の総結算ともいえる『人間失格』、さらに『もの思う葦』ほか随想集も含め、清新な装幀でおくる待望の文庫版全集。

宮沢賢治全集（全10巻）
宮沢賢治

『春と修羅』、『注文の多い料理店』はじめ、賢治の全作品及び異稿を、綿密な校訂と定評ある本文によって贈る話題の文庫版全集。書簡など2巻増巻。

夏目漱石全集（全10巻）
夏目漱石

時間を超えて読みつがれる最大の国民文学を、10冊に集成して贈る画期的な文庫版全集。全小説及び小品、評論に詳細な注・解説を付す。

芥川龍之介全集（全8巻）
芥川龍之介

確かな不安を漠然とした希望の中に生きた芥川の全貌。名手の名をほしいままにした短篇から、日記、随筆、紀行文までを収める。

梶井基次郎全集（全1巻）
梶井基次郎

「檸檬」「泥濘」「桜の樹の下には」「交尾」をはじめ、習作・遺稿を全て収録し、梶井文学の全貌を伝える。一巻に収めた初の文庫版全集。（高橋英夫）

中島敦全集（全3巻）
中島敦

昭和十七年、一筋の光のように登場し、二冊の作品集を残してまたたく間に逝った中島敦――その代表作から書簡までを収め、詳細小口注を付す。

ちくま日本文学（全40巻）
ちくま日本文学

小さな文庫の中にひとりひとりの作家の宇宙がつまっている。一人一巻、全四十巻。何度読んでも古びない作品と出逢う、手のひらサイズの文学全集。

内田百閒
ちくま日本文学

花火　山東京伝　件　道連　豹　冥途　大宴会　流渦　蘭陵王入陣曲　山高帽子　長春香　東京日記　サラサーテの盤　特別阿房列車　他　（赤瀬川原平）

阿房列車
――内田百閒集成1
内田百閒

「なんにも用事がないけれど、汽車に乗って大阪へ行って来ようと思う」。上質のユーモアに包まれた、紀行文学の傑作。（和田忠彦）

小川洋子と読む
内田百閒アンソロジー
内田百閒
小川洋子編

「旅愁」「冥途」「旅順入城式」「サラサーテの盤」……今も不思議な光を放つ内田百閒の小説・随筆24篇を、百閒をこよなく愛する作家・小川洋子と共に。

教科書で読む名作
羅生門・蜜柑 ほか　芥川龍之介
表題作のほか、鼻／地獄変／藪の中など収録。高校国語教科書に準じた傍注や図版付き。併せて読みたい名評論や「羅生門」の元となった説話も収めた。

現代語訳
舞姫　森鷗外　井上靖訳
古典となりつつある鷗外の名作を井上靖の現代語訳で読む。無理なく作品を味わうための語注・資料を付す。原文も掲載。監修＝山崎一穎

こころ　夏目漱石
友を死に追いやった「罪の意識」によって、ついには人間不信にいたる悲惨な心の暗部を描いた傑作。詳しく利用しやすい語注付。（小森陽一）

続 明暗　水村美苗
もし、あの『明暗』が書き継がれていたとしたら……。漱石の文体そのままに、気鋭の作家が挑んだ話題作。第41回芸術選奨文部大臣新人賞受賞。

今昔物語（日本の古典）　福永武彦訳
平安末期に成り、庶民の喜びと悲しみを今に伝える今昔物語。訳者自身が選んだ155篇の物語は名訳を得て、より身近に蘇る。（池上洵一）

恋する伊勢物語　俵万智
恋愛のパターンは今も昔も変わらない。恋がいっぱいの歌物語の世界に案内する、ロマンチックでユーモラスな古典エッセイ。（武藤康史）

百人一首（日本の古典）　鈴木日出男
王朝和歌の精髄、百人一首を第一人者が易しく解説。現代語訳、鑑賞、作者紹介、語句・技法を見開きにコンパクトにまとめた最良の入門書。

樋口一葉 小説集　樋口一葉　菅聡子編
一葉と歩く明治。作品を味わうと共に詳細な脚注・参考図版によって一葉の生きた明治を知ることのできる画期的な文庫版小説集。

尾崎翠集成（上・下）　尾崎翠　中野翠編
鮮烈な作品を残し、若き日に音信を絶った謎の作家・尾崎翠。時間と共に新たな輝きを加えてゆくその文学世界を集成する。

川三部作
泥の河／螢川／道頓堀川　宮本輝
太宰賞「泥の河」、芥川賞「螢川」、そして「道頓堀川」と、川を背景に独自の抒情をこめて創出した、宮本文学の原点をなす三部作。

品切れの際はご容赦ください

井上ひさし ベスト・エッセイ　井上ひさし　井上ユリ 編

むずかしいことをやさしく……幅広い著作活動を続け、多岐にわたるエッセイを残した「言葉の魔術師」井上ひさしの作品を精選して贈る。（佐藤優）

ひと・ヒト・人　井上ひさし　井上ユリ 編

道元・漱石・賢治・菊池寛・司馬遼太郎・松本清張・渥美清・母……敬し、愛した人々とその作品を描きつくしたベスト・エッセイ集。（野田秀樹）

開高健 ベスト・エッセイ　開高健　小玉武 編

文学から食、ヴェトナム戦争まで——おそるべき博覧強記と行動力。「生きて、書いて、ぶつかった」開高健の広大な世界を凝縮したエッセイを精選。

吉行淳之介 ベスト・エッセイ　吉行淳之介　荻原魚雷 編

創作の秘密から、ダンディズムの条件まで。「文学」「男と女」「紳士」「人物」のテーマごとに厳選した、吉行淳之介の入門書にして決定版。（大竹聡）

色川武大・阿佐田哲也 ベスト・エッセイ　色川武大/阿佐田哲也　大庭萱朗 編

二つの名前を持つ作家のベスト。文学論、落語からタモリまでの芸能論、ジャズ、作家たちとの交流も。阿佐田哲也名の博打論も収録。（木村紅美）

殿山泰司 ベスト・エッセイ　殿山泰司　大庭萱朗 編

独自の文体と反骨精神で読者を魅了する性格俳優、故・殿山泰司の自伝エッセイ、撮影日記、ジャズ、政治評。未収録エッセイも多数！（戌井昭人）

田中小実昌 ベスト・エッセイ　田中小実昌　大庭萱朗 編

東大哲学科を中退し、バーテン、香具師などを転々とし、飄々とした作風とミステリー翻訳で知られるコミさんの厳選されたエッセイ集。（片岡義男）

森毅 ベスト・エッセイ　森毅　池内紀 編

まちがったって、完璧じゃなくたって、人生は楽しい。稀代の数学者が放った教育・社会・歴史他様々なジャンルに亘るエッセイを厳選収録！

山口瞳 ベスト・エッセイ　山口瞳　小玉武 編

サラリーマン処世術から飲食、幸福と死まで。——幅広い話題の中に普遍的な人間観察眼が光る山口瞳の豊饒なエッセイ世界を一冊に凝縮した決定版。

同日同刻　山田風太郎

太平洋戦争中、人々は何を考えどう行動していたのか。敵味方の指導者、軍人、兵士、民衆の姿を膨大な資料を基に再現。（高井有一）

兄のトランク　宮沢清六

兄・宮沢賢治の生と死をそのかたわらでみつめ、兄の死後も烈しい空襲や散佚から遺稿類を守りぬいてきた実弟が綴る、初のエッセイ集。

春夏秋冬　料理王国　北大路魯山人

一流の書家、画家、陶芸家にして、希代の美食家でもあった魯山人が、生涯にわたり追い求めて会得した料理と食の奥義を語り尽す。（山田和）

日本ぶらりぶらり　山下清

坊主頭に半ズボン、リュックを背負い日本各地の旅に出た〝裸の大将〟が見聞きするものは不思議なことばかり。スケッチ多数。（壽岳章子）

のんのんばあとオレ　水木しげる

「のんのんばあ」といっしょにお化けや妖怪の住む世界をさまよっていたあの頃――漫画家・水木しげるの、とてもおかしな少年記。（井村君江）

ねぼけ人生〈新装版〉　水木しげる

戦争で片腕を喪失、紙芝居・貸本漫画の時代と、波瀾万丈の人生を、楽天的に生きぬいてきた水木しげるの、面白くも哀しい半生記。（呉智英）

老いの生きかた　鶴見俊輔編

限られた時間の中で、いかに充実した人生を過ごすかを探る十八篇の名文。来るべき日にむけて考えるヒントになるエッセイ集。

老人力　赤瀬川原平

20世紀末、日本中を脱力させた名著『老人力』と『老人力②』が、あわせて文庫に！　ぼけ、ヨイヨイ、もうろくに潜むパワーがここに結集する。

東京骨灰紀行　小沢信男

両国、谷中、千住……アスファルトの下、累々と埋もれる無数の骨灰をめぐり、忘れられた江戸・東京の記憶を掘り起こす鎮魂行。（黒川創）

向田邦子との二十年　久世光彦

あの人は、あり過ぎるくらいあった始末におえない胸の中のものを誰にだって、一言も口にしない人だった。時を共有した二人の世界。（新井信）

東海林さだおアンソロジー
人間は哀れである　東海林さだお　平松洋子編

世の中にはびこるズルの壁、はっきりしない往生際……抱腹絶倒のあとに東海林流のペーソスが心に沁みてくる。平松洋子が選ぶ23の傑作エッセイ。

品切れの際はご容赦ください

文房具56話　串田孫一

使う者の心をときめかせる文房具。どうすればこの小さな道具が創造力の源泉になりうるのか。文房具の想い出や新たな発見、工夫や悦びを語る。

おかしな男　渥美清　小林信彦

芝居や映画をよく観る勉強家の彼と喜劇マニアのぼく。映画「男はつらいよ」の〈寅さん〉になる前の若き日の渥美清の姿を愛情こめて綴った人物伝。（中野翠）

青春ドラマ夢伝説　岡田晋吉

『青春とはなんだ』『俺たちの旅』『あぶない刑事』……。テレビ史に残る名作ドラマを手掛けた敏腕TVプロデューサーが語る制作秘話。（鎌田敏夫）

万華鏡の女　女優ひし美ゆり子　ひし美ゆり子　樋口尚文

ウルトラセブンのアンヌ隊員を演じてから半世紀、いまも人気を誇る女優ひし美ゆり子。70年代には様々な映画にも出演した。女優活動の全貌を語る。

ゴジラ　香山滋

今も進化を続けるゴジラの原点。太古生命への讃仰、原水爆への怒りなどを込めた、原作者による小説・エッセイなどを集大成する。（竹内博）

赤線跡を歩く　木村聡

戦後まもなく特殊飲食店街として形成された赤線地帯。その後十余年、都市空間を彩ったその宝石のような建築物と街並みの今を記録した写真集。

おじさん酒場　増補新版　山田真由美文　なかむらるみ絵

いま行くべき居酒屋、ここにあり！　居酒屋から始まる夜の冒険へ読者をご招待。さあ、読んで酒を飲もう。いい酒場に行こう。巻末の名店案内105も必見。

プロ野球新世紀末ブルース　中溝康隆

伝説の名勝負から球界の大事件まで愛と笑いの平成プロ野球コラム。TV、ゲームなど平成カルチャーとプロ野球の新章を増補し文庫化。（熊崎風斗）

禅ゴルフ　Dr.ジョセフ・ペアレント　塩谷紘訳

今という瞬間だけを考えてショットに集中し、結果に関して自分を責めない。禅を通してゴルフの本質と心をコントロールする方法を学ぶ。

国マニア　吉田一郎

ハローキティ金貨を使える国があるってほんと⁉　私たちのありきたりな常識を吹き飛ばしてくれる、世界のどこか変てこな国と地域が大集合。

旅の理不尽　宮田珠己

旅好きタマキングが、サラリーマン時代に休暇を使い果たして旅したアジア各地の脱力系体験記。鮮烈なデビュー作、待望の復刊！（蔵前仁一）

ふしぎ地名巡り　今尾恵介

古代・中世に誕生したものもある地名は「無形文化財」的でありながら、「日用品」でもある。異なる性格を同時に併せもつ独特な世界を紹介する。

はじめての暗渠散歩　本田創／髙山英男／吉村生／三土たつお

失われた川の痕跡を探して散歩すれば別の風景が現れる。橋の跡、コンクリ蓋、銭湯や豆腐店等水に関わる店。ロマン溢れる町歩き。帯文＝泉麻人

鉄道エッセイコレクション　芦原伸 編

本を携えて鉄道旅に出よう！　文豪、車掌、音楽家——、生粋の鉄道好き20人が愛を込めて書いた「鉄分100％」のエッセイ／短篇アンソロジー。

発声と身体のレッスン　鴻上尚史

あなた自身の「こえ」と「からだ」を自覚し、魅力的に向上させるための必要最低限のレッスンの数々。続ければ驚くべき変化が！（安田登）

B級グルメで世界一周　東海林さだお

読んで楽しむ世界の名物料理。キムチの辛さにうなり、小籠包の謎に挑み、チーズフォンデュを見直し、どこかで一滴の醤油味に焦がれる。（久住昌之）

中央線がなかったら　見えてくる東京の古層　陣内秀信／三浦展 編著

中央線がもしなかったら？　中野、高円寺、阿佐ヶ谷、国分寺……地形、水、古道、神社等に注目すれば東京の古代・中世が見えてくる！　対談を増補。

決定版　天ぷらにソースをかけますか？　野瀬泰申

食の常識をくつがえす、衝撃の一冊。天ぷらにソースをかけないのは、納豆に砂糖を入れないのは——あなただけかもしれない。（小宮山雄飛）

増補　頭脳勝負　渡辺明

棋士は対局中何を考え、休日は何をしている？　将棋の面白さ、プロ棋士としての生活、いま明かされるトップ棋士の頭の中！（大崎善生）

世界はフムフムで満ちている　金井真紀

街に出て、会って、話した！　海女、石工、コンビニ店長……。仕事の達人のノビノビ生きるコツを拾い集めた。楽しいイラスト満載。（金野典彦）

品切れの際はご容赦ください

現代語訳 文明論之概略　福澤諭吉／齋藤孝 訳
「文明」の本質と時代の課題を、鋭い知性で捉え、巧みな文体で説く。福澤諭吉の最高傑作にして近代日本を代表する重要著作が現代語でよみがえる。

それからの海舟　半藤一利
江戸城明け渡しの大仕事以後も旧幕臣の生活を支え、徳川家の名誉回復を果たすため新旧相撃つ明治を生き抜いた勝海舟の後半生。（阿川弘之）

戦う石橋湛山　半藤一利
日本が戦争へと傾斜していく昭和前期に、ひとり敢然と軍部を批判し続けたジャーナリスト石橋湛山。壮烈な言論戦を大新聞との対比で描いた傑作。

もうひとつの天皇家 伏見宮　浅見雅男
戦後に皇籍を離脱した11の宮家――その全ての源流となった「伏見宮家」とは一体どのような存在だったのか？　天皇・皇室研究には必携の一冊。

幕末維新のこと　司馬遼太郎／関川夏央 編
「幕末」について司馬さんが考えて、書いて、語ったことの真髄を一冊に。小説以外の文章・対談・講演から、激動の時代をとらえた19篇を収録。

東條英機と天皇の時代　保阪正康
日本の現代史上、避けて通ることのできない存在である東條英機。軍人から戦争指導者へ、そして極東裁判に至る生涯を通して、昭和期日本の実像に迫る。

水木しげるのラバウル戦記　水木しげる
太平洋戦争の激戦地ラバウル。その戦闘に一兵卒として送り込まれ、九死に一生をえた作者が、体験が鮮明な時期に描いた絵物語風の戦記。

明治・大正・昭和 不良少女伝　平山亜佐子
すれっからしのバッド・ガールたちが、魔都・東京を跋扈する様子を生き生きと描く。自由を追い求めた近代少女の真実に迫った快列伝。（井上章一）

鬼の研究　馬場あき子
かつて都大路に出没した鬼たち、彼らはほろんでしまったのだろうか。日本の歴史の暗部に生滅した〈鬼〉の情念を独自の視点で捉える。（谷川健一）

武士の娘　杉本鉞子／大岩美代 訳
明治維新期に越後の家に生れ、厳格なしつけと礼儀作法を身につけた少女が開化期の息吹にふれて渡米、近代的女性となるまでの傑作自伝。

自分のなかに歴史をよむ　阿部謹也
キリスト教に彩られたヨーロッパ中世社会の研究で知られる著者が、その学問的来歴をたどり直すことを通して描く〈歴史学入門〉。（山内進）

世界史の誕生　岡田英弘
世界史はモンゴル帝国と共に始まった。東洋史と西洋史の垣根を超えた世界史を可能にした、中央ユーラシアの草原の民の活動。

サンカの民と被差別の世界　五木寛之
歴史の基層に埋もれた、忘れられた日本を掘り起こす。漂泊に生きた海の民・山の民。身分制で賤民とされた人々。彼らが現在に問いかけるものとは。

張形と江戸女　田中優子
江戸時代、張形は女たち自身が選び、楽しむものだった。江戸の大らかな性を春画から読み解く。図版追加。カラー口絵4頁。（白倉敬彦）

隣のアボリジニ　上橋菜穂子
大自然の中で生きるイメージとは裏腹に、町で暮らすアボリジニもたくさんいる。そんな「隣人」アボリジニの素顔をいきいきと描く。（池上彰）

奴隷のしつけ方　マルクス・シドニウス・ファルクス　ジェリー・トナー解説　橘明美訳
奴隷の買い方から反乱を抑える方法まで、古代ローマ貴族が現代人に向けて平易に解説。奴隷なくして回らない古代ローマの姿が見えてくる。（栗原康）

江戸衣装図絵　奥方と町娘たち　菊地ひと美
江戸二六〇年の間、変わり続けた女たちのファッション。着物の模様、帯の結び、髪形、装身具など、その流行の変遷をカラーイラストで紹介する。

江戸衣装図絵　武士と町人　菊地ひと美
江戸の男たちの衣装は仕事着として発達した。やがて、遊び心や洒落心から様々なスタイルが生まれた。そのすべてをカラーイラストで紹介する。

幕末単身赴任　下級武士の食日記　増補版　青木直己
きな臭い世情なんてなんのその、単身赴任でやってきた勤番侍が幕末江戸の〈食〉を大満喫！　残された日記から当時の江戸のグルメと観光を紙上再現。

その後の慶喜　家近良樹
幕府瓦解から大正まで、若くして歴史の表舞台から姿を消した最後の将軍の〝長い余生〟を近しい人間の記録を元に明らかにする。（門井慶喜）

品切れの際はご容赦ください

考現学入門　今和次郎　藤森照信編

震災復興後の東京で、都市や風俗への観察・採集からはじまった〈考現学〉。その雑学の楽しさを満載し、新編集でここに再現。（藤森照信）

超芸術トマソン　赤瀬川原平

都市にトマソンという幽霊が！　街歩きに新しい楽しみを、表現世界に新しい衝撃を与えた超芸術トマソンの全貌。新発見珍物件増補。（藤森照信）

路上観察学入門　赤瀬川原平／藤森照信／南伸坊編

マンホール、煙突、看板、貼り紙……路上から観察できる森羅万象を対象に、街の隠された表情を読みとる方法を伝授する。（とり・みき）

自然のレッスン　北山耕平

自分の生活の中に自然を蘇らせる、心と体と食べ物のレッスン。自分の生き方を見つめ直すための詩的な言葉たち。帯文＝服部みれい（曽我部恵一）

地球のレッスン　北山耕平

地球とともに生きるためのハートと魂のレッスン。そして、食べ物について知っておくべきこと。絵＝長崎訓子。推薦＝二階堂和美（広瀬裕子）

ROADSIDE JAPAN 珍日本紀行 東日本編　都築響一

秘宝館、意味不明の資料館、テーマパーク……。路傍の奇跡ともいうべき全国の珍スポットを走り抜ける旅のガイド、東日本編一七六物件。

ROADSIDE JAPAN 珍日本紀行 西日本編　都築響一

蠟人形館、怪しい宗教スポット、町おこしの苦肉の策が生んだ妙な博物館。日本の、本当の秘境は君のすぐそばにある！　西日本編一六五物件。

ウルトラマン誕生　実相寺昭雄

オタク文化の最高峰、ウルトラマンが初めて放送されてから40年。創造の秘密に迫る。スタッフたちの心意気、撮影所の雰囲気をいきいきと描く。

ウルトラ怪獣幻画館　実相寺昭雄

ジャミラ、ガヴァドン、メトロン星人など、ウルトラマンシリーズで人気怪獣を送り出した実相寺監督が書き残した怪獣画集。オールカラー。（樋口尚文）

輝け！キネマ　西村雄一郎

日本映画の黄金期を築いた巨匠と名優、小津安二郎と原節子、溝口健二と田中絹代、木下惠介と高峰秀子、黒澤明と三船敏郎。その人間ドラマを描く！

関西フォークがやって来た!　なぎら健壱
1960年代、社会に抗う歌を発表した「関西フォーク」。西岡たかし、高田渡、フォークルらの足跡を辿り、関西のアングラ史を探る。（タブレット純）

痛みの作文　ANARCHY
京都・向島の過酷な環境で育った少年は音楽と仲間に出会い奇跡を起こす。日本を代表するラッパーが綴る魂震えるリアル・ストーリー。（都築響一）

大正時代の身の上相談　カタログハウス編
他人の悩みはいつの世も蜜の味。大正時代の新聞紙上で129人が相談した、あきれた悩み、深刻な悩みが時代を映し出す。（小谷野敦）

横井軍平ゲーム館　横井軍平　牧野武文
数々のヒット商品を生み出した任天堂の天才開発者・横井軍平。知られざる開発秘話とクリエイター哲学を語った貴重なインタビュー。（ブルボン小林）

悪魔が憐れむ歌　高橋ヨシキ
政治的に正しくなく、安っぽいショックの中にこそ救いとなる表現がある。映画に「絶望と恐怖」という友人を見出すための案内書。（田野辺尚人）

バーボン・ストリート・ブルース　高田渡
流行に迎合せず、グラス片手に飄々とうたい続け、いぶし銀のような輝きを放ちつつ逝った高田渡の酔いどれ人生、ここにあり。（スズキコージ）

間取りの手帖 remix　佐藤和歌子
世の中にこんな奇妙な部屋が存在するとは！　間取りと一言コメント。文庫化に当たり、間取りとコラムを追加し著者自身が再編集。（南伸坊）

ブルース・リー　四方田犬彦
ブルース・リーこと李小龍はメロドラマで高評を獲得し、アクション映画の地図を塗り替えた。この天才俳優の全作品を論じる、アジア映画研究の決定版。

たまもの　神藏美子
彼と離れると世界がなくなってしまうと思っていたのに、別の人に惹かれ二重生活を始めた「私」。写真と文章で語られる「センチメンタルな」記録。

青春と変態　会田誠
著者の芸術活動の最初期にあり、高校生男子の暴発するエネルギーを、日記形式の独白調で綴る変態的青春小説もしくは青春的変態小説。（松蔭浩之）

品切れの際はご容赦ください

色川武大《いろかわたけひろ》・阿佐田哲也《あさだてつや》ベスト・エッセイ

二〇一八年一月十日　第一刷発行
二〇二四年八月五日　第三刷発行

著　者　色川武大（いろかわ・たけひろ）
　　　　阿佐田哲也（あさだ・てつや）
編　者　大庭萱朗（おおば・かやあき）
発行者　増田健史
発行所　株式会社　筑摩書房
　　　　東京都台東区蔵前二―五―三　〒一一一―八七五五
　　　　電話番号　〇三―五六八七―二六〇一（代表）
装幀者　安野光雅
印刷所　三松堂印刷株式会社
製本所　三松堂印刷株式会社

乱丁・落丁本の場合は、送料小社負担でお取り替えいたします。
本書をコピー、スキャニング等の方法により無許諾で複製することは、法令に規定された場合を除いて禁止されています。請負業者等の第三者によるデジタル化は一切認められていませんので、ご注意ください。
© Takako Irokawa 2018 Printed in Japan
ISBN978-4-480-43495-1　C0195

ちくま文庫